»O Luna

durch meyn vmbgeben/ vnd susse mynne/
Wirstu schön/ starck/ vnd gewaltig als ich byn.

O Sol/

du bist vber alle liecht zu erkennen/
So bedarfstu doch mein als der han der hennen.«[1]

(Rosarium philosophorum,
Frankfurt am Main, 1550)

Malte Demuth

Träger des Wassers

Pech & Schwefel

Alchemistischer Roman

Bibliografische Information der Deutschen Nationalbibliothek:
Die Deutsche Nationalbibliothek verzeichnet diese Publikation in der Deutschen Nationalbibliografie; detaillierte bibliografische Daten sind im Internet unter: dnb.dnb.de abrufbar.

Autor, Konzept, Gestaltung, Typografie, Satz, Lektorat, Umschlag:
Malte Demuth | https://www.maltedemuth.com
Mitwirkende, Konzept, Arabizi, Lektorat: Soumaia Demuth

Bildmaterial: Geo Images/Alamy Vektorgrafik, VectorStock Media, hanaravecto/Shutterstock.com

Herstellung und Verlag: BoD – Books on Demand, Norderstedt
ISBN: 978-3759750976

Inhalt

Zweiter Teil
Schwefel

3. Citrinatas

4. Rubedo

5. Äther

Dieses Buch
ist kein Klageruf.
Samt Schatten und Licht,
erzähl' ich eine Möglichkeit
der erlebten Geschicht'.

Für Dich.

Prolog

»Die Wissenschafft den Stein der Weisen zu verfertigen/ ist eine vollkommene Erkändtniß der Natur und Kunst in dem metallischen Reiche. Die Praxis derselben bestehet darinne/ daß man die metallischen Anfänge durch die Zelegung erkündige/ und dieselbigen/ nachdem sie erst weit vollkommer gemacht/ als sie zuvor gewesen/ wieder zusammen setze/ damit eine universal-Artzney daraus werde/ welche die unvollkome metalla vollkommen machen/ und allerley krancke Leiber heilen kan.«[2]

(Jean d'Espagnet, Das Geheime Werck Der Hermetischen Philosophie, Leipzig, 1685)

Pech

Erster Teil

1.

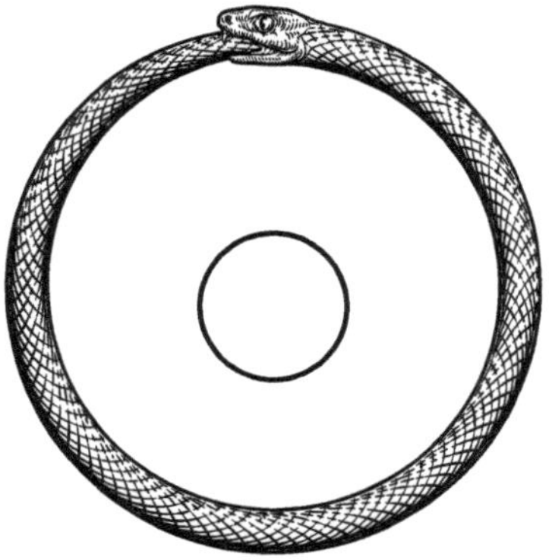

Ouroboros

Nigredo

♁

Antimon

O.

Prima Materia

»Ich bin der Drach/ dann von dem Leib
Den tödlichn Gifft hinweg ich treib:
Der rothe Löw liebt mich allzeit
Vnd mit dem Grünen mich erfrewt.
Von vielen werd ich auch erkent/
Vnd der Natur jhr Ay genent:
Ich flieg hinweg/ es sey dann daß
Man mich anbind gar wol/ mit Maß.
Ich hab viel Form/ Farb vnd Gestalt/
Führ an mir Mans vnd Weibs Gewalt:
Das Menschlich Corpus, der gebühr/
Auch all Metall ich recreir.«[3]

(Daniel Stoltzius von Stoltzenberg,
Chymisches Lustgärtlein,
Frankfurt am Main, 1624)

I

Zirkus Marhighnikus

In unserer Altbauwohnung riecht es nach Frittierfett, Schnitzel und Brathendl. Ich sitze im Arbeitszimmer auf einem unserer Drehhocker aus gebürstetem Stahl und gucke durchs offene Doppelkastenfenster hinab auf den Marheinekeplatz. Dort steht »Renate« – oben ohne – in pinkfarbenem Slip und reibt wild mit der Hand an ihrem Geschlechtsteil.

»Kannst' gleich mal schnuppern, wie schön dat riecht«, brüllt sie. »Ich schmier' dich jetzt mit meiner Uschi voll, du Yuppie-Spast!«

»Renate« zieht ihren Slip aus und läuft kreischend auf einen Mann zu, der in schickem Anzug den Platz überqueren will. Verstört flieht der Mann Richtung »Gastro-Strich« auf der Bergmannstraße, dorthin, wo die wilde Welt aufhört.

Ich bin heilfroh, dass ich mit meiner Hipster-Frisur, meinem Hipster-Bart und meiner Hipster-Brille hier oben im ersten Stock in Sicherheit bin vor »Renate«, die morgens immer mies drauf ist, weil sie noch nicht drauf ist.

Auf der Wiese des Marheinekeplatzes warten bereits »Herr von Schuss-Fix«, »Mausi Meth«, »Igor Druffski«, »Der Gewaltbereite Techno-Hüne«, »Reinhardt das Genie«, »Beißer«, »Spucker«, »Opi Um«, »Lucy in the Sky ohne Diamonds« und »Die Troubafixe« auf die Öffnung der Methadon-Abgabestelle um die Ecke. »Renate die Zarte« greift ihren Slip vom Boden, zieht ihn über und gesellt sich zu den Wartenden auf der Wiese.

Heute Morgen ging's wieder heiß her: Gegen sechs Uhr knallten die ersten Sterni-Kronkorken. Kurz darauf fand die erste Meth-Séance statt und um kurz nach sieben schlug »Herbert der Hippie« »Friederike Kreisch-Schrill« mit der Faust mehrfach hart ins Gesicht. Während »Herbert« die blutende »Friederike« anschließend an ihren Haaren brutal über die Wiese schliff, rief ich mal wieder die Polizei – bisher also ein ganz normaler Morgen hier im Kiez.

Seit unser Jack Russel Terrier »Zeus« vor einigen Wochen an einer Überdosis aufgeleckter Drogen starb und der kleine Emil aus dem Nachbarhaus auf dem Spielplatz ins Fixerbesteck fiel, ist mein Kanal des Mitgefühls für die Schwerstabhängigen verstopft. Der tragische Zirkus vor der Tür ist für mich mittlerweile nur noch mit Zynismus ertragbar.

Der Frühling beginnt zwanzigsiebzehn warm. Trotzdem friere ich, allerdings vor Müdigkeit. Ich gehe in die Küche und mache mir einen Espresso Doppio mit aufgeschäumter Mandelmilch und frisch geriebenem Ceylon-Zimt als Topping. Ich setze mich an den Computer, checke E-Mails, beantworte Spam. Begleitet werde ich dabei vom sonoren Stakkato des Plattierens unter mir. Ich wähle einen Song aus meiner Playlist »MisanSubtropisch« und drehe lauter, bis der Bass synchron zum Plattieren hämmert. Eigentlich höre ich nicht gern Techno, aber es ist aktuell das Einzige, was gegen den Schnitzellärm hilft. Louna und ich suchen seit vielen Monaten nach einer neuen, ruhigeren Wohnung. Aber von unseren neunundfünfzig Besichtigungsanfrage-Emails wurden lediglich acht beantwortet. Bei sieben Besichtigungen waren mehr als sechzig Mitbewerber vor Ort und bei der achten kamen wir trotz wenig Interessenten nicht in den »Recall«. Wir wohnen seit über zehn Jahren in diesem Kiez, müssen hier nicht sterben, nur verlassen wollen wir ihn noch nicht. Aber der Dauerlärm der Schwerstabhängigen und Gastrodödels unter uns ist nicht mehr zum Aushalten. Wir wollen endlich mal wieder in Ruhe schlafen und leben.

Ich schalte die Musik aus, schnappe mir das Smartphone und wähle eine altbekannte Nummer.

»Hausverwaltung Vierbusch, Brandt am Apparat«, meldet sich der Hausverwalter.

»Morgenröth.«

»Herr Morgenröth, was kann ich für Sie tun?«

»Sorgen Sie bitte dafür, dass der nächtliche Lärm unter uns endlich aufhört. Ich bin heute Nacht wieder gegen ein Uhr unten gewesen und habe mit den Leuten aus der Küche gesprochen: Ganze zehn Minuten war Ruhe, bevor es dann heiter weiterging. Danach war ich um kurz nach halb drei unten, zuletzt gegen fünf Uhr morgens.«

»Was war denn dort wieder los?«

»Hä?«, frage ich gereizt. »Das wissen Sie doch. Es wird dort immer noch gekocht, geschrubbt, geputzt und abgewaschen. Das Ganze wird lautstark begleitet von Getrampel, Geschrei, Handy-Gesprächen und schlechtem Techno. Die ganze Nacht über.«

»Das kann ich mir nicht vorstellen. Das ist gesetzlich ja verboten. Ich habe neulich erst den Restaurantchef angerufen. Der hat mir versichert, dass täglich um zweiundzwanzig Uhr dreißig Ruhe und auch keiner mehr vom Küchenpersonal überhaupt vor Ort ist.«

Ich stöhne auf. »Ich weiß, dass er Ihnen das in der Vergangenheit bereits mehrfach so erzählt hat. Wir vermuten, dass er die Restaurant-Küche nachts an eine Cateringfirma untervermietet. Der Lieferwagen von denen steht die ganze Nacht vor der Gaststätte. Essen, Töpfe, Lebensmittel und Zubehör werden lautstark ein- und ausgeladen. Herr Brandt, seit über sieben Monaten leiden meine Frau und ich unter dieser krassen Lärmbelästigung. Wir können nicht mehr schlafen. Außerdem zieht der ganze Frittierfettgestank immer noch durch die Dielen hoch in unsere Wohnung. Sie müssen dringend handeln. Sonst werde ich, wie bereits die letzten Monate, weiterhin empfindlich die Miete kürzen.«

»Haben Sie, wie ich Ihnen riet, ein Zeitprotokoll erstellt, wann genau nachts der Lärm ist?«

»Soll das ein Witz sein? Ich habe Ihnen doch erst letzte Woche Fotos und Videos der nächtlichen Arbeiten per E-Mail zugeschickt. Die Dateien tragen alle einen Datums- und Zeitstempel. Worüber reden wir eigentlich, Herr Brandt? Lärm und Gestank unter uns müssen ein für alle Mal aufhören.«

»Haben Sie das alles mal der Polizei erzählt?«

»Ja, aber das war leider kontraproduktiv«, sage ich. »Sorgen Sie jetzt endlich dafür, dass der Lärm-Albtraum endet.«

»Okay, ich kümmere mich darum. Tschüss«, höre ich den mir bekannten letzten Satz vor Beendigung des Telefonats.

»Verfickte Scheiße, kann dieser Albtraum nicht einfach mal enden?«, schreie ich, und meine innere Stimme fragt zurück, was ich eigentlich mit »einfach« meine.

Ich öffne die E-Mail, die mir die Polizei Friedrichshain-Kreuzberg geschickt hat und tippe die Telefonnummer aus der Signatur in mein Smartphone.

»Polizeidienststelle Friedrichshain-Kreuzberg. Wie kann ich Ihnen helfen?«, fragt eine zittrige Männerstimme.

»Indem Sie mich bitte mit Herrn Matuschek verbinden. Morgenröth mein Name.«

»Wird gemacht. Schönen Tag noch«, sagt er.

»Matuschek. Wie kann ich helfen?«, fragt mich kurz darauf der zuständige Polizeibeamte.

»Morgenröth. Wir hatten per E-Mail bereits mehrfach Kontakt und zuletzt vor einer Woche telefoniert. Erinnern Sie sich?«

»Helfen Sie mir bitte auf die Sprünge.«

»Es geht um die brutale Aktion Ihres Kollegen. Im letzten Telefonat baten Sie mich, auf eine Anzeige zu verzichten. Und Sie wollten nochmal mit ihrem Kollegen reden.«

»Vor- und Nachname bitte.«

»Solan Morgenröth.«

»Morgenröth mit ›th‹, wa?«

Ich bejahe und werde anschließend darüber informiert, dass meine Verbindung gehalten wird. Nach der knapp fünfminütigen Wartepause meldet sich Herr Matuschek zurück.

»Also«, beginnt er. »In den nächsten Tagen wird sich ein netter Kollege aus unserem Mediatorenteam telefonisch mit Ihnen in Verbindung setzen. Ich brauche nur noch Ihre Telefonnummer zwecks Rückruf. Sie rufen ja gerade anonym an.«

»Die Mobilfunknummer finden Sie in meiner E-Mail.«

»Juti. Wir melden uns«, sagt Herr Matuschek, und mein Handy zeigt mir eine Tausendstelsekunde später an, dass der Anruf beendet ist.

Ich schaue auf den gelben Post-it, der am Monitor klebt und tippe bereits eine neue Nummer ins Smartphone ein.

»Ordnungsamt Friedrichshain-Kreuzberg. Stolle am Apparat«, sagt eine Frau, die vermutlich seit Jahrzehnten mehr raucht als atmet.

»Morgenröth. Ich habe bereits mehrmals versucht, mit Frau Krumbiegel zu sprechen. Bisher leider ohne Erfolg. Könnten Sie mich bitte mit Ihr verbinden? Meine Angelegenheit sollte bekannt sein und ist äußerst dringlich. Ich habe Ihnen bereits mehrere E-Mails geschrieben bezüglich meines Problems.«

»I kieck ma, ob Frau Krumbiejel da is'. Momentchen.«

Als Warteschleifenmusik gibt es heute Louis Armstrongs »What a Wonderful World« und für einen kurzen Moment fühle ich mich auch richtig »wonderful«. Zumindest nach der ersten Songschleife, nach der dritten zunehmend weniger.

»Krumbiejel«, meldet sich nach der fünften Schleife eine piepsige Frauenstimme.

»Hallo Frau Krumbiegel. Gut, dass Sie Zeit haben. Morgenröth mein Name. Ich habe schon mehrmals versucht, Sie zu erreichen und Ihnen bereits einige E-Mails geschrieben.«

»Momentchen«, stöhnt sie. »Ick mach' meine Meels ma auf. Morgenröth mit ›th‹, wa?«

»Immer noch.«

»Und der Vorname?«

»Solan.«

»Juti«, sagt sie nach einigen Sekunden. »Jetzt hab' ick Sie jefunden.«

Frau Krumbiegel seufzt. »Da können aber wir leider nüscht machen.«

»Sie können nichts machen?«, frage ich. »Unter unserer Wohnung befindet sich eine Gaststätte. Aus dieser kommt die ganze Nacht über unerträglicher Lärm. Von ein Uhr nachts bis sieben Uhr morgens. Und in unserer gesamten Wohnung riecht es Tag und Nacht abartig nach Frittierfett. Die Polizei hat mich an Sie verwiesen, Frau Krumbiegel.«

»Und wat soll icke da jetzt machen?«

»Mir dabei helfen, dass nachts Ruhe unter uns ist und das Problem mit dem Gestank geklärt wird.«

Frau Krumbiegel schweigt.

»Gibt es denn rein gar nichts, was sie tun können?«, frage ich in die Stille. »Oder müssten?«

»Doch«, antwortet sie patzig. »Aber Auflagen bringen in ihrem Fall nüscht. Bis die greifen, können Monate verjehen. Wenn Se jetzt schlafen wollen, rufen Se eenfach die Polizei.«

»Die Polizei verweist mich an Sie.«

Frau Krumbiegel seufzt erneut. »Ick geb' Ihnen jetzt mal einen juten Rat.«

Mir steigt bereits die Zornesröte ins Gesicht, denn ich glaube, um ihren Ratschlag zu wissen.

»Suchen Se sich doch einfach 'ne andere Wohnung in einer ruhijeren Jegend. Dann können Se auch wieder in Ruhe schlafen«, bestätigt sich meine Vorahnung.

»Es kann nicht wahr sein, dass mein Bedürfnis auf Nachtruhe von Ihnen ignoriert wird. Zumal es sich hier nicht um zu laute Musik des Nachbarn handelt. Diesbezüglich bin ich absolut unempfindlich. Unter mir hört es sich jede Nacht so an, als ob dort stundenlang entrümpelt wird. Und in unserer Wohnung riecht es wie in einer Pommesbude.«

»Wissen Se, ick hab' seit Jahren dittselbe Problem mit 'nem Nachbarn. Der räumt nachts auf, saugt und telefoniert in eener Lautstärke ...«

»Betreibt Ihr Nachbar eine Gastwirtschaft?«, unterbreche ich Sie.

»Nö.«

»Dann wissen Sie auch nicht, wovon ich rede.«

»Jenau«, sagt Frau Krumbiegel und beendet unser Gespräch mit der Ausrede, in fünf Minuten leider ein wichtiges Meeting zu haben.

Nach Beendigung des Telefonats muss ich an »Renates« Yuppiejagd denken und hoffe, dass sie ihre Zielgruppe zukünftig um renitente Gastronomen erweitert. Plötzlich reißt mich laute Technomusik samt wummerndem Bass aus den Gedanken. Unser Teakholztisch vibriert mit gefühlten zweihundert beats per minute im Viervierteltakt.

»Was ist denn nun schon wieder los?«, murmele ich,

obwohl ich bereits um die Antwort weiß.

Ich rolle mit dem Bürostuhl vom Schreibtisch über das Schachbrettparkett zum offenen Doppelkastenfenster. Auf dem Marheinekeplatz wütet ein »Easy-Jet-Set-Partymob«, der mehr als hundert Jugendliche samt ihres bedingungslosen Willens zum Vollrausch zählt. Als »Kiezrandalebeobachtungsprofi« weiß ich genau Bescheid über alle jetzt folgenden Abläufe und Intervalle: Zuerst ruft ein Anwohner die Polizei und zehn Minuten später kommen mehrere Anti-Konflikt-Teams in gemischter Ausführung. Die Joints werden ausgedrückt, die Pillen eingeworfen, das Hochprozentige versteckt und einige Jugendliche suchen das Weite. Die Musik bleibt aber erstmal noch an. Nämlich genau so lange, bis meist nach einer harmlosen Rangelei die Soundboxen unter Buhrufen konfisziert werden. Das ist der erste Akt. Akt zwei verläuft ruhiger, ist aber nur von kurzer Dauer. Er beinhaltet die Aufnahme von Personalien und führt zu Grüppchenbildungen innerhalb der Partymasse. Der dritte Akt wird eingeleitet durch die Zurückgabe der Soundboxen und des polizeilichen Abzugs. Nun wird es anstrengend, denn nachdem Freund und Helfer weg sind, geht die Party eigentlich erst richtig steil. Außerdem kommen die Schwerstabhängigen mit ins Spiel, die ausnahmsweise nicht der Grund für den Polizeieinsatz waren und sich vermutlich vernachlässigt fühlen. Ab jetzt wird gemeinsam gefeiert: Der minderjährige – mit Perücken verkleidete – »EasyJet-Set-Partymob« tanzt mit den Abhängigen »La Fête de l'excès«. Prinzipiell finde ich Verbindendes immer gut, allerdings geht Akt drei lange, denn die Bullen waren ja gerade erst da. Gegen Nachmittag zieht die Partyplage meist weiter und läutet den Hauptakt im »Zirkus Marhighnikus« ein: »Drauf und Dran« beginnt spätestens um siebzehn Uhr mit »Mausi«, »Igor«, dem »Techno-Hünen«, »Reinhardt«, »Opi Um«, »Lucy ohne Diamonds«, der »Troubafixe« und »Renate«. Weitere Gastauftritte sind wesentlicher Bestandteil der Show, die täglich – ohne Halbzeit, ohne Pause – bis mindestens ein Uhr nachts sendet. Danach übernehmen die Kollegen von der Gastro bis zum Beginn des »Morgenmagazins«, das in aller Regel gegen sieben Uhr startet, meist mit »Herbert« und »Friederike« als gut eingespieltes, aber schlecht gelauntes Moderatoren-Duo.

II

Wenn's knallt, dann knallt's

Das »Bing« erklingt und der Kennzeichenzähler des E-Mail-Icons addiert sich um plus eine Nachricht. Absender ist ein Sebastian Schmalzgöbel, Geschäftsführer der SuperImmo GmbH. Ich überspringe die Zeilen und springe zum letzten Absatz der E-Mail, hechte aus dem Bürostuhl, gehe mit geballter Faust zum geöffneten Doppelkastenfenster und brülle »Yeah!« hinaus und hinein in die »Manege«. Der gentrifizierte Kinderspielplatz mit den kleinen »Karl-Ottos«, »Henriettes« und »Oskar-Friedrichs«, die ihren starken Tabletentzug mit schrillem Geschrei kompensieren, verschluckt im akustischen Brei meinen Schrei. Ich bin wieder wach – zumindest überdeckt meine Euphorie die bleierne Müdigkeit. Die Nacht war heftig.

»Die Troubafixe« tönte gestern länger als gewöhnlich. Mit ihrem grünen Kleid, den mit Alufolie umwickelten Stöckelschuhen und der Pulle Schluck in der Hand schlug sie heiter singend ein paar Autoaußenspiegel ab, bevor sie auf das Dach eines BMWs kletterte, um auf ihm dort abzutanzen. Nach einem lauten Rülpser ging »Die Troubafixe« in die Hocke und sprang im grünen Kleid auf Stöckelschuhen – wie ein Frosch – auf das Dach des danebenstehenden Audis und landete torkelnd, aber stehend. Fast hätte ich applaudiert. Nach ihrer Actionsause sang »Die Troubafixe« anschließend fast dreißig Minuten über »gestreift-gefickte Hipster-Rucksäcke«. Trotz verstörender Inhalte überzeugen einige ihrer Songs gelegentlich durch sprachlichen Einfallsreichtum. Nachdem ein gemischtes Doppel des Anti-Konflikt-Teams auftauchte, wurde es stiller um »Marhighnekes Opiumsängerin«. Dafür ging es direkt weiter im Gastro-Stadl unter uns: Gegen zwei Uhr früh war der Lärm so unerträglich, dass ich runter zur Küche stürmte, mehrmals mit der Faust gegen das Küchenfenster schlug und schrie, endlich den Lärm einzustellen. Natürlich machte mir niemand auf. Die Musik war auch viel zu laut, um mich hätte bemerken zu können, denn es lief eine sehr basslastige Techno-Version Karel Gotts »Die Biene Maja« in unfassbarer Lautstärke und selbstverständlich in Dauerschleife. Gegen kurz vor vier Uhr gab es einen Stille-Slot, den ich ausnutzte, um das Cateringpersonal während ihrer Arbeitspause im Innenhof verbal zu falten. Meine Standpauke war nicht wirklich erfolgreich. Gegen kurz nach fünf riss ich aufgrund von starker Basseinwirkung erneut die Decke weg und sprang rasend vor Wut aus dem Bett – bereit – nun vollends unten auszurasten. Als ich an unserer Espressomaschine vorbeikam, entschied ich mich – zwecks Kraftschonung – jedoch für einen Espresso Doppio mit aufgeschäumter Ziegenmilch. Ihn trank ich im Arbeitszimmer am offenen Fenster, denn dort lässt sich der Brat- und Frittierfettgestank am ehesten ertragen. Der »Zirkus« war zwar noch geschlossen, doch Ruhe ist relativ. »Renate die Zarte« drehte noch keine Runden, dafür spendete aber »Reinhardt das Genie« seinem Sitznachbarn lallend vorgetragene Aphorismen. Eine seiner Weisheiten blieb mir im Gedächtnis: »Wenn's knallt, dann knallt's.«

Wie recht er hat, der »Reinhardt«.

Apropos Knall: Ich krieg' gleich einen, da schon seit einer Stunde bei der SuperImmo besetzt ist. Herrn Schmalzgöbel habe ich bereits per E-Mail alle erforderlichen Dokumente zugeschickt, sodass einer zeitnahen Besichtigung nichts im Wege steht.

»Schulz-Ogunyemi, SuperImmo GmbH Berlin. Guten Tag«, meldet sich plötzlich eine sympathische Frauenstimme.

»Guten Tag«, sage ich. »Morgenröth mein Name. Ich rufe wegen eines Besichtigungstermins der Dahlemer Atelier-Remise an. Herr Schmalzgöbel hatte mir auf meine Anfrage hin zurückgeschrieben.«

»Guten Tag. Es freut mich, dass Sie Interesse an unseren besonderen Immobilien haben.«

»Ist die Atelier-Remise noch frei?«, frage ich.

»Sie ist noch nicht vermietet«, antwortet Frau

Schulz-Ogunyemi.

»Das klingt gut.«

»Wie war Ihr Name?«

»Morgenröth«, sage ich, »mit ›th‹.«

»Und Sie haben uns auch schon alle notwendigen Dokumente zugeschickt?«

»Ja. Die Selbstauskunft, die Scans der Ausweise, Einkommensnachweise und Schufa-Auszüge befinden sich in der Mail an Herrn Schmalzgöbel.«

»Kleinen Moment bitte«, schnauft Frau Schulz-Ogunyemi.

Weder wird meine Verbindung gehalten, noch wird mit Warteschleifenmusik überbrückt. Lediglich Frau Schulz-Ogunyemis lautes Schnaufen begleitet den »kleinen Moment« von fast fünf Minuten.

»Ich habe Ihre Unterlagen geprüft. Es ist fast alles vorhanden. Nur die Mietschuldenbefreiung Ihres jetzigen Mietobjekts reichen Sie uns bitte noch nach.«

»Kein Problem. Wann könnten meine Frau und ich denn die Atelier-Remise besichtigen?«

»Also, bei dieser besonderen Immobilie der Super-Immo GmbH lassen wir nur ausgewählte Interessenten zu, deren Leben mit dem Mietobjekt beruflich assimiliert«, sagt sie. »Und Sie und Ihre Frau machen doch beide etwas mit Medien oder dem Internet, richtig? Zumindest las ich davon in Ihrer Selbstauskunft«, fragt Frau Schulz-Ogunyemi und ist mir spätestens jetzt unsympathisch geworden.

Nach Beendigung des Gesprächs erstelle ich ein mit Louna geteiltes iCal-Ereignis samt Headline »Atelier-Remise-Besichtigung« für morgen – Samstag – zwölf Uhr. Ins Location-Input tippe ich »Bruchstraße 9, Berlin-Dahlem«.

Mein Smartphone klingelt. Louna ruft an.

»Hey Sol«, begrüßt sie mich freudig. »Gucken wir uns morgen tatsächlich die Atelier-Remise an?«

»Ja! Unfassbar, oder? Ich habe gerade mit der Super Immo telefoniert.«

»Das sind ja tolle Neuigkeiten. Mega!«

»Wie ist dein Strategieworkshop?«, frage ich.

»Ziemlich anstrengend. Ich muss jetzt auch wieder rein. Ich wollt' nur kurz wissen, ob wir morgen wirklich den Besichtigungstermin haben.«

»Ich kann's selbst kaum glauben. So schnell haben wir bisher noch nie Rückmeldung erhalten.«

»Ich freue mich riesig. Bis später. Kuss«, sagt Louna und beendet das Gespräch.

Ich gehe in die Küche, um mir einen Espresso zu kredenzen, denn in weniger als zehn Minuten beginnt mein Kunden-Call.

Während des Gesprächs verdichten sich allmählich wieder die Geräusche auf dem Marheinekeplatz. Hart an der Grenze ist es heute allerdings nur kurz: Kati, unsere Nachbarin mit militantem Helfersyndrom, rettet in ihrer Freizeit Bio-Backwaren. Gerne auch mal eine ganze Menge davon, um sie dann im »Zirkus« zu verschenken – frei nach dem Motto: Brot statt Ballern. Die hefefreien Buchweizen-Hörnchen, Chia-Laugenstangen und glutenfreien Dinkel-Hafertaler werden von einigen Schwerstabhängigen nach der Bio-Backwaren-Fütterung unter vereinzeltem Gegröle auf die Rasenfläche geworfen. Auf ihr liegt eine alte Schäferhündin, die von ihrem Besitzer »Reinhardt« »Frau Hitler« genannt wird und sich sofort ein paar Laugenstangen schnappt. Gedankt wird Kati nur kurz für die Brotwaren, und zwar in Form eines frechen, harten Schlags auf ihr Hinterteil. Die Situation ist, wie bereits erwähnt, auch nur kurz hart an der Grenze. Erstens, weil sich Kati als Kiez-Veteranin bestens zu wehren weiß und zweitens, weil »Renate« und »Die Troubafixe« volle Unterstützung ankündigen: Die eine stürmt zum Grapscher und boxt ihm kräftig vor die Brust, die andere malträtiert ihn mit ihrem Singsang und tanzt dazu die Alustöckel-Polka.

Nach Kunden-Call und Kirmes mache ich mir einen Bio-Weizengrass-Latte mit Bio-Kokos-Krokant-Splittern und Birkenholzzucker, denn die neu gekauften, schonend gerösteten Bio-Fairtrade Espresso-Bohnen – Ursprungsland südwestindische Malabarküste – machen mich einfach zu hektisch.

Im Laufe des Nachmittags rufe ich erneut die Website der SuperImmo auf, um mir die Fotos der Dahlemer Immobilie anzugucken. Die Atelier-Remise ist interessant geschnitten, groß genug und sogar bezahlbar. Laut Beschreibung scheint sie vor allem ruhig gelegen, denn sie soll auf einem eigenen Grundstück inmitten eines großen Gemeinschaftsgartens stehen. Ich kann ihre Besichtigung kaum erwarten. Zum Glück ist der Termin bereits morgen Mittag.

Louna kommt gegen späten Abend vom Workshop und fällt mir müde, aber freudig um den Hals. Sie sieht blass aus und hat Augenringe bis zu den Kniekehlen. Louna hat – wenn überhaupt – heute Nacht ebenfalls nur wenige Stunden geschlafen. Nach Bio-Zucchini-Karotten-Lasagne, Radicchio-Salat mit Himbeeressig-Vinaigrette und Bio-Dinkeldunkelbier gucken wir uns im Internet gemeinsam die Fotos der Dahlemer Immobilie an. Wir haben unser Traumhaus gefunden.

Trotzdem schlafe ich unruhig. Diese Nacht weniger wegen des üblichen Lärms, sondern wegen der Vorfreude auf die Besichtigung. Immer wieder kommen mir auch Zweifel, ob wir es schaffen, vom »Recall« ins »Final« zu wechseln, denn Louna und ich werden garantiert nicht die einzigen Mitbewerber trotz gefilterter Vorauswahl seitens der SuperImmo sein.

Nach dem glutenfreien Haferbreifrühstück mit Goji-Beeren und Paranüssen drucken wir vorsichtshalber noch die bereits zugeschickten Bewerbungsunterlagen aus, denn: Sicher ist sicher. Nachdem wir uns durch den akustischen Tsunami des vor unserer Haustür stattfindenden Wochenend-Flohmarkts bis zum Auto gequält haben, tippe ich aufgeregt das neue Ziel ins Navigationssystem. Wir sind spät dran.

Nach einer etwa dreißigminütigen Autofahrt kündigt uns die weibliche Navigationsstimme an, dass wir die nächste Straße links abbiegen müssen, um unser Ziel zu erreichen.

»Assimilierten-Casting«, brumme ich genervt, als wir in die Bruchstraße einfahren und ich die vielen Leute warten sehe.

Bestimmt mehr als fünfzig Menschen warten vor dem Grundstückseingang der Immobilie auf Einlass.

»Nich' noch mehr Leute«, knurrt ein junger Mann zu seiner viel älteren Frau, nachdem wir aus dem Auto gestiegen sind und uns ans Ende der Schlange stellen.

Wenige Minuten später stoppt ein silberner Flitzer unweit des Besichtigungsobjekts. Ein kleiner, dünner Mann mit Zigarette im Mundwinkel steigt aus und stolziert Richtung Mietmeute mit dem Habitus eines Diplomaten: Es ist der Herr Immobilienmakler. Er kreuzt die Warteschlange, öffnet die quietschende Metallzauntür und betritt das Remise-Grundstück. Das Mieterrudel folgt ihm auf dem kleinen Steinweg durch den Vorgarten, bis er vor der rotlackierten Eingangstür zum Stehen kommt und an der eisernen Haustürglocke läutet. Ein korpulenter Mann mit langen blonden Haaren samt Hundeblick öffnet die Tür. Der jetzige Mieter stellt sich mit »Guten Tag, Sülzbach« vor und bietet an – in Grüppchen von jeweils bis zu sechs Personen – durch die Atelier-Remise zu führen.

»Und dit Beste kommt zum Schluss, wa«, sagt Herr Schmalzgöbel, als Louna und ich endlich den Hauseingang erreichen.

Ich stelle uns kurz vor und erkundige mich nach dem Prozedere des Anmietens. Herr Schmalzgöbel gibt sich schmallippig.

»Wer ist denn der Eigentümer?«, fragt Louna.

»'Ne Holding aus Hongkong, aber dit läuft völlich reibungslos mit denen«, berlinert Schmalzgöbel. »Die SuperImmo ist natürlich unterzeichnungsberechtigt und Ansprechpartnerin aller Mieterbelange«, ergänzt er ohne Akzent.

Herr Sülzbach steht an der Haustür, verabschiedet sich von seiner vorherigen Sechsergruppe und bittet zuletzt nun Louna, mich und vier weitere Mietinteressenten hinein. Wir treten durch die imposante Eingangstür und staunen nicht schlecht, als wir nach Durchschreiten des Eingangsbereichs vor einer zweiflügeligen Salonglastür stehen, die in ein gut fünfzig Quadratmeter großes, alpinweiß gestrichenes Atelier mit mattweiß lackierten Boden-OSB-Platten führt. Das Wohnatelier besitzt über fünf Meter hohe Decken, wunderschöne Doppelkastenfenster und einen grünen Kachelofen für die kälteren Tage. Herr Sülzbach schaltet nun die Deckenstrahler des Ateliers ein und erzählt uns von den Besonderheiten des Lichtkonzepts. Wir erfahren, dass die Remise früher einmal eine Gaststätte gewesen sei, die vor Jahren von der Hongkonger Holding gekauft und umgebaut wurde.

Seit Betreten der Immobilie beschäftigt mich jedoch etwas völlig anderes: Ich fühle mich trotz meiner ein Meter achtzig plötzlich sonderbar riesig in ihr. Ich neige bereits den Kopf, um ihn mir nicht an der über fünf Meter hohen Kappendecke zu stoßen.

»Ich weiß nicht, was gerade abgeht, aber ich fühle mich hier drinnen riesengroß«, flüstert Louna mir aufgeregt zu.

»Du etwa auch?«, frage ich. Irritiert starren wir uns an.

»Träumen wir das hier gerade?«, fragt Louna.

»Das kann ich mir nicht vorstellen.«

»Denkst du, die anderen fühlen sich in der Remise auch zu groß?«

»Ich würd' sie jetzt ungern danach fragen wollen«, antworte ich. Wir lachen.

»Lass uns die restlichen Räume besichtigen, bevor der Sülzbach die Tour beendet«, schlage ich vor.

Louna nickt.

Wir verlassen das Atelier und gelangen vom Flur aus in das ehemalige Personalzimmer der Gaststätte, welches Herr Sülzbach aktuell als sein Schlafzimmer nutzt. Es besitzt schönes Mosaikparkett und eine Doppelkastenfensterfront. Der Blick durch die alten Holzfenster in den Garten – mit seinen riesigen Sonnenblumen auf denen Schmetterlinge rasten – ist für mich als Stadtmensch und nach allem, was die letzten Monate im »Zirkus« geschah, mindestens ergreifend. Aber auch in Sülzbachs Schlafzimmer fühlen Louna und ich uns riesig. Gebückt gehen wir durch den Raum, aus Angst uns den Kopf an der über drei Meter hohen Zimmerdecke zu stoßen. Herr Sülzbach bittet uns, ihm nun zu folgen. Wir verlassen das Zimmer, betreten erneut den Flur und gehen eine grüne Holztreppe hinauf. Die Küche befindet sich als einziger Raum der Atelier-Remise in der ersten Etage. Der Blick durch die großen Küchenfenster in den blühenden Garten ist traumhaft. Hinter einer Glastür zeichnet sich eine graue Betontreppe ab, die von der Küche aus in den großen Gemeinschaftsgarten führt und laut Sülzbach auch von den Mietern der umliegenden Häuser genutzt wird. Die Deckenhöhe der Küche ist noch niedriger als die des Schlafzimmers. Eigentlich müsste ich auf allen vieren durch den Raum krabbeln, so groß fühle ich mich in der Küche. Nach wenigen Minuten bittet Herr Sülzbach final in den Souterrain. Wir gehen zurück in den Flur und folgen einer Steinwendeltreppe hinab in den untersten Bereich der Remise. Neben einer kleinen Gästetoilette und einem großen Badezimmer befindet sich zusätzlich auch ein Hauswirtschaftsraum im Souterrain. Die Deckenhöhe misst bestimmt nur knapp zwei Meter. Ich kriege Beklemmungen. Louna fühlt sich ebenfalls sichtbar unwohl. Obwohl alle

Fenster der unteren Räume sperrangelweit geöffnet sind, riecht es penetrant nach »synthetischer Tanne«.

»Gab es in der Vergangenheit mal Schimmelbefall im Souterrain?«, frage ich Herrn Sülzbach.

»Nö«, antwortet er.

»Irgendetwas riecht hier komisch«, sagt Louna.

Herr Sülzbach lacht. »Meine kleine Nichte war gestern bei mir und kam auf die glorreiche Idee, die ganze Dose ›Tannenbriese‹ aus dem Bad hier unten leerzusprühen«, antwortet er.

Zwei Frauen aus der Gruppe kichern.

»Warum ziehen Sie eigentlich aus dieser schönen Remise aus, wenn ich fragen darf?«, frage ich.

»Die Gegend ist mir zu ruhig. Was mir hier fehlt, ist mal in ein gutes Café gehen zu können, ohne gleich in die U-Bahn steigen zu müssen.«

»Wann beabsichtigen Sie eigentlich auszuziehen? Herr Schmalzgöbel konnte uns noch kein fixes Einzugsdatum nennen«, fragt eine Frau aus der Gruppe.

»Spätestens Anfang August«, antwortet Herr Sülzbach.

»Seien Sie froh, dass Sie schon alles für Ihren Umzug zusammengepackt haben. Das habe ich alles noch vor mir«, sagt nun eine andere Frau aus unserer Gruppe und stöhnt auf.

In der Tat: In jedem Raum stehen verschlossene Plastikboxen und wenig bis kein Mobiliar. Herr Sülzbach erklärt die Besichtigungstour nun für beendet, bringt uns zur Haustür, wünscht alles Gute und verabschiedet sich. Es ist die beeindruckendste Immobilie, die ich in Berlin bisher besichtigt habe.

»Macht es überhaupt Sinn die Remise anzumieten, wenn wir uns zu groß in ihr fühlen?«, flüstert Louna.

»Lieber lebe ich mit dir im Puppenhaus als weiterhin in der lauten Frittierfetthölle.«

Herr Schmalzgöbel lehnt am Zaun, raucht und tippt auf seinem Smartphone. Wir überreichen ihm unsere Dokumente, die er in seine Lederumhängetasche gleiten lässt.

»Wann können wir mit einer Antwort rechnen?«, frage ich Herrn Schmalzgöbel.

»Die SuperImmo hält Rücksprache mit der Holding und meldet sich möglichst zeitnah bei allen Interessenten«, sagt er, lässt die abgebrannte Kippe auf den Rasen fallen und drückt sie mit der Sohle seiner Lederslipper aus.

Wir verabschieden uns, verlassen das Grundstück und gehen zu unserem Auto.

»Ich fühl' mich wieder normalgroß«, sagt Louna.

»Ich auch. Voll schräg«, sage ich und drücke auf den Knopf, um die Zentralverriegelung des Autos zu entsperren.

»Was war das eben?«, fragt sie.

»›Alice in der Wunderremise‹?«, frage ich zurück, öffne die Fahrertür unseres Autos, bücke mich und steige ein.

Louna öffnet die Beifahrertür und lässt sich in den beigebraunen Sitz fallen.

»Die Remise war der Kracher.«

»Ich weiß zwar nicht, was drinnen mit uns los war, aber ich würde sofort mit dir einziehen, wenn sich die Holding für uns entscheidet«, sage ich und schließe die Fahrertür.

»Liebes Universum. Hilf uns, dass sich die Holding für uns entscheidet«, bittet Louna und schließt ihre Tür.

»Danke«, ergänze ich, lege den Sicherheitsgurt an, drehe den Zündschlüssel um und starte den Motor.

III

Jemüschte Jefühle

Der Wecker klingelt heute früher als gewöhnlich. Meiner ist es nicht. Der bimmelt erst in zwei Stunden. »Fidel Gastro« spielt kubanische Rhythmen unter uns, aber trotzdem gerade nur die zweite Geige im »Bergmann Orchester«. Der Hauptakt tobt unten im »Zirkus«: »Der Gewaltbereite Techno-Hüne« tanzt Hardcore-Pogo zu Gabber-Techno. Seine dicke Soundbox steht auf dem Marheinekeplatz und ist seit kurz vor sechs so laut aufgedreht, dass unsere Wohnungseinrichtung vibriert. Der muskulöse, über zwei Meter große, glatzköpfige Schwerstabhängige trägt kurze, bunte Badeshorts zu schwarzen Stiefeln, schlägt und tritt um sich, schreit und spukt.

Hoffentlich kommt ihm jetzt keiner zu nah. Dafür hat »Der Gewaltbereite Techno-Hüne« – kurz »GTH« – wenig Verständnis. Da habe ich in der Vergangenheit schon so einige brutale Schoten vom sicheren Oben aus beobachten müssen. Der »GTH« ist Sternzeichen »Hulk« mit Aszendent »Skeletor« – seine Berufung: Gladiator. Da er kräftig, riesig und unberechenbar ist, kann die Technoklatsche letztendlich auch nur mit mehreren Anti-Konflikt-Teams gebändigt werden. Vorm »GTH« haben die Bullen natürlich selbst Schiss. Deswegen kamen sie zum letzten Tanz auch ohne Tee – dafür mit Hunden – die allerdings schnell und jaulend Reißaus nahmen: Zu laut war der Gabber, zu brutal die Tritte des Hünen.

Sichtlich eingeschüchtert verließ auch dieses Anti-Konflikt-Team schnell die »Manege«, um sich vermutlich wieder den ganz harten Fällen in Schmargendorf zu widmen.

Louna und ich beschließen aufzustehen, auch, weil die Party nach dem Abzug der Polizei meist ab jetzt erst richtig steil geht. Insgesamt trübt uns die »Zirkus-Horror-Picture-Show« nicht mehr wirklich, denn wir ziehen bald weg und um in die schnieke Atelier-Remise: Die Holding hat sich vor wenigen Tagen für Louna und mich als neue Mieter entschieden. Man kann auch mal Glück haben.

Nachdem wir damals telefonisch die Wohnungszusage von Frau Schulz-Ogunyemi erhielten, fielen Louna und ich uns um den Hals. Ich weiß gar nicht, wie lange wir feierten, aber unsere private Party duellierte zum Leidwesen der Nachbarn mit dem nächtlichen Gesang der »Troubafixe«.

Und heute ist es endlich so weit: Knapp sechs Wochen nach unserer Besichtigung fahren wir zur Super-Immo zum Unterschreiben.

Herr Schmalzgöbel guckt bestimmt schon zum vierten Mal auf sein Fitness-Wearable. Wir bleiben davon unbeeindruckt und lesen weiterhin in Ruhe den Mietvertrag durch.

»Mal den Jahresvertrag mit der Holding ausgenommen: Wo ist der Haken?«, frage ich, nachdem wir alles gelesen haben. »Sind die Nachbarn Kannibalen?«

»Jibt keen Haken«, berlinert Schmalzgöbel. »Dit is' en schnieket Teil. Keen Schimmel, keene Feuchtigkeit. Allet schick.«

Lounas Lächeln ist zurück, der Albtraum endlich vorbei: Weder haben wir zukünftig Frittierfettgestank in der Butze noch nächtlichen Gastro-Terror unter uns, geschweige denn Schwerstabhängige vor der Tür, die täglich ihre Dramen aus Gewalt, Sucht und Trauma aufführen. Wir waren zwar bisher nur bei der Besichtigung vor Ort und haben auch keinerlei Erklärung für unser rätselhaftes »Riesen«-Erlebnis in ihr, aber die Möglichkeit, jetzt umzuziehen, ist die Lösung all unserer Probleme. Endlich kehrt Ruhe ein und wir können wieder schlafen und in Kleidung steigen, die nicht nach Schnitzel, Pommes oder Brathendl riecht. Das Universum hat uns tatsächlich geholfen. Danke.

Wir unterschreiben.

»Super, dass alles so reibungslos funktioniert hat, auch wenn wir doch ein paar Wochen auf das Feedback der Holding warten mussten. In unserem Fall hat es sich ja gelohnt. Sie können sich nicht vorstellen, wie glücklich wir sind umzuziehen«, sage ich und reiche Schmalzgöbel den unterschriebenen Vertrag.

»Und dann ziehen wir auch noch in diese schöne Immobilie«, ergänzt Louna.

»Nun ja. Die Remise ist ...«, beginnt Schmalzgöbel, öffnet die Schublade seines Trolleys und legt den Vertrag ins offene Fach, »... nun sie ist, wie sie ist«, beendet er seinen Satz und schließt die Schublade. Dazu trägt er sein schmales, schiefes Lächeln im Gesicht. Er steht auf, bittet uns, es ihm gleichzutun und begleitet uns zum Ausgang.

Draußen fallen Louna und ich uns in die Arme. Wir haben es geschafft. Wir sind die neuen Mieter der Atelier-Remise in Dahlem. Auf dem Rückweg halten wir bei unserer jetzigen Hausverwaltung Vierbusch, um dort die Wohnungskündigung einzuwerfen.

Gegen Mittag sind wir pünktlich zum Anstoß zurück im Kiez. Stein des Anstoßes sind mal wieder angeblich geklaute Drogen, zumindest krakeelt »Lucy in the Sky ohne Diamonds« lautstark davon und beschuldigt »Opi Um« des Diebstahls. »Mausi Meth« mischt sich nun ein – versucht beide Streithähne zu beruhigen – wird aber von »Lucy ohne Diamonds« als »kaputte Wessi-Hure« beschimpft. »Beißer«, der anscheinend zum »Team Mausi« gehört, entledigt sich seines bunten

Sergio Tacchini-Sportblousons – ein wirklich hipper Retrofetzen – und schuppst die streitsüchtige »Lucy« – in weißem Feinripp samt Goldkettchen – so kräftig von hinten, dass sie mit Bauch und Gesicht fast gleichzeitig auf den Boden schlägt. Trotz der nun beginnenden Massenschlägerei haben alle Beteiligten Glück im Unglück, denn »Der Gewaltbereite Techno-Hüne« ist gerade zu Mittag.

Während der Suchtmob im »Zirkus« übereinander herfiel, hatte ich endlich das Gespräch mit der Polizei. Es war bescheiden, denn der Mediator war weder in der Lage angemessen zu reflektieren noch bereit, sich für die Aktion des Kollegen zu entschuldigen. Gleich zu Beginn wollte er mir die brutale Aktion seines Kollegen als »unglückliches Missverständnis« verkaufen, denn der besagte Kollege sei intern seit Jahren sehr beliebt, »och insjesamt eene Seele von Mensch« und »die janze Schose« mit mir »leider een sehr trajischer Einzelfall«. Es kam zur klassischen Täter-Opfer-Umkehr, denn mein langer Vollbart samt Wollmütze auf dem Kopf hätten aus Sicht seines Kollegen dazu beigetragen, mich für einen obdachlosen Einbrecher zu halten, der auf frischer Tat dabei ertappt wurde, sich unerlaubt Zugang zum bayerischen Restaurant zu verschaffen.

»Denn dit Kliejenteel hängt doch da anna Wiese ab, wa«, rechtfertigte er den Kollegen. Obwohl ich damals insistierte, ein Mieter des Hauses zu sein, der am Restaurant-Küchenfenster wegen der nächtlichen

Lärmbelästigung klopft, verhinderte dies nicht meine brutale Festnahme, bei der mir die Arme gewaltsam auf den Rücken gedreht wurden, ich mein Gleichgewicht verlor und mit Oberkörper und Gesicht hart auf den Asphaltboden schlug. Während mir die »Seele von Mensch« mit dem Knie auf den Nacken stieg, bekam ich gewaltsam Handschellen angelegt. Louna, die meine Schreie hörte, eilte hinab und klärte den Sachverhalt auf. Leider war der Polizist auch nach der »doofen Verwechslung« nicht bereit, den nächtlichen Gastro-Lärm unter uns polizeilich aufzunehmen.

»Lassen Sie die Leute ihren Job in Ruhe machen«, empfahl er mir darauf nicht nur frech, sondern auch unrechtens.

»Empfehlen Sie Ihrem Super-Kollegen mal weniger ›Bad Lieutenant‹ zu gucken, dann muss er das auch nicht mehr nachts in Kreuzberg nachspielen«, riet ich und informierte ihn darüber, dass ich trotz und aufgrund dieses Gesprächs rechtliche Schritte gegen seinen Kollegen einleiten werde.

»Na dann, viel Erfolg. Juti und schönen Tach«, erwiderte der Mediator und beendete das Gespräch.

Der Diebstahl unten im »Zirkus« scheint mittlerweile aufgeklärt. Er glich vermutlich eher dem bekannten Problem mit der Brille, die man vergeblich sucht und die ganze Zeit auf der Nase trägt. Die Schlägerei ist vorüber und beide verfeindeten Lager sitzen erschöpft nebeneinander auf der Wiese und teilen sich teamübergreifend mehrere Friedens-Meth-Pfeifchen.

Nach zwei Cappuccini beschließen wir die neue Pop-Up-Eisdiele »Rice Ice Baby« bei uns im Kiez auszuprobieren. An die pastellgelbe Hauswand daneben hat jemand »Mama kämpft gegen Nazis, Frontex und Papa« gesprüht. Louna und ich müssen uns nicht anstellen, denn niemand steht an.

»Unsere Sorten des Tages sind ›Süßholz-Braunhirse‹, ›Pistazie-Spirulina‹ und ›Bio-Himbeere-Weizengrass‹ für jeweils zwei Euro dreißig pro Kugel«, klärt uns die Frau mit den langen Dreadlocks auf.

»Wir bekommen bitte zwei Kugeln ›Karotte-Sesam‹ in der Bio-Dinkelteig-Knusperwaffel und zwei Kugeln ›Bio-Vanille‹ mit bunten Kinderstreuseln, aber im Fair-Trade-Einwegbecher aus Bio-Zuckerrohr«, sage ich.

»Die Kinderstreusel kosten, wenn sie een Erwachsener kooft, aber statt siebzig Cent 'n Euro«, erklärt sie.

»Wieso?«, frage ich.

»Na, als Anreiz eben keene zu koofen. Is' doch viel zu unjesund.«

»Wieso verkauft ihr dann welche? Und sogar an die Kids verbilligt?«

»Na, weil's halt doch jern jekooft wird.« Die Frau grinst.

Langsam ist es an der Zeit, den Kiez zu verlassen. Für Erziehungsmaßnahmen habe ich kein Verständnis und Eis aus Reis schmeckt mir überhaupt nicht. Schon gar nicht für zwei Euro dreißig pro Kugel.

Im Laufe der nächsten Wochen planen und organisieren wir alles für unseren Umzug und kaufen siebzig XXL-Umzugs- sowie sechzig Bücherkartons. Wehmut kommt auf, als wir die Wände, Regale und Fensterbänke von Postern, Bilderrahmen und Traveltrophäen befreien und unsere wohnungseigene Bibliothek mit mehr als zweitausend Büchern in den entsprechenden Kartons verstauen. Recht schnell ist die Wohnung entkleidet und gefühlt nicht mehr unsere, obwohl wir seit zehn Jahren in ihr leben.

Zehn Tage vor Umzug und ziemlich genau sechs Wochen nach Unterschreiben des Mietvertrags, bekomme ich einen Anruf von der SuperImmo.

»Hallo Herr Morgenröth. Wie geht es Ihnen?«, fragt Frau Schulz-Ogunyemi.

»Gut. Danke. Ihnen auch?«

»Herr Morgenröth, Herr Sülzbach ist gestern ausgezogen. Er hat mir gerade geschrieben, dass er auch bereits alles mit nach Frankreich nehmen konnte.«

»Herr Sülzbach ist nach Frankreich gezogen?«, frage ich.

»Wussten Sie das nicht? Er könne dort viel besser arbeiten. Licht und Atmosphäre seien dort ganz anders. Nun ja, wie die Künstler nun mal so ticken«, schnauft

Frau Schulz-Ogunyemi ins Telefon.

»Aha«, sage ich.

»Sie könnten heute schon die Schlüsselübergabe machen, falls es Ihnen passt. Ich schicke Ihnen jetzt die Mobilfunknummer von unserem Hausmeister Herrn Seiterdanz. Dann können Sie unabhängig von uns einen Termin mit ihm vereinbaren«, sagt Frau Schulz-Ogunyemi.

»Klingt gut. Okay«, antworte ich.

»Juti«, trällert sie, wünscht uns einen erfolgreichen Umzug und legt auf.

»Ich dachte der Sülzbach sucht Kaffee, Kiez und Halligalli?«, frage ich Louna, die mir mit einem Achselzucken antwortet.

Ein kurzes Telefonat und vierzig Minuten später warten wir vor dem Grundstückseingang der Atelier-Remise auf den Hausmeister. Ein weißer Kombi hält kurz darauf hinter unserem und ein stämmiger, blaue Monteurskluft tragender Herr steigt aus, kommt zu uns und stellt sich mit »Frank Seiterdanz. Juten Tach« samt kräftigem Händedruck vor. Er kramt nach den Schlüsseln und öffnet die Metallzauntür. Als wir vor der imposanten Eingangstür der Remise zum Stehen kommen, überrascht es mich, dass wir zum Einlass keinen Schlüssel benötigen. Dieses »Feature« hat allerdings keinerlei Gemeinsamkeit mit einer Türschloss-App. Es ist simpler: Die Falle greift nicht bis in die Ausnehmung der Türzarge und damit bleibt sie einfach offen.

»Hat Herr Sülzbach nie abgeschlossen?«, frage ich Herrn Seiterdanz, der mich fragt, woher er das wissen soll.

Wir durchschreiten den Eingangsbereich und gehen Richtung Atelier. Ich habe keine Erklärung dafür, was damals während der Besichtigung mit uns geschah, aber heute fühle ich mich normalgroß in der Remise.

»Ich bin heute nicht riesig. Du etwa?«, fragt Louna.

»Kein Stück.«

Wir ignorieren Seiterdanz' fragenden Blick und öffnen die Salontür des Ateliers.

»Boah! Was stinkt denn hier so abartig?« Ich rümpfe die Nase und gehe schnurstracks zur Fensterfront.

»Wat'n für'n Jeruch?«, fragt Herr Seiterdanz, der anscheinend nichts riechen will oder kann.

»Igitt! Das stinkt ja ekelhaft hier drinnen. Voll süßlich und beißend«, bestätigt Louna.

Ich öffne alle Fenster.

»Jarnüscht«, antwortet Herr Seiterdanz auf Lounas Nachfrage, ob er denn tatsächlich nichts riechen würde. Der Hausmeister empfiehlt uns daraufhin – ziemlich clever, mal ordentlich über Nacht zu lüften und fotografiert nun ausgiebig das Atelier, bis er genug Bilder geschossen hat, in den Flur geht und seine Übergabetour ohne uns im Nebenzimmer fortsetzt.

»Bei unserer Besichtigung hat es nicht so gerochen.«

»Denkst du, dann hätte ich auch nur eine Sekunde

darüber nachgedacht, hier einzuziehen?«, frage ich.

»Vielleicht waren die Fenster im Atelier bei der Besichtigung deshalb alle auf«, vermutet sie.

»Is' mir damals gar nicht aufgefallen. Ich dachte sie waren nur im Souterrain geöffnet.«

»Vielleicht hat der Sülzbach den Tannenduft vor der Besichtigungstour unten selbst versprüht.«

Ich stöhne. »Hoffentlich irrst du dich.«

»Wir müssen herausfinden, wo der Gestank herkommt«, sagt Louna.

Auf dem Weg zum Schlafzimmer treffen wir Herrn Seiterdanz im Flur und folgen ihm die Steinwendeltreppe hinab in den Souterrain. Der Gestank wird immer beißender. Ich vermute, dass er aus dem Hauswirtschaftsraum stammt und öffne dessen Tür.

Voilà: Neben des entsetzlichen Gestanks fällt uns die riesige Ausblühung an der rechten Wand auf, die bei der Besichtigung von einem großen Holzschrank verdeckt war. Dieser Raum, samt dessen großen, pickeligen Ausblühungen ist die Quelle des süßlichen und beißenden Gestanks. Herr Seiterdanz geht zur Putzwunde, bückt sich und stochert mit dem Finger in ihr.

»Au, au. Dit hier muss schnell jemacht werden, bevor ihre Sachen rinnkommen. Ick knipps dit und schick dit Protokoll später dem Schmalzjöbel zu. Dit muss allet uffjestemmt werden. Dit jeht so nüscht«, erklärt Herr Seiterdanz und fotografiert jetzt ausgiebig die Wandausblühungen.

Meine Bronchien brennen wie Feuer. Louna hustet, zückt ihr Smartphone und macht nun ebenfalls Fotos. Wir verlassen den Hauswirtschaftsraum, begutachten die anderen Räume des Souterrains und gehen anschließend die Steintreppe empor und zurück in den Flur. Auch wenn ich leichten Schimmelbefall an Duschfliesen im Badezimmer sowie an einer Wand im WC feststellen konnte: Unser Hauptproblem ist der Hauswirtschaftsraum, denn aus ihm strömt der süßliche, beißende Gestank, der sich in der gesamten Remise verteilt hat. Im Flur ergänze ich das Übergabeprotokoll um das Vorhandensein extremer Wandausblühungen, das defekte Eingangsschloss und den Gestank mit der dringlichen Aufforderung, diese uns bei Vertragsabschluss unbekannten Mängel noch vor unseres Einzugs – Ende nächster Woche – zu beheben.

»Ick hoff', Sie beede ham jetzt nich' so jemüschte Jefühle. Machen Se sich ma keenen Kopp, Familje Morjenröth. Der Schmalzjöbel wird dit allet anweisen. Bis zum Einzug is' dann allet tippitoppi. Versprochen. Ick schick dit Protokoll heut noch rum«, verspricht Herr Seiterdanz und sagt, dass er nun »doch jetze« die Wohnungsschlüssel behalten müsse, um nächste Woche alles mit den Handwerkern »abzudongeln«.

»Wofür brauchen Sie denn die Schlüssel?«, entgegnet Louna gereizt. »Die Tür schließt nicht einmal.« Ich lache, obwohl ich es nicht lustig finde.

»Jau. Juter Einwand«, sagt er. »Morgen früh ruf ick

sofort den Maier-Sohn an. Dit is'n richtig juter Tischler. Dit wird als erstes jemacht. Versprochen.«

»Herr Seiterdanz«, spreche ich ernst. »Ich weiß nicht, ob Ihnen das klar ist, aber unsere alte Wohnung ist gekündigt. Übernächste Woche ziehen neue Mieter in unsere jetzige Wohnung. Bis zu unserem Einzug in genau zehn Tagen – am Siebzehnten – muss hier drinnen alles gefixt sein. In diese Stinkebutze kann man nicht einziehen.«

»Nee. Natürlich nich'. Dit wird hier allet tippitoppi jemacht. Dit kriegen wa allet hin. Versprochen«, sagt er, verabschiedet sich von uns, geht zu seinem weißen Mercedes-Kombi und braust davon.

Ich schreibe Schmalzgöbel eine E-Mail, berichte ihm von der Übergabe mit Seiterdanz und fordere ihn auf, die gravierenden Mängel vor dem Einzug zu beheben und sich bitte schnellstmöglich bei einem von uns telefonisch zurückzumelden, nachdem er meinen Anruf nicht entgegennimmt.

»Was ist, wenn nicht alles ›tippitoppi‹ wird, so wie Seiterdanz versprochen hat?«, frage ich Louna.

»Wir rufen morgen früh den Schmalzgöbel an und besprechen, wie wir das alles machen. Bisher hat doch alles gut funktioniert.«

»›Allet tippitoppi‹«, äffe ich Seiterdanz nach und versuche die Haustür hinter mir zu schließen, die nicht schließen will, weil sie nicht kann.

Mit »jemüschten Jefühlen« fahren wir zurück in den Kiez. Trotz leichtem Nieselregen ist wieder Remmidemmi im »Zirkus«. Während wir eine freie Parklücke am Marheinekeplatz suchen, sehe ich »Herbert« splitternackt auf der Wiese sitzen. Sein Blick ist auf die leere Pulle Korn gerichtet, die vor ihm auf dem Rasen steht. »Friederike Kreisch-Schrill« sendet heute früher, aber schreit deutlich weniger, obwohl sie stark aus ihrer Nase blutet. »Die Troubafixe« sitzt auf der Bank, raucht »Blech« und glüht schon mal für die große Abendsause vor. »Renate die Zarte« liegt auf der gegenüberliegenden Bank und schlummert breit im »Marhighnekeland«.

Ich halte die tragischen Schicksale vor der Tür nicht mehr aus. Mein zynischer Umgang damit – zwecks Verarbeitung – kann keine Dauerlösung sein. Zum Glück ziehen wir weg. Trotzdem ist unsere Umzugs-Euphorie stark getrübt. Wortkarg räumen wir bis späten Abend weiter unser Hab und Gut zusammen. Es sind die letzten Kartons, die wir packen. Trotz des unglücklichen Starts freuen wir uns auf den Einzug, denn Seiterdanz versprach, dass »allet tippitoppi« wird.

Der nächste Morgen beginnt mit Starkregen und kurz freue ich mich über das miese Wetter, denn wenn der Himmel weint, beginnen die Spiele im »Zirkus« meist später. Schmalzgöbel hat mir noch nicht zurückgeschrieben. Auch sein Handy ist noch aus. Frau Schulz-

Ogunyemi ist ebenfalls nicht erreichbar. Daher flute ich den SuperImmo-Anrufbeantworter mit meinen Nachrichten. Am Nachmittag telefoniere ich mit Herrn Seiterdanz und erfahre, dass morgen die Haustür repariert werden wird, er Schmalzgöbel bereits das Übergabeprotokoll samt Fotos zugeschickt habe, alles gut laufen würde und wir uns nicht stressen sollen bezüglich des Umzugstermins.

»Ick weeß nich', wo der Schmalzjöbel rumtobt. Vielleicht issa mit der Rosi wieder auf Zühpann. Der wird sich schon bei Ihnen melden«, antwortete Herr Seiterdanz auf meine Frage, ob er denn wisse, wo und wie ich Herrn Schmalzgöbel oder Frau Schulz-Ogunyemi erreichen kann.

»Nee. Dit janze Protokoll jeht erst zur Holding, wird dort abjewickelt und danach an Sie beede rumjeschickt«, antwortete Herr Seiterdanz auf Lounas Frage, warum wir bisher kein Übergabeprotokoll zugeschickt bekamen, obwohl Kaution, Provision und erste Miete vertragskonform von uns an die SuperImmo überwiesen wurden.

»Ick mach hier nich' die Rejeln. Juti und Tschüss, Familje Morjenröth«, beendete er ruppig das Gespräch.

Auch in den kommenden Tagen erhalte ich weder einen Rückruf noch eine Antwort auf meine E-Mails, weder von Herrn Schmalzgöbel noch von Frau Schulz-Ogunyemi. Sebastian und Rosi scheinen trotz fehlender Abwesenheitsnotiz tatsächlich im Urlaub zu sein. Auch das Büro ist nicht besetzt, zumindest machte mir niemand auf, als ich zweimal dort vorbeifuhr und Sturm klingelte. Auch wenn mir das Kleingedruckte auf dem Firmenschild verriet, dass es persönliche Termine mit der SuperImmo nur nach Vereinbarung gäbe, wurde ich unruhig und rief erneut bei Herrn Seiterdanz an, um mich nach dem aktuellen Stand der Sanierungsarbeiten zu erkundigen. Der Hausmeister scheint schwer beschäftigt, denn auch mein zweiter und dritter Anruf wurde nebst des ersten ignoriert. Daher fuhr ich zur Remise, um mir live ein Bild vom Fortschritt zu machen: Vor unserem Grundstück parkte ein weißer Fiat Cargo und die Metallzauntür war offen. Trotz mehrmaligen Klingelns stand ich allerdings auch hier vor verschlossener Hauseingangstür – ein gutes Zeichen, denn das Türschloss ist repariert.

Heute ist Montag und wir haben nur noch wenige Tage Zeit bis zum Aus- und Einzug. Gerade eben erhielt ich eine SMS von Seiterdanz, in der er mir mitteilte, dass die Handwerker fleißig am Arbeiten wären und – auch wenn die Zeit knapp sei – alle Sanierungsarbeiten bis zum Tag unseres Einzugs fertig sein würden. Er müsse jetzt nur noch einen der Handwerker bitten, den Haustürschlüssel nach Beendigung der Arbeiten unter die Fußmatte der Eingangstür zu legen und fragte, ob das für uns okay wäre, denn er selbst wäre mit seiner Familie schon ab dem Fünfzehnten im Urlaub. Ich schrieb ihm zurück, dass wir die Schlüsselübergabe so machen können, denn das Wichtigste für uns sei, dass alles »tippitoppi« ist beim Einzug. Als Antwort bekam ich ein animiertes »Daumen hoch«-Emoji.

Heute ist endlich der Siebzehnte und Tag der Tage: Nach keiner Minute Schlaf, zwei Croissants und mehreren Espressi sehe ich um kurz nach acht Uhr den Umzugs-Lkw am Marheinekeplatz halten. Unser gesamter Hausrat ist eingepackt und in hundertdreißig Kartons verstaut. Zerlegbare Möbelstücke sind auseinandergebaut, die dazugehörigen Schrauben in kleinen Plastikbeuteln verstaut und mit dem jeweils entsprechenden Etikett des Möbelstücks versehen. Kurz darauf klingelt es an unserer Haustür und ein muskulöser Mann stellt sich vor.

»Firma Schlepprowadzkowa. Ich bin Marek, Ihr Kolonnenführer.« Um seinen Hals baumelt ein runder Lautsprecher, der nach der kurzen Begrüßung eingeschaltet wird und einen alten Dancefloor-Dudler ausspuckt. Während er seine Kollegen in unserer Küche einweist, unterbricht er sich ständig mit englischen Gesangseinlagen, die polnisch klingen.

Der eine Teil des Umzugsteams wickelt in Höchstgeschwindigkeit unsere Möbel in Luftpolster- und Multistretch-Wickelfolie, der andere schleppt Kartons in den Lkw. Einer der Schlepprowadzkowa-Boys bleibt dauerhaft unten und passt auf, dass keiner von den »Zirkusartisten« in den Laster krabbelt, um auf die Suche nach Tauschgut zu gehen.

Bevor wir ins neue Leben aufbrechen, spendieren wir den Umzugs-Boys Gyros Pita vom griechischen Imbiss »Mütter & Feta«. Kurz gerät mein Weltbild ins Wanken, als mich Marek nach einer vegetarischen Variante mit Halloumi sowie laktosefreiem Zaziki fragt.

Nach dem Mittagessen fegt Louna alle Räume durch und Firma Schlepprowadzkowa bringt die letzten Kartons hinab. Die Haustürschlüssel werfe ich – wie mit der Hausverwaltung vereinbart – in unseren Flurbriefkasten, bevor ich zum allerletzten Mal die große, schwere Eingangstür öffne. Wir treten hinaus und sehen »Renate« im »Zirkus« toben. Splitternackt und breitbeinig sitzt sie auf einer Holzbank vor der Wiese und fragt Passanten laut und ungeniert nach einer »saftijen Spende«. »Die Troubafixe« sitzt auf der Wiese – beobachtet das Geschehen – und lacht sich scheckig. Louna und ich steigen in unser Auto, kurbeln die Fenster hinunter und verabschieden uns winkend vom Kiez und seinen »Artisten«.

Die Autofahrt ins neue Glück dauert ewig. Firma Schlepprowadzkowa und Eheleute Morgenröth biegen nach fast einer Stunde zeitgleich in die Zielstraße ein. Louna und ich steigen aus und betreten das Grundstück. Ich schiebe die Fußmatte beiseite und greife den Haustürschlüssel. Plötzlich steht Marek hinter uns.

»Zeigt mir Räume. Dann kann ich Kollegen anweisen«, sagt er.

»Okay«, sage ich, schließe die imposante Hauseingangstür auf und trete hinein.

»Das ist hammergeiler Palast«, sagt er beeindruckt, nachdem wir durch die Salontür schritten und im alpinweißen Atelier zum Stehen gekommen sind.

»Aber Palast riecht scheiße«, ergänzt er und spricht genau das aus, was ich denke und vor allem rieche.

Wortlos eilen Louna und ich vom Atelier hinab ins Souterrain. Marek folgt uns. Als ich die Tür des Hauswirtschaftsraums öffne, schlägt uns eine konzentrierte Wolke des süßlichen, beißenden Gestanks entgegen, die sich regelrecht durch meine Nase frisst. Mein Magen krampft. Mir wird kotzübel.

»Soll das ein Scherz sein?«, brülle ich.

»Diese Lügner!«, schreit Louna.

»Man stinkt das hier ekelhaft«, sagt Marek.

Louna geht zum Fenster und öffnet es. Ich zücke mein Smartphone, wähle die Nummer von Herrn Seiterdanz und bekomme am anderen Ende der Leitung die Antwort, dass er »temporarily not available« sei.

»Wir müssen anfangen auszuladen. In drei Stunden muss Lkw zurück sein«, sagt Marek und geht die Steintreppe empor.

Ich schäume vor Wut, wähle Schmalzgöbels Mobilfunknummer und stelle fest, dass sein Handy immer noch ausgeschaltet ist. Seit fast zwei Wochen werden weder unsere E-Mails beantwortet, noch wurden wir von der SuperImmo zurückgerufen.

»Morgenröth. Herr Schmalzgöbel, meine Frau und ich sind gerade dabei einzuziehen. Die Haustür wurde repariert – so weit, so gut – allerdings sind die krassen Wandausblühungen im Hauswirtschaftsraum nach wie vor vorhanden. Dieser süßliche, beißende Gestank in der Remise ist unzumutbar. Rufen Sie mich sofort zurück!«, spreche ich ihm auf die Mailbox.

»Komm bitte mal mit«, sagt Louna und greift meine Hand.

Ich folge ihr in die Küche und hinab in den Garten.

»Jetzt wird geatmet«, befiehlt sie sanft, als wir auf dem Rasen zum Stehen kommen.

Ich schließe die Augen und atme tief ein, fühle die warmen Strahlen der Sonne auf meiner Gesichtshaut. Als ich meine Augen wieder öffne, bemerke ich die Schmetterlinge, Hummeln und Bienen, die sich im Garten tummeln. Der Sommerflieder neben mir strotzt vor Anmut. Die Luft riecht klar und sauber. Mir geht es besser. Die Wut scheint besänftigt.

Gute zwei Stunden später ist der Umzug abgeschlossen. Firma Schlepprowadzkowa dankt und fährt von dannen. Die geöffneten Fenster halfen bisher leider nicht den widerlichen Gestank zu minimieren.

Louna und ich bauen Kleiderschrank sowie Bett im Schlafzimmer auf, plumpsen nach Bier und Pizza erledigt aufs Sofa und starren auf das Deckenlichtkonzept des alpinweißen Atelierfirmaments.

»Die Remise ist wunderschön. Schade, dass sie so ekelhaft stinkt«, sagt Louna.

»Dagegen war der Schnitzelduft in der alten Butze reinstes Parfum«, sage ich.

»Die fetten Ausblühungen im Souterrain können die nicht einfach weiter wuchern lassen. Das hat der Seiterdanz ja selbst gesagt, dass das so ›nüscht jeht‹.«

»Wir sind die ganze Zeit belogen worden. Vermutlich auch von Sülzbach.«

»Bis auf den Geruch ist sonst doch alles ›tippitoppi‹.«

»›Allet tippitoppi‹«, äffe ich Seiterdanz nach.

Louna gähnt laut. Ich recke mich.

»Hörst du das?«, fragt sie.

»Was denn?«

»Eben. Es ist leise.«

»Stimmt. Wenigstens gibt's hier kein Gastro-Terror, keine ›Renate‹, kein ›GTH‹, keine ›Troubafixe‹ ...«, beginne ich »Marhighnekes Plagen« aufzuzählen.

Louna unterbricht mich. »Weißt du, worauf ich mich jetzt richtig freue?« Gähnend verschluckt sie ihre letzten Worte.

»Endlich mal wieder in Ruhe zu schlafen?«

Louna nickt.

Wir schälen uns vom Sofa, putzen die Zähne und versprühen Lounas Bio-Raumspray »Sommertraum« im Hauswirtschaftsraum, schließen die Holzrolläden im Schlafzimmer, steigen in die Pyjamas und kuscheln uns unter die Sommerdecken.

♄

Blei

1.

Calcinatio

»Denn es kan kein Ding in eine andere Natur verwandelt werden, es sey denn zuvor zu Asche, Kalk oder Erde worden; alsdenn ist es offen und wieder aufgelöset, daß es ein jedes Element zu sich ziehet: derowegen sind alle Dinge zuerst wieder in Erde zu verkehren, ehe sie zu Luft, Wasser oder Feuer verwandelt werden.«[4]

(*Anonym*, IV. *Aus dem Nodo sophico enodato, in Hermetisches A.B.C.* [...], *Berlin*, 1778)

IV

Pech

Ich sitze an unserem Teakholztisch im Atelier und gucke nach oben. Statt des Deckenlichts sehe ich über mir die Decke eines Klostergewölbes. Die Luft ist kalt, riecht nass und schmeckt erdig.

»Das ist ja eine Gruft«, sage ich überrascht.

Ich senke meinen Kopf und sehe auf einmal Louna – riesengroß – mir gegenüber am Holztisch sitzen. Ihre Lockenpracht berührt fast die hohe Gewölbedecke.

Plötzlich betritt eine zweite Louna – normalgroß – das Atelier und setzt sich neben ihren riesigen Zwilling. Ich beobachte die kleinere Louna. Irgendetwas stimmt nicht mit ihr. Sie sieht blass aus. Ich frage, ob es ihr gut geht. Sie antwortet mir, dass sie längst tot sei.

»Nein!«, entgegne ich. »Das stimmt nicht!«

Ich bekomme Panik – will schreien – aber verstumme. Tränen schießen mir in die Augen. Mein Hals ist taub, der Schlund viel zu eng. Ich kann nicht mehr atmen, denn ich weiß nicht mehr, wie das geht.

Ich ersticke.

Und Schatten werden zu dunklem Stein.

Ich bin noch hier.

Seh' bloß von woanders.

Die lockige Riesin schwebt vor mir im Licht und verrät, dass sie gar keinen Namen trägt.

Dann höre ich Schritte, Geflüster hallt in der Luft. Menschen versammeln sich in der nasskalten Gruft.

»Was wollt ihr hier?«, frage ich.

Niemand antwortet.

Ich gehe zu einem Mann, frage: »Was machst du hier?«

Er beachtet mich nicht. Ich spreche eine Frau an. Auch sie bleibt stumm.

»Was ist los mit euch?«, schreie ich die Menschen an.

Plötzlich erscheint die tote Louna vor mir. Sie erzählt, dass wir beide nicht mehr hier wohnen und die Menschen gerade da sind, um die Atelier-Remise zu besichtigen.

»Nein!«, widerspreche ich. »Wir sind gestern erst eingezogen. Unsere ganzen Möbel stehen noch hier. Siehst du das nicht? Das ist unser Holztisch. Wir wohnen hier!«

Die tote Louna schweigt.

Und dann weiß ich es.

Und dann bin ich wach.

Im Garten singen bereits die Vögel. Ich öffne die Augen und sehe, wie sich Sonnenstrahlen durch die Rolládenspalten zwängen, ihren Weg ins Zimmer finden. Louna schläft noch. Ich drehe mich zu ihr. Und komme hektisch ins Sitzen: Lounas Gesicht ist blutverschmiert. Auch Kissenbezug und Bettdecke tragen rote Flecken.

»Schatz, wach auf. Du blutest aus der Nase«, flüstere ich.

Louna reißt die Bettdecke zur Seite und geht schnellen Schrittes hinab ins Bad, während sie die Hand unter die Nase hält. Ich folge ihr und den Blutspuren.

»Ich hatte noch nie Nasenbluten«, sagt sie.

Louna wäscht sich das Blut vom Gesicht, schneidet einen Tampon längs auf und kürzt ihn. Sie entfernt die Schnüre und steckt die jeweiligen Hälften in ihre Nasenlöcher.

»Das war eine richtige Horrornacht. Du kannst dir nicht vorstellen, was ich für Albträume hatte«, sagt sie.

Louna sieht lustig aus mit den beiden Tamponhälften in ihren Nasenlöchern.

»Ich hab' auch nur krasses Zeugs geträumt«, sage ich.

»Ich geh' jetzt erstmal duschen«, sagt sie, zieht ihren Pyjama aus, steigt in die Wanne und zieht den Duschvorhang zu.

»Was hältst du davon, gleich frühstücken zu gehen?«, fragt sie und dreht den Wasserhahn auf.

»Viel«, antworte ich und öffne die Tür des WCs nebenan.

Nach dem »Guten-Morgen-Ei« gehe ich duschen, um auch mir die Überreste meiner Albträume von der Haut zu waschen.

Frisch geduscht trete ich in unser neues Schlafzimmer und sehe Louna vor geöffneten Kleiderschranktüren stehen. In ihren Händen hält sie einen Stapel Shirts.

»Fühl mal«, sagt sie. Ich streiche mit meiner Hand über die Kleidung.

»Wieso sind die Shirts nass?«, frage ich.

»Unsere gesamte Kleidung ist nass«, sagt sie. »Nicht einmal bloß feucht.«

Louna öffnet die Schublade, in der sich meine Unterwäsche befindet, reicht mir eine Boxershorts.

»Tatsächlich«, sage ich. »Hat die SuperImmo zum Einzug extra noch einen Wasserrohrbruch organisiert? – Die lassen sich ja einiges für ihre Mieter einfallen.«

»Ich hab' schon hinter den Schrank geguckt. Die Wand sieht trocken aus. Es muss am Raumklima liegen. Wir haben hier drinnen eine Luftfeuchtigkeit wie in den Tropen«, sagt sie.

»Klasse. Dann können wir uns den Flug dorthin sparen.«

»Was ziehen wir denn jetzt an, wenn alles nass ist? Ich friere langsam«, sagt sie.

»Wir trocknen Unterwäsche und Shirts mit deinem Lockenföhn. Ich hol' ihn jetzt von unten. Dreh bitte schon mal überall die Heizkörper voll auf«, sage ich und gehe Richtung Flur.

»Und den Rest legen wir raus in die Sonne«, rufe ich auf dem Weg hinab ins Souterrain.

Als ich mit dem Diffuser in der Hand zurückkehre, treffe ich Louna im Flur.

»Ich war gerade im Atelier. Alle Kartons sind nass. Ich hab' einen anheben wollen. Die durchgeweichten Tragegriffe sind sofort gerissen«, sagt sie geschockt.

»Dann kann die Hütte wenigstens nicht so leicht abfackeln: Stichwort Brandschutz.«

Louna folgt mir ins Schlafzimmer. Ich werfe ihren Lockenföhn auf die Bettdecke.

»Unsere ganzen Bücher sind in den Kartons, auch alle wichtigen Dokumente und Projektunterlagen. Und ich kann mir ehrlich gesagt nicht vorstellen, dass die Nässe unseren Computern und elektronischen Geräten auch so richtig guttut«, sagt sie.

Ich stöhne auf. »Kacke.«

»Du musst dir mal unseren Mietvertrag auf dem Holztisch angucken.«

»Was ist mit ihm?«

»Die Druckertinte verläuft bereits«, sagt sie. »Ich hab' mich nicht getraut, ihn vom Tisch abzufummeln, sonst wäre er eingerissen. Das nasse Papier klebt schon am Holz fest.«

»›Wetlook contract‹ – wird bestimmt bald 'n Trend.«

»Solan, wir können nicht alles trockenföhnen.«

»Verfickte Scheiße«, schreie ich. »Dieser Immodepp soll den ganzen Abfuck hier fixen lassen, und zwar bis vorgestern.«

Louna setzt sich auf die Bettkante, starrt traurig auf

das Mosaikparkett.

»Louna, ich kümmere mich darum. Aber lass uns bitte vorher frühstücken gehen«, sage ich.

Eine halbe Stunde später sitzen wir im »Frau Stulle & Herr Schrippe« und teilen uns einen Bio-Bagel mit Frischkäse, Bärlauchpesto und getrockneten Tomaten. Die Café-Besitzer – das stellt sich nach einem Schnack heraus – sind vor kurzem zwar aus anderen Gründen, aber ebenfalls aus Kreuzberg geflüchtet. Zusammen mit ihren Eltern als Investoren und unbezahltem Servicepersonal bringen sie Kreuzberger Frühstücksambiente nach Dahlem. Ich schalte mein Smartphone ein, nippe am Americano und finde eine neue Nachricht von Herrn Schmalzgöbel in meinem E-Mail-Postfach.

»Aha.«

»Was denn?«, fragt Louna.

»Schmalzgöbel hat mir das Übergabeprotokoll geschickt. Ich leite es dir weiter«, sage ich und beiße von meiner Bagelhälfte ab.

Nach Durchsicht des Protokolls fällt uns auf, dass weder die Fotos der Wandausblühungen noch generell Bilder des Souterrains in ihm enthalten sind. Meine schriftlichen Ergänzungen bezüglich Gestank, defekter Eingangstür sowie Ausblühungen wurden geschwärzt und in der Mail mit keinem Wort erwähnt.

»Was geht denn hier ab?«, fragt Louna.

Ich wähle bereits Schmalzgöbels Mobilnummer.

»In seiner Mail steht auch nichts von zukünftigen Sanierungsarbeiten«, sagt Louna, während ich von Schmalzgöbels Mailbox darüber informiert werde, dass er nicht erreichbar sei.

»Sein Handy ist aus«, sage ich und wähle nun Seiterdanz' Nummer.

Aber auch Herr Seiterdanz ist nicht erreichbar. Daher schicke ich beiden eine SMS und antworte Schmalzgöbel auf seine E-Mail. In ihr weise ich auf das unvollständige und geschwärzte Übergabeprotokoll hin und fordere ihn unmissverständlich auf, sich unverzüglich bei uns telefonisch zurückzumelden.

Nach dem Frühstück mit »Geschmäckle« beginnen wir Kleidung und Kartons mit feuchtesensiblen Inhalten aus Schlafzimmer und Atelier in den einzig weniger feuchten Raum zu räumen: die Küche. Zwar sind Raumklima und Geruch dort auch nicht gut, aber immerhin leicht besser. Da alle Kartons nass sind, müssen wir sie von der Unterseite anheben und auf den Unterarmen hochtragen, damit ihre durchgeweichten Böden nicht reißen. Da es sich bei den Kartoninhalten hauptsächlich um unsere zweitausend Bücher starke Bibliothek handelt, sind diese natürlich auch dementsprechend schwer. In der Küche befreien wir sie von der nassen Umzugspappe und legen die Bücher zum Trocknen raus in die Sonne, um sie später in der Küche zu stapeln.

Gegen Abend hat sich unsere Küche in eine möblierte Bücherlandschaft verwandelt. Zuletzt schleppen wir noch eines der Sofaelemente nach oben, denn im Atelier können wir es feuchte- und geruchstechnisch nicht mehr aushalten. Kochen ist aufgrund des Platzmangels im »Bücherküchenland« kaum mehr möglich.

Es ist fast Mitternacht. Obwohl der Tag heute anstrengend war und wir mittags nur eine Kleinigkeit aßen, könnte ich im Strahl kotzen, wenn ich an Essen denke. Uns ist speiübel vom Gestank. Mein Magen fühlt sich an wie Stein. Wir entscheiden uns gegen eine Zwangsmahlzeit und gehen schlafen.

Ich kann nicht einschlafen. Die Gedanken sind wirr und fiebrig. Meine Kehle ist staubtrocken und brennt wie Feuer. Viele Male stehe ich nachts auf, um etwas zu trinken. Der letzte Schlaf in den frühen Morgenstunden tat gut, trotzdem fühle ich mich krank, als ich aufstehe. Louna ist bereits wach und macht Frühstück in unserem Pop-Up-Store für Bücher mit Kochzeile.

»Morgen, Süße«, brumme ich, als ich in die Küche trete.

»Morgen, Schatz.«

Louna zwingt sich zu einem Lächeln. Sie trägt dunkle Augenringe zu ihrer cafébraunen Gesichtshaut.

»War wieder ’ne harte Nacht heute, oder?«

»Frag nich’«, antwortet Louna.

»Wollen wir heute Vormittag im Park spazieren gehen? Die frische Luft tut bestimmt gut. Außerdem sitzen uns die letzten Tage noch in den Knochen.«

Zwei Stunden später sitzen wir im nahegelegenen Park auf einer Wiese, essen glutenfreie Haferkekse und trinken indischen Chai aus unserer Thermoskanne in Edelstahloptik. Die frische Luft tut tatsächlich gut. Louna und ich fühlen uns nach einer Stunde bereits besser und nach einer weiteren ist fast wieder »allet tippitoppi«. Wir legen uns auf die Wiese, lesen und lassen uns in der Sonne braten.

Gegen Mittag knurren unsere Mägen um die Wette – genau so lange – bis wir die große rote Eingangstür öffnen und uns der süßliche, beißende Gestank entgegenduftet. Sofort dreht sich der Magen um. Uns wird kotzübel. Zusätzlich beginnt nun die Gesichtshaut zu brennen. Wir versuchen Gestank und Befindlichkeiten zu ignorieren, gehen in die Bücherküche und schmieren uns ein paar Brötchen. Noch bevor wir etwas gegessen haben, fühlen wir uns bereits wieder grippig. Ein sich gegen Nachmittag ankündigender Schwindel verwandelt sich gegen Abend in regelrechte Benommenheitszustände mit Wortfindungsstörungen. Auf dem Weg ins Bett stolpern wir über unsere eigenen Beine, obwohl wir keinen Alkohol getrunken haben.

Als ich mitten in der Nacht wieder von irren Albträumen wach werde – nassgeschwitzt, fiebrig und unstillbar durstig – beschließe ich die restliche Nacht in der Küche zu schlafen, schnappe mir die nasskalte

Bettdecke und quetsche mich aufs kleine Sofaelement.

Die Vögel im Garten wecken mich früh mit ihrem schönen Gesang. Louna scheint ebenfalls wach zu sein, denn ich höre sie unten im Bad. Ich gehe hinab, öffne die Badezimmertür und erschrecke mich: Ihr Gesicht ist wieder blutverschmiert.

»Ich hoffe Schmalzgöbel und Seiterdanz haben gut geschmeckt«, sage ich.

Louna lacht und dreht den Wasserhahn auf.

»Schon wieder Nasenbluten?«, frage ich.

»Voll schräg«, sagt sie. »Hast du in der Küche geschlafen?«

»Ich hab's unten nicht mehr ausgehalten«, antworte ich.

Louna wäscht sich das Blut vom Gesicht, tupft mit dem Handtuch ihr nasses Gesicht ab.

»Seit heute früh habe ich so komische Schmerzen im rechten Bein«, sagt sie, hängt das nasse Handtuch an den Haken und massiert ihr Bein.

»Wir haben gestern die ganzen Bücher hochgeschleppt. Vielleicht meldet sich dein Piriformis-Muskel. Ich habe irgendwo noch Pferdesalbe.«

»Es fühlt sich so an, als ob mir jemand mit einem Eispickel ins Bein sticht.«

»Lass uns gleich zum Arzt gehen. Wir hatten gestern Abend Sprach- und Gleichgewichtsstörungen. Es könnte sein, dass unsere Beschwerden mit dem

Gestank in der Butze zusammenhängen. Als wir gestern im Park waren, ging es uns nach kurzer Zeit viel besser. Das kann jetzt nicht nur an der guten Dahlemer Luft liegen.«

»Gestern dachte ich, dass es Einbildung wäre, aber meine Zunge fühlt sich heute immer noch taub an.«

»Bei mir sticht es seit gestern im Enddarm. Und mein letztes Phaal Curry hatte ich vor vier Wochen. Daran kann's nicht liegen.«

»Vom Regen in die Traufe. Mehr Pech kann man nicht haben.«

»Ich schaue jetzt nach Ärzten«, sage ich.

Im Internet finde ich die Adresse eines – laut Bewertungen – guten Allgemeinmediziners und Allergologen. Als wir im Begriff sind zur Praxis aufzubrechen, klingelt es plötzlich. Ein großer Mann mit kugelrundem Bauch steht vor unserer Haustür.

»Juten Tach. Heinrich Säumtenfels. Ick bin von der SuperImmo jeschickt worden«, sagt er und fragt, ob er sich einmal die Wandausblühungen im Souterrain angucken könne, um die »janze Feuchtichjeitsjeschichte« durchzumessen.

»Jetzt?«, fragt Louna.

»Wir sind gerade auf dem Sprung«, sage ich.

»Jetzt bin ick ja hier. Jeht och schnell«, sagt Herr Säumtenfels und betritt mit matschverkrusteten Schuhen die Remise.

»Unten zuerst, wa?«, fragt er. Louna nickt.

Wir gehen die Treppe hinab. Ich öffne die Tür des Hauswirtschaftsraums.

»Boah! Dit stinkt ja hier. Meine Jüte«, sagt Herr Säumtenfels und geht hustend zur Putzwunde.

»So, dann woll'n wa ma.« Er bückt sich, stochert mit einem Kreuzdreher in den Wandausblühungen, holt ein Feuchtigkeitsmessgerät aus seiner Westentasche und rammt dessen Elektrodenspitzen in den Putz.

»Dit is' janz großer Mist«, verkündet er nach Abschluss mehrerer Messungen, steckt die Apparatur zurück in seine Tasche und kommt wieder zum Stehen.

»Was genau meinen Sie?«, frage ich.

»Dit janze Mauerwerch hier is' tuttikompletti durchjefeuchtet. Und dit wird noch schlimmer mit'm Jeruch, wenn nüscht jemacht wird.«

»Es ist doch jetzt schon nicht mehr zum Aushalten«, sagt Louna.

»Der janze Jestank hier, dit jeht so nüscht.«

»Wonach riecht das für Sie?«, frage ich ihn.

»Nach irjendsonem Schemiezeuchs wat hier ausjast. Ick kieck mir ma die anderen Räume an, wa«, sagt Herr Säumtenfels und geht bereits die Treppe hinauf.

Louna und ich begleiten ihn ins Schlafzimmer. Er fummelt erneut das Gerät aus der Westentasche, pikst die metallenen Spitzen in die Wand, misst, notiert die Werte auf einem Zettel, greift dann in seine andere Westentasche und holt aus ihr ein Hygrometer, um zusätzlich die Luftfeuchtigkeit zu messen. Louna öffnet unseren Kleiderschrank und hält ihm einen Stapel Shirts entgegen.

»Fassen Sie mal bitte an«, fordert sie Herrn Säumtenfels auf, der daraufhin seinen Zeigefinger in das oberste Shirt des Stapels drückt.

»Klitschnass, wa. Dit liegt anna Feuchtichjeit. Janz klar.«

Nach »unjefähr« zwei Stunden sind alle weiteren Räume »durchjemessen«. Louna fotografiert Säumtenfels' Zettel mit den notierten Werten. Anschließend begleiten wir ihn zur Haustür.

»Dit warn ja heut richtije Kracherwerte bei Ihnen: Im Schlafzimmer hab ick Werte um die neunzig Prozent Luftfeuchte jemessen. Dit is'ne Hausnummer, wa. Und die janzen Wände der Remise sind vier ma so feucht wie eijentlich zulässig und jenauso nass, wie ihre Kleidung im Schrank«, sagt er und streckt mir bereits seine Hand zur Verabschiedung entgegen.

»Und janz unten is' ja Hiroshima, wa«, sagt er, lacht und schüttelt meine Hand kräftig zum Abschied. »Ick schick die Erjebnisse dem Schmalzjöbel zu.«

»Apropos: Wir versuchen Herrn Schmalzgöbel seit Tagen zu erreichen, wissen Sie vielleicht ...?«

»Nee. Weeß ick nich'«, unterbricht er Louna. »Aber sehn Se ma beede zu, dat Se hier ruckizucki rauskommen, wa. Ick bin keen Arzt, aber dit Klima hier, dit is' nich' jesund. Dit is' sicher«, sagt Herr Säumtenfels, verabschiedet sich von Louna und schließt die Tür.

»Dann benötige ich jetzt nur noch Ihre Karten«, sagt die Arzthelferin.

»Zweimal Loge, einmal Popcorn«, sage ich und lege unsere Krankenversichertenkarten auf den Tresen.

»Dann können Sie sich jetzt beide ins Wartezimmer setzen. Der Doktor ruft sie dann auf. Dauert aber.«

Das Wartezimmer ist proppenvoll, als Louna und ich eintreten. Ich schnappe mir eine Zeitschrift und quetsche mich zwischen eine hustende Frau und einen Mann, dessen Kopf feuerrot leuchtet. Louna sitzt mir gegenüber und zwischen einer jungen Dame, die sich dauernd ausschnupft und einer Seniorin, die unentwegt in ihrer Handtasche kramt. Zum Lesen der Zeitschrift komme ich nicht, denn Louna und ich besprechen via SMS, wie wir in der vermutlich zeitlich sehr begrenzten Sprechstunde kompakt die Sachverhalte schildern können, ohne dabei Herrn Dr. Bromschneider zu überfordern.

»Herr und Frau Morgenröth. Bitte nehmen Sie im Behandlungszimmer drei Platz. Ich bin gleich bei Ihnen«, sagt nach über drei Stunden ein Mann mit weißem Kittel, grau meliertem Kurzhaarschnitt und Kinnbart.

»Wie kann ich Ihnen behilflich sein?«, fragt Herr Dr. Bromschneider bereits beim Eintreten und schließt »Tor Drei«.

Louna und ich erzählen von der Remise, ihrem tropischen Raumklima, vom süßlichen, beißenden Gestank, von unserer nassen Wäsche im Kleiderschrank, den Ergebnissen der Messungen sowie von Lounas Nasenbluten, ihrer tauben Zunge, den Beinschmerzen, unserer Appetitlosigkeit, den Magenschmerzen und außerdem von den Benommenheitszuständen, Schwindel und Wortfindungsstörungen, die wir bekommen, sobald wir uns länger in der Remise aufhalten.

»Für mich klingt das nicht nach einem grippalen Infekt. Sonst würden Ihre Symptome nicht nachlassen, wenn Sie den Räumlichkeiten fernbleiben. Für mich hört sich das nach etwas Toxisch-Irritativem an, auch bezüglich Ihrer tauben Zunge und den Nervenschmerzen im Bein, Frau Morgenröth«, erklärt Herr Dr. Bromschneider und zupft an seinem Kinnbart.

»Ich bin allerdings Allgemeinmediziner und Allergologe, weder Toxikologe noch ausgewiesener Experte für gebäudebezogene Gesundheitsstörungen. So wie Sie mir das beschrieben haben, könnte ich mir vorstellen, dass die Feuchte das Ausgasen von sich im Mauerwerk befindlichen Chemikalien begünstigt.«

»Der Gutachter, der heute die Messungen in der Remise durchgeführt hat, vermutet das ebenfalls. Was könnte das denn für ein Stoff sein, der ausgast?«, fragt Louna.

»Tja, das kann ich Ihnen auch nicht sagen. Die Liste ist lang. Dafür könnten eine Vielzahl von Stoffen in Betracht kommen. Das lässt sich nur mit entsprechenden Untersuchungen des Mauerwerks, des Bodens und der Raumluft klären. Es gibt mehr als eine halbe Million bekannte Wohngifte. Sie sprachen doch eingangs davon, dass die Remise eine ehemalige Gaststätte war, die zu Wohnraum umfunktioniert wurde?«

»Ja«, antworte ich.

»Es könnten zum Beispiel Herbizide, Fungizide, Pestizide, Insektizide oder auch Lösungsmittel sein, die verwendet wurden, um Mauerwerk und Estrich vor Schädlingen und Feuchtigkeit zu schützen. Es könnte auch eine Kombination aus Schimmel und Wohngiften sein. So etwas kann man nicht per Ferndiagnose feststellen, das geht nur mit den entsprechenden professionellen Tests vor Ort. Medizinisch kann ich Ihnen nicht weiterhelfen, sondern nur den dringenden Rat geben, möglichst bald auszuziehen. Stichwort Karenz. Sprachen Sie nicht auch davon, dass sich in einem der Räume OSB-Platten befinden?«

»Der gesamte Atelierboden besteht aus diesen OSB-Platten«, antworte ich.

»Es gibt viele Holzkleber, die bei entsprechender Feuchtigkeit ausgasen und schwere Gesundheitsstörungen verursachen. Es könnten durchaus auch solche Gifte sein. Ich kann Ihnen aber – wie erwähnt – leider weder weiterhelfen noch herausfinden, um welche Gifte es sich genau handelt. Da bin ich Ihr falscher Ansprechpartner. Aber einen Rat gebe ich Ihnen: Ziehen Sie schnellstmöglich aus.«

»Macht es jetzt nicht Sinn ein großes Blutbild bei uns zu machen? Könnten wir damit nicht herausfinden, um welche Gifte es sich handelt?«, fragt Louna.

»Nein«, antwortet Herr Dr. Bromschneider. »Wir werden mit ziemlicher Sicherheit nichts Ungewöhnliches finden. Gifte verweilen nur kurz im Blut und außerdem: Nach welchen Giftstoffen soll denn das Labor in den Proben suchen? Kein Arzt wird Ihre Blut-, Urin- und Stuhlproben auf alle möglichen Gifte untersuchen können. Wer soll das denn bezahlen? Also, wir können das nicht, da bin ich ganz ehrlich zu Ihnen. Wenn Sie jetzt ›Skripal‹ mit Nachnamen heißen würden und ein medienpolitisches Interesse bestände herauszufinden, um welche Gifte es sich handelt – dann wäre das natürlich eine andere Situation. Leider sieht es aber im Moment so aus, wie es aussieht. Diese umfangreichen Untersuchungen wird Ihnen niemand bezahlen können. Weder ich noch die Kasse.«

»Was können wir denn jetzt tun? Wie werden wir wieder symptomfrei?«, frage ich.

»Besorgen Sie sich einen kompetenten Gutachter, der das feuchte Mauerwerk bestätigt, die Raumluft auf Schadstoffe untersucht und dann nichts wie raus aus dieser giftigen Remise. Dann werden hoffentlich auch Ihre Beschwerden aufhören. Und nehmen Sie sich einen guten Anwalt.«

Herr Dr. Bromschneider steht auf, zeigt mit seiner Hand zur Tür, verabschiedet sich und geht ins Wartezimmer, um die nächsten Patienten aufzurufen.

Auf dem Rückweg erhalte ich eine E-Mail meines neuen Lieblingsfreunds Sebastian. Herr Schmalzgöbel interpretiert in ihr frei die gemessenen Feuchtigkeitswerte des Herrn Säumtenfels, beschönigt das Raumklima und sieht keinerlei Handlungsbedarf seitens der SuperImmo. Als ich die Zeilen las, dachte ich zuerst an einen Scherz, denn Schmalzgöbels Aussagen stehen im krassen Widerspruch zu den Ergebnissen und Einschätzungen des Herrn Säumtenfels, der ja von der SuperImmo beauftragt wurde. Außerdem wundere ich mich über Schmalzgöbels zügige Rückmeldung, denn meine anderen E-Mails blieben bisher unbeantwortet.

»Ich leite dir die Mail kurz weiter. Du warst nicht in CC«, sage ich zu Louna. »Bitte ärger' dich nicht. Morgen gehen wir zu einem Anwalt.«

»Post vom Schmalzgöbel?« Ich nicke.

»Was ist? Jetzt sag schon.«

»Der schreibt, dass mit der Butze alles ›tippitoppi‹ wäre.«

Am nächsten Morgen sind wir wieder früh wach. Die Nacht war grauenhaft. Irgendwann bin ich schweißnass aufgewacht und wusste mehrere Minuten nicht, wo genau ich mich befand. Der Gestank half mir schnell auf die Sprünge. Erneut begannen Übelkeit und Magenschmerzen. Meine Haut fühlte sich an, als ob sie glühenden Nadelstichen ausgesetzt sei. Ich ging hoch in die Küche und rieb mir Gesicht und Körper mit dem Saft einer Gemüsezwiebel ein, um überhaupt noch Schlaf finden zu können. Gegen kurz vor fünf Uhr wachte ich mit stechenden Schmerzen im Enddarm auf und ging hinab zur Toilette. Der Stuhlgang schmerzte enorm. Nach dem großen Geschäft stand ich auf, um den Spülmechanismus zu betätigen. Dabei wanderte mein Blick zur Mulde des Flachspülers. In ihr sah ich meine blutigen Exkremente liegen. Als ich geschockt das Bad verließ, stieß ich fast mit Louna zusammen, die mit der Hand unter ihrer Nase plötzlich vor der Tür stand. Langsam gehen uns die sauberen Bezüge aus, zumindest die blutfleckenfreien. Ich beschloss Louna nichts von meinem blutigen Stuhlerlebnis zu erzählen. Das würde sie nur ängstigen und zusätzlich belasten, denn ihre Beinschmerzen haben über Nacht zugenommen.

Nach dem Frühstück suche ich im Internet nach einem Berliner Anwalt, der auf Mietrecht spezialisiert ist und Louna nach einem professionellen Feuchtigkeitsgutachter. Wir werden fündig und vereinbaren Termine: Mit dem Anwalt treffen wir uns mittags, der Gutachter will am Nachmittag vorbeikommen.

Gegen fünf vor zwölf Uhr stehen wir vor den Räumlichkeiten des Rechtsanwalts Friedhelm Gockelsheim in Berlin-Dahlem. Wir klingeln. Die Tür wird geöffnet und ein Herr Mitte fünfzig stellt sich bei mir mit »Gockelsheim. Guten Tag, Herr Morgenröth« und bei Louna mit »Gockelsheim. Angenehm, Frau Morgenröth« vor. Er bittet uns in seinem Büro Platz zu nehmen.

»Sie haben also ein Problem in Ihrer neu bezogenen Wohnung«, sagt er und bietet harte Kekse, Wasser und Filterkaffee an.

»Ich hatte Ihnen ja schon grob in meiner E-Mail beschrieben, worum es geht«, sage ich und fasse erneut unser bisher Erlebtes zusammen, damit sich Herr Gockelsheim ein umfassenderes Bild – jetzt auch von unserer gesundheitlichen Situation – machen kann.

»Aha. Gut. Aha. Verstehe. Aha. Okay«, kommentiert der Rechtsanwalt begleitend.

»Die erste Hürde wird sicherlich Ihr abgeschlossener Jahresvertrag sein«, erklärt er. »Aber das sollte bei diesen gravierenden Mängeln, die Sie beschreiben, kein Problem darstellen sich aus diesem Vertrag zu lösen: Es ist für Sie beide nicht zumutbar in dieser Immobilie zu wohnen, denn diese hat Ihnen ja bereits schon nach kurzer Zeit gesundheitliche Probleme bereitet. Stoppen Sie bitte ab jetzt alle weiteren Zahlungen an die SuperImmo. Viele lenken meist ein, wenn es um das liebe Geld geht. Ich würde Ihnen dringend dazu raten, auch ein eigenes Gutachten bezüglich der Feuchtigkeit erstellen zu lassen, auch wenn das für Sie jetzt leider kostspielig und vermutlich bei einem möglichen

Prozess nur als Parteigutachten bewertet werden wird. Aber Sie haben ja erlebt, wie die Hausverwaltung das intern erstellte Feuchtigkeitsgutachten interpretiert: Da wird knallhart gelogen laut Ihren Ausführungen. Und tun Sie sich bitte beide einen Gefallen – das wäre meine dringendste Handlungsempfehlung: Ziehen Sie so schnell wie möglich aus dieser giftigen Remise aus.«

»Wir haben natürlich schon geschaut, wohin wir auf die Schnelle umziehen können. In Berlin sofort eine neue, bezahlbare Wohnung zu finden ist ja unmöglich geworden. Und Hotels sind einfach zu teuer auf Dauer. Für ein paar Tage funktioniert das natürlich, aber für den längerfristigen Fall würde das unser Budget gewaltig sprengen. Ich habe die letzten Tage schon im Internet nach Pensionen geguckt. Leider war bisher noch keine dabei, die bezahlbar und auch für länger als drei Tage am Stück buchbar wäre.«

»Wir haben heute Nachmittag schon einen Termin mit einem Feuchtigkeitsgutachter, der sich mit nassem Mauerwerk, Schimmel und Wohngiften auskennt. Er sprach auch davon, nicht nur unsere Räume zu untersuchen, sondern auch ein umfangreiches Gutachten zu erstellen«, sagt Louna.

»Sehr gut«, kommentiert Herr Gockelsheim. »Ich würde Sie dann bitten, sich beide erst einmal in Ruhe diesen Vertrag hier zwischen uns durchzulesen.«

Herr Gockelsheim reicht uns jeweils einen DIN A4-Ausdruck.

»Damit wären Sie beide nicht nur meine Mandanten, sondern ich könnte auch ab sofort die Kommunikation mit der SuperImmo übernehmen.«

Fünf Minuten später sind Louna und ich Mandanten von Herrn Gockelsheim und nach weiteren zehn befinden wir uns bereits wieder auf dem Rückweg.

Wir halten beim leckersten Koreaner Berlins, essen Bibimbap mit Kimchi und stoßen mit Gersten-Tee auf die Mandantschaft an.

Als wir nach dem Mittagessen wieder die Horror-Remise betreten, dauert es weniger als fünf Minuten, bis sich das Koreanisch für die Rückreise nach oben anmeldet – so heftig reagiere ich mittlerweile in unserem »Tropical Stinkland«. Da wir mit dem Gutachter erst in einer Stunde verabredet sind, beschließen wir die verbleibende Zeit im schönen Gemeinschaftsgarten zu verbringen.

»Da sind ja unsere neuen Nachbarn. Willkommen«, begrüßt uns ein älterer Herr, als wir die Betontreppe in den Garten hinabgehen.

Eine schlanke Frau mit lockiger Kurzhaarfrisur steht neben ihm und winkt uns zu sich. Der freundliche Herr stellt sich mit »Hallo, Hartmut« vor, seine Frau heißt Regina. Beide sind Mieter des gegenüberliegenden Hauses und viel im Gemeinschaftsgarten.

»Das hier sind ja richtige Prachtexemplare«, sage ich

und bestaune die großen Lavendel-, Thymian- und Rosmarinsträucher.

Der Garten blüht in seiner vollen Pracht. Wir haben ihm bisher kaum Aufmerksamkeit geschenkt.

»Das haben wir alles selbst erschaffen«, sagt Regina stolz und bittet uns, auf einem der weißen Plastikstühle Platz zu nehmen.

»Vieles jedenfalls«, wendet Hartmut ein. »Den Rest hat Kalle verbockt.«

»Wenn man vom Teufel spricht«, sagt Regina und winkt einem Mann mit riesigem Bauch zu, der gerade in den Gemeinschaftsgarten tritt.

»Ey«, schreit der Mann mit dem kugelrunden Bauch. »Könnta nich' ma mit dem Anstoßen warten, bis icke da bin? Wir ham doch heute hohen Besuch.«

Der Typ kommt zu uns, zwängt sich in einen Plastikstuhl und stellt sich mit »Kalle. Anjenehm« vor.

»Ihr beeden seid also die neuen Mieter der ›Villa Nasszelle‹«, fährt er fort und öffnet mit seinem Feuerzeug lautstark die Flasche Bier, die er von Regina gereicht bekommt.

»Du kannst dir gar nicht vorstellen, wie abartig es in der Remise stinkt. Die Luft – wie in den Tropen. Unsere ganze Kleidung – klitschnass. Wir haben unsere vielen Bücher vom Atelier in die Küche räumen müssen. Die Kartons sind über Nacht durchgeweicht«, sage ich.

»Der erste Feuchtigkeitsgutachter war schon bei

uns«, sagt Louna.

»Und lasst mich raten: Der Jutachter wurde von der SuperImmo jeschickt und hat jemessen, dat die Villa nass is', aber der Schmalzjöbel hat euch jesagt, dat allet picobello is', wa?«, fragt Kalle und lacht.

Ich nicke. »So in etwa.«

Louna wird kreidebleich.

»Dit war nich' irjendeen Jutachter: Dit war sein Jutachter!« Kalle lacht erneut. Dieses Mal lauter.

»Der Schmalzjöbel is'n hundertprozentijer Betrüjer«, sagt er, steckt sich eine Zigarette in den Mund, zündet sie an und pustet laut den Rauch aus.

»Hatte der Vormieter Sülzbach denn keine Probleme in der Remise?«, frage ich.

»Ey, hör mir uff mit dieser Type«, sagt Kalle.

»Otto hat wegen der Feuchtigkeit alles in Plastikboxen aufbewahrt. Und aufgrund des Gestanks hat er eigentlich dauerhaft bei seiner Freundin gewohnt«, antwortet Regina.

»Dit is' immer die gleiche Schose mit der ›Villa Nasszelle‹ drüben. Dit janze Jebäude is' nass und stinkt wie die Pest. Und och wenn et schick jeweißt auskiekt – dit is' 'ne Venusfliejenfalle. Und vom Schmalzjöbel dürfta nüscht erwarten: Dit is'n Eins-A schlechter Mensch.«

Kalle ist mir nicht wirklich sympathisch. Aber sein Gesagtes fühlt sich leider wahr an. Louna massiert nun mit der Hand ihr rechtes Bein. Keine zehn Minuten später verabschieden wir uns und gehen zurück in die miese Remise.

Eine gute halbe Stunde später klingelt es an unserer Haustür. Feuchtigkeitsgutachter Keller ist bestimmt schon Ende fünfzig und trägt zu weißem Oberhemd und Bluejeans eine silbergraue Vokuhila-Frisur.

»Das Kind ist also schon in den Brunnen gefallen«, kommentiert er beiläufig Gestank und Raumklima, als er in die Remise tritt.

Herr Keller ist fasziniert vom Atelier – erzählt – dass er eigentlich studierter Architekt sei, sich aber vor Jahrzehnten als Gutachter und »bester Schimmelspürhund Berlins« selbstständig gemacht hat und in der gesamten »Schimmel-Szene« Berlins bekannt sei. Herr Kellers Bescheidenheit kennt wenig Grenzen, denn er lobt uns nun dafür, dass wir uns für ihn als Experten und Gutachter entschieden hätten, denn die meisten Feuchtigkeitsgutachter wären laut ihm »nur umgeschulte und extrem überbezahlte Deppen samt unterdurchschnittlichem IQ«. Für ihn sei der Job eine Berufung, erzählt Herr Keller ungefragt.

Nachdem wir ihn auf seinen Wunsch hin durch alle Räume der Wohnung geführt haben, will Herr Keller im Atelier mit den ersten Messungen beginnen und holt sein Equipment aus dem Auto.

»Ich stelle zuerst in jedem Raum ein Hygrometer auf. Und außerdem noch draußen im Garten für die

Außenluft, damit wir die Feuchtigkeitswerte insgesamt besser interpretieren und in Relation setzen können.«

Herr Keller öffnet seinen großen Koffer und verteilt die Hygrometer in allen Zimmern der Remise, zuletzt im Garten. Als er ins Atelier zurückkehrt, verkündet er, dass er im Souterrain eine Luftfeuchtigkeit von über neunzig Prozent gemessen habe und dies nicht nur für uns schlecht sei, sondern auch für Tiere, Lebensmittel, Cellulose und technische Geräte. Herr Keller holt nun eine Bohrmaschine aus seinem Koffer.

»Jetzt wird die Wandfeuchte gemessen«, sagt er und bohrt ins Mauerwerk der Atelierwand, um anschließend Elektroden einer Apparatur in die frisch gebohrten Löcher zu stecken, um so die Feuchtigkeit exakt messen zu können.

»Ihre Wände stehen im Wasser. Im Atelier ist das Mauerwerk bis ein Meter siebzig hoch nass. Hier muss dringend etwas getan werden, sonst geht auch irgendwann die Trägersubstanz flöten – dann ist hier ganz schnell Schicht im Schacht.«

Wir folgen Herrn Keller ins Schlafzimmer. Auch dort löchert er die Wände und dokumentiert jedes gebohrte Loch samt dazugehörigen Messergebnissen fotografisch für das Gutachten.

»Unfassbar. Hier im Schlafzimmer ja auch«, sagt er überrascht, als er die Werte auf dem Display der Messapparatur liest. »Wir haben hier eine Überschreitung der Normwerte um mehr als das Fünffache. Das ist krass.«

»Unsere gesamte Kleidung im Schrank ist nass«, sagt Louna.

»Natürlich. Alles hier drinnen ist nass. Logisch. Die extreme Luftfeuchte und Nässe im Mauerwerk begünstigen nicht nur das Wachstum von Pilzsporen, auch werden Ihre Atemwege durch die dauerhafte Feuchte in Mitleidenschaft gezogen.«

»Wie gut, dass wir in dem Raum nur schlafen«, sage ich.

»Das würde ich zukünftig sein lassen«, warnt Herr Keller und fragt: »Spüren Sie diesen Luftzug hier im Raum?« Wir nicken.

»Die kühle Nässe der Wand zieht die wärmere Luft im Raum an. Dadurch entsteht ein durch Feuchtigkeit entstandener Luftzug. Das wird bei Ihnen zwangsläufig früher oder später zu gesundheitlichen Problemen führen. Sie können hier nicht weiter nächtigen. Das ist gesundheitsschädlich. In diesem Raum hier sollte und darf man sich nicht dauerhaft aufhalten.«

Herr Keller streckt nun seinen Zeigefinger warnend empor. »Nur weil die ganzen Wände schön weiß überstrichen sind, heißt das nicht, dass hier kein Pilzwachstum herrscht. Neben des süßlichen, beißenden Gestanks rieche ich in der Remise eindeutig auch einen anderen, den man sonst üblicherweise nur im Keller wahrnimmt. Das sind die Gerüche des Pilzstoffwechsels, die einige – leider auch sehr giftige Arten – in die Luft abgeben. Als Schimmelexperte bin ich davon überzeugt, dass die Raumluft dieser Wohnung höchstwahrscheinlich eine extrem hohe Anzahl an Pilzsporen aufweist, auch wenn an den Wänden optisch noch keine Geflechte zu sehen sind. Unter diesem weißen Putz wird es mit Sicherheit ganz anders aussehen«, doziert Herr Keller und schlägt nun vor, als Nächstes die Feuchtigkeit im Hauswirtschaftsraum zu messen.

Wir folgen Herrn Keller hinab in den Souterrain, stoppen auf halbem Weg.

»Da haben wir endlich welche«, sagt er, zeigt auf einige kahle Stellen der Flurwand, bückt sich und hebt abgeplatzten, gelblichen Putz von den Stufen der Steinwendeltreppe auf.

»Das hier ist vermutlich ein nicht ganz so harmloser Kollege.«

Herr Keller hält den gelben Putz wie eine Trophäe empor. »Das muss natürlich das Labor bestätigen.«

Wir gehen die letzten Stufen hinab. Ich öffne die Tür des Hauswirtschaftsraums. Sofort strömt uns eine konzentrierte Wolke des süßlichen, beißenden Gestanks entgegen.

»Das stinkt ja hier drinnen«, sagt er. »Meine Augen fangen direkt wieder an zu tränen. Das hier unten irgendeine Chemie ausgast, ist für mich so sicher wie das Amen in der Kirche.«

Herr Keller schaut zu den großen Wandausblühungen und schüttelt fassungslos den Kopf, holt seine Bohrmaschine aus dem Koffer, löchert die Zimmerwände, steckt Elektroden in die frischen Löcher, misst, notiert und fotografiert.

»Ich weiß gar nicht, ob meine Technik da überhaupt noch mitkommt bei Ihrem Hausboot.«

»Wie tief schwimmt die miese Remise denn im Wasser?«, frage ich.

»Die Werte hier unten stellen die von oben sogar in den Schatten. Ich habe bisher noch nie solche Feuchtigkeitswerte in einem bewohnten Haus gemessen. Und das soll was heißen!«, sagt er und zieht die Elektroden aus den Bohrlöchern.

»Sofort ausziehen!«, rät Herr Keller und räumt sein Messequipment zurück in den Koffer. Nachdem er alle Feuchtigkeitsmessungen in der Remise für beendet erklärt, beginnt er nun Pilze abzuklatschen.

Nach insgesamt vier Stunden hat Herr Keller genug gemessen, abgeklatscht, notiert und fotografiert und beklagt sich jetzt über Kopfschmerzen, Unwohlsein, eine taube Zunge und einen schmerzenden Zahn.

»Ich vermute, dass der Hauswirtschaftsraum nicht der einzige Raum ist, in dem Chemikalien ausgasen. Ich habe die OSB-Platten im Atelier zusätzlich in Verdacht. Oder es ist der Estrich, der das Teufelszeug freisetzt. Das kann ich leider erst nach den entsprechenden Raumluftuntersuchungen genauer sagen. In jedem Fall halte ich die Wohnung für nicht bewohnbar.«

»Wir müssen jetzt überlegen, wie es weitergeht. Die Kosten für die Messungen der Raumluft liegen jenseits unseres Budgets. Auch wenn mich diese Ergebnisse natürlich gerade am meisten interessieren«, sage ich.

»Überlegen Sie es sich. Ansonsten würde ich in den nächsten Tagen einfach noch mal bei Ihnen vorbeischauen, alle Räume für die Messungen vorbereiten und die ganzen Gerätschaften aufbauen, um die Raumluft professionell messen zu können. Das sind hochsensible Messverfahren – da gibt es viele Dinge, die zu beachten sind.«

»Das können wir uns momentan finanziell nicht erlauben«, wendet Louna ein.

»Klar. Diese Raumluftmessungen sind mit hohen Kosten verbunden. Ich verstehe Ihr Zögern: Es könnte sein, dass die Raumluftmessergebnisse später vor Gericht als Parteigutachten bewertet werden. Da Sie aber, wie Sie vorhin erwähnten, seit heute juristischen Beistand haben, könnten Raumluftmessungen später auch in einem gerichtlich angeordneten Beweissicherungsverfahren stattfinden. Dann würden Sie vermutlich nicht die Kosten tragen. Wie gesagt: Ich würde die Raumluft gerne noch messen, aber mit ungefähr zweitausend Euro netto pro Raum exklusive der dazugehörigen schriftlichen Analyse müssten Sie schon rechnen. Pro Din A4-Seite der Analyse berechne ich fünfundvierzig Euro netto und schätze den Umfang auf zehn bis fünfzehn Seiten pro Raum ein. Mit ungefähr sechstausend Euro brutto für zwei Räume inklusive Analysen – oder gut neuntausend für drei – müssten Sie zusätzlich zu den heute entstandenen Kosten schon rechnen. Natürlich exklusive des Feuchtigkeitsgutachtens.«

»Natürlich«, sagt Louna mit ironischem Unterton.

»Dafür müsste ich vorher noch mal zum Feuchtigkeitsgutachter umschulen«, sage ich.

Herr Keller lacht. Louna nicht.

»Okay, ich bin mit allem durch. Das Geld für mein Gutachten brauchen Sie erst nach Fertigstellung zu begleichen. Die heutigen Kosten belaufen sich auf tausendvierhundertfünfzig Euro brutto plus achtzig Euro anfallende Laborkosten. Bitte hier einmal unterschreiben.«

Herr Keller hält uns seine Mitschrift der Messergebnisse unter die Nase. Wir unterschreiben und machen ein Foto des Zettels.

»Die Firma dankt. Eine ordentliche Rechnung schicke ich Ihnen in den nächsten Tagen zu«, sagt er und greift sich seinen Zettel.

»Morgen gehen die Proben ins Labor. Auf die Ergebnisse müssen wir dann ungefähr zwei Wochen warten. Währenddessen erstelle ich das Gutachten samt Dokumentation. Schönen Abend.«

»Dito«, sage ich.

»Und ziehen Sie schleunigst aus«, rät er zum Abschied und schließt die rote Haustür.

Uns geht es nicht nur mies, weil wir unsere Ersparnisse in Messungen und Gutachten investieren müssen. Vor allem fühlen wir uns krank vom Aufenthalt in der Remise. Unsere Beschwerden nahmen in den letzten Stunden deutlich zu. Louna kann kaum noch auftreten: Ihr rechtes Bein schmerzt furchtbar. Und ich habe wieder diese fiesen Schmerzen im Enddarm. Parallel dazu intensivieren sich die Gleichgewichtsstörungen und seit einer halben Stunde zittert meine linke Hand.

»Wir werden immer kränker in dieser beschissenen Remise«, sagt Louna.

»Ich hab' gestern unser Zelt in einem der Kartons entdeckt. Das baue ich jetzt im Garten auf«, sage ich.

»Ich will hier nur noch raus.«

2.

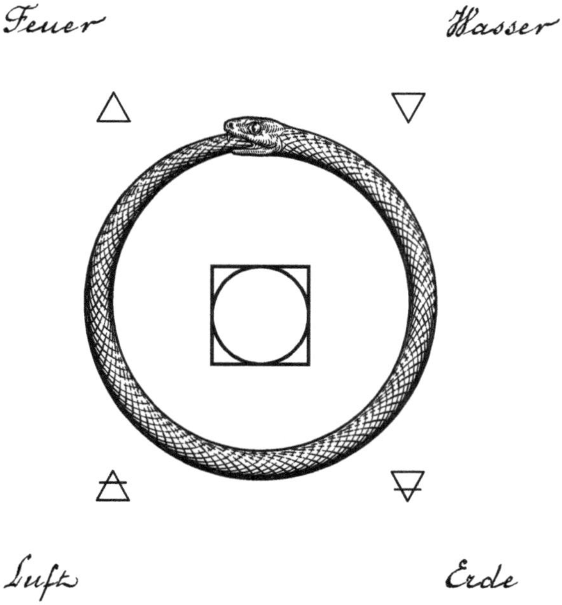

Albedo

V

Reaktionen

»Nein!«, schreit Louna. »Nicht schon wieder.«

Sie bückt sich und greift ihre Trinkflasche, die nach dem Aufprall erneut im Begriff ist, den steilen, matschigen Waldpfad hinabzurollen. Unbeachtet dessen torkele ich weiter. Mein Gleichgewichtssinn ist noch gestört. Hinzu kommen die Schmerzen im Hinterteil: Irgendetwas frisst sich – stechend und pulsierend – durch meinen Enddarm. Mich deshalb ins Bett zu legen, ist keine Option mehr. Als ich das anfangs tat, verschlechterte sich mein Gesundheitszustand und die Laune. Lounas rechtes Bein schmerzt dauerhaft. Ihr Schenkel fühlt sich taub an.

Wir haben heftige Reaktionen.

Nur wenn wir durch Bad Pyrmonts Wälder ziehen, klingen die Symptome irgendwann ab. Warum dem so ist, wissen wir nicht. Deshalb brechen wir nach dem Frühstück immer in den Wald auf. Wir packen Obst, Brot und Trinkflaschen in die Rucksäcke, ziehen warme Kleidung über, marschieren den Königsberg hinauf und gelangen von dort in die umliegenden Wälder. Im

Wald bleiben wir bis zum Anbruch der Dunkelheit – oft auch länger. Nur wenn es zu kalt wird, gehen wir meist früher.

»Ich bin am Ende«, sagt Louna, befestigt den Clipper des Tragegurts am Hals der Trinkflasche und massiert anschließend ihr rechtes Bein. »Ich kann nicht mehr gehen. Ich hab' höllische Schmerzen.«

»Komm, lass uns weitergehen. Ich hab' auch gerade erst die Anal-Tamponage gewechselt. Was meinst du, wie mein Arsch weh tut«, sage ich.

Dicke Regentropfen klatschen mir ins Gesicht, rinnen den nassen Vollbart hinab. Seit fast zwei Stunden regnet es ununterbrochen. Meine Jeans ist triefend nass. Der November macht seinem Ruf alle Ehre.

»Wollen wir nicht einfach vom Spelunkenturm springen? Dann haben wir es endlich hinter uns«, fragt sie.

»Hast du an die wasserdichte Hülle für den Abschiedsbrief gedacht?«, frage ich.

»Ey!«, brüllt sie. »Hör' auf mich zu verarschen.«

»Reiß' dich zusammen. Lass uns jetzt weitergehen«, schreie ich zurück und steige den steilen Pfad weiter empor.

Louna schluchzt auf, beginnt zu weinen.

Ich halte an, drehe mich zu ihr. »Sorry, das wollte ich nicht.«

Sie holt ein Taschentuch aus ihrer Hosentasche, schnupft sich aus. »Womit haben wir das eigentlich verdient?«, fragt sie.

»Was soll denn ein behindertes Mädchen vom Gerechtigkeitssystem des Universums halten, das gezwungen wird, auf den Straßen Mumbais für ein paar Rupien bettelnd über den Boden zu kriechen und dann nachts an irgendwelche reichen Säcke zum Ficken verkauft wird? – Alles Karma, oder was?«

»Ich kann doch nicht immer nur nach unten gucken, um mich daran zu erinnern, dass ich es besser habe als andere Menschen. Es ist so ungerecht, was gerade geschieht.«

»Es gibt keine Gerechtigkeit!«, sage ich. »Das ist reine Illusion.«

»Erspar' mir dein Gequatsche. Ich hätt' mich einfach nur gefreut, wenn du mich kurz in den Arm genommen hättest.«

»Ich hab' Schmerzen und bin im Überlebensmodus«, sage ich. »Meine Gefühlswelt ist schockgefroren.«

»Ich war noch nie so verzweifelt«, sagt sie, hält ihre Hände vors Gesicht und beginnt erneut zu weinen.

Ich gehe zu ihr und drücke sie an mich. Minutenlang halten wir uns fest in den Armen. Starkregen peitscht gegen unsere Winterjacken. Der Wind ist eisig. Lounas Nasenspitze ist blaurot vor Kälte.

»Vielleicht dient alles, was wir gerade erleben, einem höheren Sinn?«, fragt sie.

Ich löse mich aus der Umarmung, trete zurück.

»Bitte?«, frage ich gereizt. »Wir sind bloß umgezogen! Seitdem blute ich aus dem Arsch und du kannst kaum noch gehen. Unser gesamtes Hab und Gut ist kontaminiert. Wenn ich an unsere schöne Bibliothek denke, könnte ich heulen. Wir haben beide jeweils noch einen Koffer mit Kleidung, keine eigene Wohnung mehr und sind an unserem zehnjährigen Hochzeitstag ins Haus deines Vaters gezogen – in dein ehemaliges Kinderzimmer!«

»Reg dich ab«, sagt sie.

»Und jetzt kommt der Kracher: Wir haben nur ein paar Wochen in der miesen Remise gewohnt, dabei so oft es ging im Garten gezeltet und sind sogar nach Pyrmont gezogen. Trotzdem haben wir noch diese krassen Reaktionen, obwohl unsere Flucht aus der Giftbutze schon mehr als ein Vierteljahr zurückliegt. Und keine Sau kann uns helfen: Die Ärzte haben kein Geld für die Untersuchungen und für eine private Entgiftungsklinik fehlt uns die Kohle. Gutachter Keller hat Feuchtigkeit und Schimmelpilzgifte nachgewiesen, trotzdem wird sein Gutachten später nicht anerkannt werden. Erklärst du mir bitte kurz mal den höheren Sinn, bevor ich grün anlaufe und zu ›Hulk‹ werde?«

»Ich hab' es anders gemeint.«

»Bei diesen ›Sinnfragen‹ kriege ich das Kotzen.«

Ich schnalle die Schulterriemen meines Rucksacks enger.

»Lass uns das letzte Stück zum Gipfel rennen. Dann

schwitzen wir ab und die Reaktionen werden weniger.«

»Ich hab' Beinschmerzen. Außerdem ist mir kotzübel.«

»Gestern ging's deinem Bein nach dem Sprint auch besser. Kotzen kannst du später oben. Komm jetzt!«, sage ich bereits trabend.

Ich renne und kraxele den Berg empor, die letzten Meter auf allen vieren. Jeans und Winterjacke sind klitschnass und matschig, als ich oben ankomme. Wenig später erreicht Louna keuchend den Gipfel. Wir öffnen die Trinkflaschen und nehmen einen großen Schluck Friedrichsquelle. Der starke Wolkenbruch ist vorüber. Erste Sonnenstrahlen zwängen sich durch die schwere, graue Wolkendecke. Ich verstaue die nasse Mütze in meiner Jackentasche.

»Es hat aufgehört zu regnen. Jetzt ist ein guter Zeitpunkt«, sage ich und zeige auf zwei Buchen unweit von uns. Ihre dünnen Stämme erinnern an ein Tor.

»Lass uns dort alles aufbauen«, schlage ich vor.

Louna nickt.

»Und wenn wir mit allem fertig sind: Umdrehen, weggehen und nicht mehr zum Altar zurückblicken – das soll extrem wichtig sein«, sage ich und hole eine kleine Flasche Wodka aus meinem Rucksack.

»Wegen der Naga-Wesen, oder?«, fragt sie.

»Keine Ahnung. Hab' ich vergessen.«

»Ich hoffe, wir machen dabei gleich nichts verkehrt. Sollten wir nicht besser nochmal Gopal anrufen?«

»In Kathmandu ist es schon spät. Außerdem müssen wir dann wieder hundert Euro für seine schamanische Beratung zahlen.«

Ich hole mehrere Plastiktütchen aus meinem Rucksack, die ich aufknote und auf dem Boden ablege.

»Zuerst kommt die Rahmung«, sage ich und beginne vier ungefähr gleichlange Stöckchen zu sammeln.

»Holst du die Teelichter?«, frage ich.

Louna kramt vier aus ihrer vorderen Rucksacktasche und stellt sie neben sich auf den Boden, während ich mit den Stöckchen eine quadratische Grundform lege.

»Also: Wir haben Hirse, Bohnen, Reis, Weizenkörner, Leinsamen, Kleie, Mehl, Linsen und Eier«, zähle ich die Inhalte der einzelnen Tütchen auf.

»Und Milch«, ergänzt Louna und holt aus ihrem Rucksack eine gefüllte Glasflasche.

Wir schütten die jeweiligen Tütcheninhalte ins Quadrat und türmen daraus acht kleine Häufchen. Anschließend öffne ich die seitliche Tasche meines Rucksacks und greife drei Schnapsgläser. Zwei fülle ich mit Wodka, das dritte mit Milch. Randgefüllt positionieren wir sie samt Eiern in der Mitte des Quadrats. In jede seiner Ecken stellen wir ein Teelicht und entzünden die Dochte.

Wir stehen auf, stellen uns vor den Altar und bringen unsere Hände in die Anjali-Mudra.

»Liebe Ahnen«, sage ich. Louna kichert.

»Bitte mehr Ernsthaftigkeit. Es soll doch funktionieren«, sage ich.

»Ich hätte nicht gedacht, dass wir ›so etwas‹ mal machen würden, um gesund zu werden«, sagt sie.

»Denkst du etwa ich? – Liebe Ahnen«, beginne ich erneut. »Wie Ihr wisst, befinden sich Louna und ich in der größten Krise, die wir uns je hätten vorstellen können. Wir haben alles verloren, starke Schmerzen und können nicht mal mehr arbeiten. Wir wissen nicht mehr weiter und bitten Euch um Hilfe, Kraft und Gesundheit, damit wir unser altes Leben zurückbekommen.«

Ein kurzer, heftiger Windzug fegt durch den Altar und wirbelt alle acht Häufchen durcheinander. Eier und Schnapsgläser bleiben davon unbeeindruckt. Die vier Teelichter flackern gewaltig, doch ihre Dochte bleiben brennen.

Wir entfernen uns, ohne ein einziges Mal zurückzublicken.

VI

Schleusen

»Es ist spät. Idir schläft. Wir müssen leise sein.«

Louna zieht die dicken Handschuhe aus, kramt ihren Schlüssel aus dem Rucksack und schließt die Haustür auf. Das kleine Thermometer am Eingang zeigt minus zwei Grad an. Im Wald war es kühler.

Meine Augen fangen an zu brennen, als wir in den Hausflur treten. Gleichzeitig starten Schwindel und Benommenheit. Mein Magen verkrampft. Die Reaktionen beginnen unmittelbar, nachdem wir sie gerade erst mühsam im Wald losgeworden sind. Ich kann mich nicht entscheiden, ob ich weinen oder ausrasten soll. Ich drücke alles Emotionale weg und funktioniere weiterhin im Überlebensmodus. Gopals schamanisches Ahnenritual hatte sich schon vor Wochen als Nullnummer erwiesen und müsste ehrlicherweise als »Minus-Vierhundert-Euro-Nummer« bezeichnet werden.

Ich ziehe die matschigen Trekkingschuhe aus, stelle sie auf die Gummimatte im Hausflur, öffne die Schublade der braunen Schrankkommode und nehme mir meine FFP3-Atemschutzmaske heraus. Louna greift sich ihre. Wir setzen die Masken auf, ziehen die Jacken aus und stopfen sie in den großen Müllsack, der im Hausflur steht. Leise schleichen wir die knatschende Holztreppe hinauf in den ersten Stock, biegen in den großen Wohnflur ab und gehen anschließend die steile Holzwendeltreppe empor, die auf den kleinen Flur des Dachgeschosses führt. Von ihm aus gelangen wir in Lounas ehemaliges Kinderzimmer. An dieser Tür lehnt ein weiterer Müllbeutel. Wir ziehen uns aus und stecken die Kleidung hinein. Es ist saukalt. Louna zittert bereits. Alle Vorbereitungen fürs folgende Prozedere sind getroffen: Nackt – nur mit unseren FFP3s bekleidet – stehen wir auf dem kleinen Flur vor der Eingangstür des ehemaligen Kinderzimmers und warten, bis einer von uns blitzschnell die Tür öffnet. Nahezu gleichzeitig drängeln wir uns durch den schmalen Türrahmen, um dann die Zimmertür schnellstmöglich zu schließen. Mit der Yogamatte verstopfen wir anschließend den Türspalt, damit keine Toxinpartikel ins Zimmer gelangen.

»Schleusen erfolgreich«, sage ich kurz darauf und nehme meine FFP3 ab.

Louna geht zum Bett, schaltet die Nachttischlampe an. »Für deine Maske«, sagt sie und wirft mir den mit meinem Namen beschrifteten Gefrierbeutel zu.

Ich lege die Maske hinein und verschließe den Beutel. Louna verstaut ihre Maske in ihrem Gefrierbeutel, holt unsere Schlafanzüge unter den Bettdecken hervor und wirft mir meinen zu. Wir ziehen uns an, legen die Bettdecken über die Schultern und setzen uns auf die Bettkante.

»Aus unserem Leben ist ein Albtraum geworden«, sagt sie. Ungläubig schüttelt sie den Kopf und beginnt zu weinen. Ich nehme sie in den Arm.

»Bleib stark«, bitte ich sie.

Louna ist viel mehr als das, aber jede Stärke ist zerbrechlich. Mir bricht es das Herz, sie so leiden zu sehen. Innerlich schäume ich vor Wut und stelle mir Schmalzgöbels langsamen und qualvollen Tod vor. Meine Imaginationsbandbreite reicht von »zerfetzt von Tigerhaien« über »ertränkt in Exkrementen« bis hin zu »von Macheten zerhackt in Neukölln«. Aber irgendwie fühlt sich das immer noch nicht nach einer gerechten Strafe für diesen Mistkerl an.

Ich öffne den Koffer und greife meinen grünen Pullover. Louna liebt ihn zu tragen, meist dann, wenn ich mal nicht zuhause bin. Ich weiß sie im Moment nicht besser zu trösten, als ihn ihr jetzt zu geben. Sie lächelt, wischt die Tränen aus dem Gesicht und zieht ihn über. Ich hole meinen grauen Pullover aus dem Koffer. Es ist kalt hier oben. Leider können wir die Heizung nicht anstellen. Wenn wir dies tun würden, hätten wir noch stärkere Reaktionen, denn wir reagieren mittlerweile auch hochsensibel auf Schimmel. Und in den Tiefen der Heizkörper – dorthin, wo niemals ein Staubtuch hingelangt – befinden sich Staub und Schimmelpilzsporen. Die Ausscheidungen der Pilze haften am Staub, der sich durch die aufsteigende Wärme im Wohnraum verteilt. Und genau dadurch verstärken sich unsere allergischen Symptome. Heizen geht nicht mehr, auch wenn wir unter dem Dach wohnen und gerade Anfang Januar ist. Aber das Thema ist ab morgen endlich Geschichte – dann sind wir im Warmen. Wir ziehen Wollsocken an, kuscheln uns unter die Daunendecken und machen die Nachttischlampe aus. Wenige Minuten später schläft Louna bereits.

Ich kann nicht einschlafen. In meinen Gedanken bringe ich Schmalzgöbel um. Aber kaum habe ich ihn getötet, taucht er wieder auf. Dann lege ich ihn erneut um: ersteche, erschieße, vierteile, ertränke und zerhacke ihn. Aber auch das hilft nicht. Das Arschloch stirbt einfach nicht. Ganz im Gegenteil: In meinen Gedanken grinst er mich an, lacht über unsere Tortur, über unsere Schmerzen. Die Wut macht mich schier wahnsinnig.

»Schmalzgöbel! Das Letzte, was du in deinem Leben sehen wirst, sind meine Hände um deinen Hals«, sage ich plötzlich laut.

Louna schläft weiter, schmatzt und dreht sich auf die andere, mir abgewandte Seite. Ich bin völlig außer mir und habe Angst vor lauter Hass und gewalttätigen Gedanken verrückt zu werden. Mitten im Wahnsinn der Wut tritt irgendwann frühmorgens – erlösend –

eine alte Kinderliedmelodie in mein Ohr, zu der ich leise singe:

»Zehn Tschetschenen ohne Kontrabass schlagen ins Gesicht des Immobilien-Spasts. Da kam keine Polizei, fragt: ›Ja, was ist denn das?‹ – Dank an meine Freunde aus dem Kaukasus.«

Um kurz vor acht Uhr rattert es draußen. Seltsamerweise fühle ich mich ausgeschlafen. Louna schläft noch. Ich stehe auf, gehe zum Fenster, gucke in den Garten und mache im Halbdunkel den Nachbarn aus, der im Winter-Garten-Dress auf seiner Aluminiumleiter steht und die Hecke mit einer motorisierten Schere begradigt: Im Winter. Samstag, kurz vor acht in der Früh. Ein ganz normaler Morgen im schönen Bad Pyrmont.

»Was ist denn da draußen los?«, fragt Louna verschlafen.

»Idirs Nachbar dreht mit seinem Gartenspielzeug frei.«

Sie gähnt, kommt ins Sitzen. »Ich habe Hunger«, nuschelt sie, reibt die Augen und gähnt erneut.

»Dann bitte einmal bereit machen zum Frühstücksschleusen, meine sehr verehrten Fahrgäste des absoluten Albtraums. Die erste Fahrt des Tages ist gratis«, kündige ich das bevorstehende Prozedere an.

Zehn Minuten später – nach dem Schleusen – sitzen

wir mit Jogginganzug und Atemschutzmasken am Küchentisch meines Schwiegervaters. Mir fällt auf, dass Idir trotz dunkler Hautfarbe seit einiger Zeit ziemlich bleich aussieht. Vielleicht hat er sich noch nicht daran gewöhnt, dass wir mit FFP3s am Tisch sitzen. Idir hat leider entgegen unserer Bitte die Kartons mit kontaminierten Inhalten vom Schuppen ins Haus gebracht. Da er im Gegensatz zu uns nicht den Giften der Remise ausgesetzt war, reagiert er dementsprechend weder auf die Toxine noch hochsensibel auf Schimmel und hält unsere Reaktionen daher für reine Einbildung. Louna und ich wussten nichts von den ins Haus gebrachten Kartons, als wir vor Wochen aus dem Wald kamen, im Hausflur standen und plötzlich heftigst reagierten. Mit Gleichgewichtsstörungen, Schwindel und Brain Fog gingen wir auf die Suche nach der Ursache. Wir wurden im Hauskeller fündig und brachten die Kartons zurück in den Schuppen. Leider hatten sich zu diesem Zeitpunkt bereits die toxischen Partikel im Haus verteilt. Laut Idir standen die Kartons »nur« zwei bis drei Stunden im Flur, bevor er sie in den Keller schleppte, da er während der Umräumaktion überraschend Besuch erhielt. Sein ganzes Haus riecht nun – wie leider auch das meiner Eltern – nach dem kontaminierten Innenleben der Berliner Remise. Idir sagt zwar, dass er den süßlichen, beißenden Gestank nicht riechen würde, aber so ganz glauben wir ihm das nicht. Natürlich hatte er es gut mit den Kartons gemeint. Er wollte sie lediglich vor der Feuchtigkeit des Schuppens schützen, denn in den Kartons befinden sich wichtige Unterlagen und Dokumente, die wir aus dem Berliner Lager mit nach Pyrmont nehmen mussten. Bekannterweise ist »Gutgemeint« oftmals die kleine Schwester von »Scheiße«, und genau deswegen bleibt uns jetzt als einziger Rückzugsort im Haus nur noch Lounas ehemaliges, zwölf Quadratmeter großes Kinderzimmer. Und das bleibt es nur, weil wir konsequent unsere strengen Sicherheitsvorkehrungen und -maßnahmen beim Schleusen einhalten. Kochen in der Küche, Waschen im Keller und Soziales im Wohnzimmer gehen jetzt leider nur noch kurz, in entsprechender Kleidung, zweckmäßig und mit Maske. Die FFP3 schützt nur marginal vor den Reaktionen, denn die toxischen sowie allergenen Stoffe nehmen wir auch über Haut und Augen auf. Trotzdem fühlen wir uns mit den Masken sicherer. Wir bekommen nur kaum Luft unter den Dingern und müssen ständig husten. Mit unseren FFP3s sehen Louna und ich aus wie »Schnabeltiere« aus der Endzeit.

Ich rücke den Küchenstuhl zurecht und schütte mir grünen Tee in die Kaffeetasse.

»Gibst Du mir bitte ›Aldi Schwarz‹?«

Ich reiche Idir das Brot. »Aldi Schwarz« ist Schwiegervater-Slang für das Schwarzbrot, dass er seit Jahrzehnten beim Discounter kauft und täglich frühstückt. Ich schiebe die Maske hoch, um einen Schluck aus meiner Tasse zu nehmen.

»Ich habe gestern mit Massin telefoniert. Issef hat die Schlüssel. Ihr sollt sie bei ihm abholen. Er arbeitet noch in dem Restaurant, wo wir damals essen waren, bevor wir nach Ouarzazate gefahren sind. Erinnert ihr euch noch, wo das war?«, fragt Idir.

»Bei dem Kino in ›Talborjt‹«, antwortet Louna.

»Genau. Ansonsten könnte euch auch Lounis vom Flughafen abholen und dort hinbringen. Soll ich ihn anrufen?«

»Ist nicht nötig«, sage ich.

»Habt ihr alles gepackt?«

»Bisher hab' ich noch gar nicht ausgepackt«, antworte ich.

»Setzt ihr die Masken auch im Flieger auf?«, fragt er.

»Du bist so witzig, Papa.«

»Vielleicht habt ihr ja beim trockenen Klima dort wirklich keine Schimmelallergie mehr«, sagt er.

Ich schnappe mir die Haferflockenpackung, schütte ein paar Löffel Flocken in meine Schüssel und gieße Hafermilch dazu.

»Wieso seid ihr vorgestern nicht beim Geburtstag deiner Mutter gewesen? Es war eine richtig schöne Feier«, fragt er.

Ich stöhne. »Aus dem gleichen Grund, weshalb wir auch hier mit Maske sitzen. Wir können im Moment nicht zu meinen Eltern ins Haus. Mein Vater hat unsere kontaminierten Kartons ins Haus gebracht, um den Geräteschuppen aufzuräumen. Die Toxinpartikel haben sich dort auch im ganzen Haus verteilt. Das weißt du doch. Warum fragst du dann?«

»Und du Depp schleppst unsere Kartons dann auch noch in dein Haus«, sagt Louna. »Wir hatten dich mehrfach darum gebeten, unsere Kartons einfach im Schuppen zu lassen.«

»Ich merke nichts von irgendwelchen Stoffen«, sagt Idir.

»Du vielleicht nicht. Aber wir!«, entgegne ich.

»Und zu Mama können wir nicht ziehen. Ihre Wohnung ist viel zu klein für drei Personen. Zum Glück ist das Schleusen ab morgen vorbei«, sagt Louna.

Idir will nicht zugeben, dass seine Umräumaktion scheiße war, verschränkt die Arme und guckt nun mich an.

»Idir. Noch einmal. Wir bekommen von irgendwelchen chemischen Stoffen Reaktionen – anaphylaktische Schocks – obwohl wir beide schon seit Monaten nicht mehr in der Remise wohnen. Auch wenn es für dich vielleicht schwer vorstellbar ist: Wir reagieren bereits auf Partikel dieser Toxine und seit neuestem auch auf Schimmel.«

»Dein Vater merkt auch nichts von den Kartons«, entgegnet er.

Louna seufzt. »Wer ist denn in die verseuchte Remise gezogen? Wir oder ihr?«

Ich räuspere mich. »Es ist eigentlich ganz einfach, sofern man es denn verstehen will.«

Idir nimmt sich eine neue Scheibe »Aldi Schwarz« und schmiert Frühlingsquark auf das Brot.

»Wo sind denn die guten deutschen Ärzte?«, fragt er.

Ich schiebe die Maske nach oben. »Die haben kein Geld für unsere Tests.«

Idir verschluckt sich am »Aldi Schwarz«, hustet.

»Habt ihr denn sonst gut geschlafen?«, wechselt er das Thema.

»Nicht wirklich. Ich war heute Nacht so wütend auf den Schmalzgöbel, dass ich ihn gedanklich immer wieder umbringen musste«, sage ich, schiebe den »Schnabel« nach oben und trinke vom Tee. »Letztendlich haben mir die Tschetschenen geholfen.«

»Das ist rassistisch«, sagt Louna.

»Entspann dich. Ich spreche doch nicht vom tschetschenischen Volk«, widerspreche ich.

»Aber du stigmatisierst«, wendet sie ein.

»Waren die Marokkaner zu teuer? Hast du schlecht verhandelt?«, fragt nun Idir.

Ich stelle die Tasse zurück auf den Tisch und zuppele meine FFP3 zurecht.

»Die sind nicht gekommen. Die Tschetschenen sind verlässlicher als deine Landsleute«, sage ich.

Louna schiebt ihre Maske hoch und nimmt einen Schluck aus ihrer Tasse.

»Und wenn etwas geklaut wurde, waren es natürlich die Polen«, sagt sie genervt und stellt ihre Tasse Tee unsanft auf dem Tisch ab.

»Nein«, widerspricht Idir. »Dann waren es selbstverständlich die Algerier. Ich bin doch aus Marokko.«

Idir lacht und guckt nun mich an.

»Meine Tochter hat schon die ›Deutsche Krankheit‹ bekommen. Ich werde mir niemals vorschreiben lassen, worüber ich lachen darf. Hast du dich schon angesteckt, Schwiegersohn?«

Während Louna nach dem Frühstück das Geschirr abwäscht, schleuse ich mich in ihr ehemaliges Kinderzimmer. Bevor ich den letzten unkontaminierten Raum des Hauses betrete, ziehe ich mich aus und verstaue die Hauskleidung im entsprechenden Müllbeutel. Ich schleuse mich nackt, maskiert und analtamponagiert hinein.

Zehn Minuten später kommt Louna. Blitzschnell schließt sie die Tür, greift die Yogamatte und verstopft mit ihr den Türspalt.

»Für deine Maske«, sage ich und reiche ihr ihren Gefrierbeutel.

»Wir hätten alles – ich meine wirklich alles – einfach wegschmeißen sollen. Dann hätten wir jetzt nicht diesen Abfuck und müssten auch nicht von unseren restlichen Ersparnissen das Lager mit den kontaminierten Sachen anmieten«, sagt sie, greift sich den Gefrierbeutel, schmeißt ihre Maske hinein und zieht die Zimmerkleidung an.

»Wir brauchen unsere Dokumente und Unterlagen. Außerdem gebe ich die Hoffnung nicht auf, dass wir alles, was sich im Lager befindet, später noch reinigen können. Andernfalls müssten wir alles – wirklich alles – neu kaufen. Dagegen sind die Lagerkosten erstmal Peanuts«, sage ich und schaue aufs Smartphone.

»In weniger als vierundzwanzig Stunden sitzen wir im Flieger. Ich denke an nichts anderes mehr. Lass uns im Hier und Jetzt bleiben. Vergangenheit und Zukunft sind einfach zu grausam.«

»Die Gegenwart ist aber auch nicht wirklich geil«, entgegnet sie.

Ich spüre, wie warmes Blut die Tamponage flutet und ziehe mich – zwecks Schleusen – bereits wieder aus.

»Ich muss aufs Klo«, sage ich, entferne die zusammengerollte Yogamatte vor dem Türspalt und öffne ruckartig die Zimmertür.

Unter uns im Wohnflur gießt Idir gerade die Zimmerpflanzen, als ich nackt – nur mit FFP3 und Analtamponage bekleidet – hinaustrete, zügig die Zimmertür schließe und im Müllbeutel nach meiner Hauskleidung krame. Kurz guckt er hoch, schüttelt den Kopf, schlendert mit der Gießkanne in der Hand zurück ins Wohnzimmer und murmelt:

»Die Kinder sind verrückt geworden.«

♃

Zinn

2.

Sublimatio

»Die Sonn bedarff deß Monds/ wie der Han der Hänen.«[5]

(Michael Maier, Atalanta Fugiens, Oppenheim, 1617)

VII

Im Toubkal

»Manik antgit? Labas derk? Labas derm? Labas derun?«, fragt uns »3li Chaplin« und stellt die Frühstückstabletts auf dem runden Tisch vor uns ab. Mittlerweile bekommen wir unser »Ftour« – Frühstück – auch ohne Bestellung serviert, sobald wir uns morgens an einen der runden Tische im »Toubkal« setzen.

»Y'eh. Kullshi be5eir«, antwortet Louna.

»Labas«, antworte ich und frage: »Labas derk?«

»Kullshi labas. Kullshi be5eir. Al7amdulillah«, antwortet er und stellt Salz- und Kümmelstreuer vom Nebentisch auf unseren.

Zum »Ftour Amazigh Royal« gehört die »Azzekif« – eine Weizenkleie-Suppe, ein frisch gepresster Orangensaft, ein Croissant au chocolat und ein Espresso, der im Café unter dem Namen »Lexpress« bekannt ist.

»Bismillah«, sagt er, wünscht uns damit guten Appetit und verschwindet.

Mit der Frisur, dem Bart und seinem schicken Dress sieht der Kellner aus wie Charly Chaplin im Film »Goldrausch«. Lediglich Schneidezähne und Melone würden den Look perfektionieren. Im Café genieße ich den Blick auf den Verkehrskreisel, der die lange, breite Hauptstraße unterbricht. In seinem Strom vermischen sich Eselskarren mit Autos und Hunden. Von hier aus in den Tag zu starten, tut gut: Unsere morgendliche Laune ist seit einigen Wochen konstant im Keller, denn unsere Symptome klingen nicht ab. Louna hat nach wie vor starke Beinschmerzen und ich blute immer noch aus dem Hinterteil. Meist bleiben wir länger im »Toubkal«, genießen auf den Stühlen in Zebrastreifenoptik den sonnigen Morgen und checken bei Lexpress und O-Saft die E-Mails.

»Wollen wir los?«, fragt Louna. Ich nicke.

»Brina n'5ellso. L'7ssab, 3fak«, rufe ich »3li Chaplin« zu.

»5amsmia Rial, 5oya«, sagt er, als er kurz darauf an unserem Tisch steht.

Ich gebe ihm fünfundzwanzig Dirham – knapp zwei Euro fünfzig – für die zwei »Ftour Amazigh Royal« sowie drei Dirham Tip.

»Shukran«, bedankt er sich, stapelt das Frühstücksgeschirr übereinander und wischt mit seinem gelben Lappen über den runden Tisch.

Auf unserem Weg zum »7anut« – dem Tante-Emma-Laden – gehen wir an »Schnüpfchen« vorbei. Ich nicke ihm freundlich zu. Lächelnd erwidert er meinen Gruß. Vorletzte Woche habe ich bei ihm »N'fissa« – Schnupftabak – gekauft. Aktuell verkauft er allerdings nur noch Zigaretten, deren geschmuggelte Ware er auf einer mit Zigarettenpackungen beklebten kleinen Holzkommode feilbietet. »Schnüpfchen« sieht müde aus. Er trägt strahlend weiße Socken, die in viel zu kleinen Adiletten stecken, eine graue, löchrige Trainingshose und ein rotes Fußballtrikot von Bayern München, auf dessen Rücken »Müller« ohne Umlautpunkte steht. »Schnüpfchen« sitzt täglich – von früh morgens bis spät in die Nacht – auf seinem neongrünen Plastikhocker an der stark befahrenen Straße und versucht Umsatz mit irgendetwas zu generieren.

Hinter der riesigen Glasscheibe des »7anut« erkennen wir bereits von weitem die Umrisse von »Zähnchen« – so nennen Louna und ich den jungen Mann, der im kleinen Lebensmittelladen an der Kasse sitzt. »Zähnchen« isst gerade Schokolade einer Schweizer Marke, deren Kühe aus Gründen der Markenidentität lilafarben sind.

»Salam. Ça va? Labas?«, fragt er kauend, als wir in den Laden treten, und schenkt uns – wie immer – sein herrlich breites Lächeln samt schokoglasierten Zahnrestbeständen.

»Labas? Be5eir? Labas derk?«, fragt Louna und überprüft dabei die am Eingang liegenden Minzesträucher mit ihrem Handrücken auf Frische und legt drei »Rb6at d'N3na3« – Minzebündel – in die babyblaue Plastikwanne neben der Kasse.

»Labas. Al7amdulillah«, antwortet er.

Ich schnappe mir eine Plastikwanne am Eingang und sammele in ihr Zitronen, Zitrangen, Saftorangen, Baby-Bananen, Avocados, rote Zwiebeln, Knoblauch, grüne Spitzpaprika, Karotten, dicke Bohnen, Erbsenschoten, Kartoffeln, Koriander, Petersilie, Olivenöl, »Amlou« – Mandelmus mit Arganöl und Honig, »Sminn« – salzige, fermentierte Butter, die nach Gorgonzola schmeckt und nach Erbrochenem riecht sowie drei runde »5ubz« – Brote. Louna steht bei den Baumwollsäcken und schaufelt mit einer neongrünen Plastikschippe dunkelgrüne Linsen in eine rote »Mika« – Plastiktüte. Wanne und Tüte samt Inhalten bringen wir zum Abwiegen und Bezahlen zu »Zähnchen« an die Kasse, der mittlerweile die gesamte Tafel Schokolade verputzt hat.

»Sh7al key dir kilo dyal 3diss?«, fragt Louna und stellt die mit Linsen gefüllte Plastiktüte auf den Tresen.

»Ttlmia wu rb3in l'kilo«, antwortet er, greift sich die rote Mika und stellt sie auf die Waage.

»Hadi juj kilo. Key dir sttmia wu tmanin«, sagt er.

Louna lacht. »Walakin mashi Dirham, yek?«

»La«, antwortet »Zähnchen«, grinst und zeigt erneut sein schönstes Händlerlächeln. »Rial. Lala.«

»Sh7al Dirham l'kulshi, 3fak?«, fragt Louna.

»Belati ...rb3 wu tlatin: l'3diss ...«, murmelt er.

»Zähnchen« schnappt sich nun die Lebensmittel aus der gelben Wanne, wiegt davon ab, was abzuwiegen ist, notiert und addiert auf einem Zettel die Preise und verteilt unseren Einkauf in bunte Stoffbeutel. Minze und die Tüte mit den Linsen legt er abschließend auf den bunten Beutelhaufen.

»M3 l'5odra, fawakih, 5ubz, kullshi: Mitiyn wu 5amsin Dirham«, sagt er.

Louna bezahlt unseren Einkauf – knapp fünfundzwanzig Euro – und rechnet das von »Zähnchen« erhaltene Rückgeld nach, bevor sie es ins Münzfach ihrer Geldbörse schüttet.

»Immer diese nervige Rial-Dirham-Umrechnerei«, beschwert sie sich, nachdem wir den kleinen Laden verlassen haben.

»Schon seltsam, dass die meisten hier gar nicht in der offiziellen Landeswährung Dirham rechnen«, sage ich.

»Rial ist seit Jahrzehnten die Währung der Straßenhändler.«

»Ständig alles durch ungefähr zwanzig zu dividieren, um herauszufinden, wie viel man letztendlich in Dirham zahlen muss, ist ziemlich umständlich. Dabei hab' ich die ›Shlu7‹ bisher als Pragmatiker kennengelernt.«

Wir überqueren die große Hauptstraße, die das Viertel »Sa3da« von »Islan« trennt und biegen an der Kreuzung rechts ab. Mehrere Straßenhunde sitzen vor großen, überfüllten Mülltonnen hechelnd im Schatten. Es ist später Vormittag und für Ende Februar schon ziemlich heiß.

Zehn Minuten später stehen wir vor dem ockerfarbenen Eingang des Hochhauskomplexes und ein großer, bulliger Mann öffnet die schwere Eisentür. »Knife Tyson« arbeitet am Eingang des Westkomplexes als »3saas« – Sicherheitspersonal und Pförtner – und sieht fast genauso aus wie Mike Tyson, nur ohne dessen Gesichtstattoo, dafür aber mit unzähligen, wulstigen, langen Messernarben im Gesicht. Louna und ich betreten den kahlen Innenhof, schlendern bis zum östlichen Hochhausgebäude und quetschen uns in den engen Fahrstuhl, der seit letzter Woche wieder funktioniert. Die knapp vierzig Quadratmeter große Einzimmerwohnung von Massin – Lounas Onkel – liegt im zwölften Stock und bietet zweierlei: einen sensationellen Blick auf die Berge und den Atlantik. Ein Stockwerk über uns – im dreizehnten – befindet sich eine mehrere hundert Quadratmeter große Dachterrasse, die von den Bewohnern kurioserweise nur zum Aufhängen von nasser Wäsche genutzt wird. Louna und ich verbringen auf dem Hochhausflachdach meist unsere Abende, liegen auf Plastikliegen, trinken Tee und gucken in den Sternenhimmel.

Nachdem wir unsere Einkäufe verstaut und die Minze in nasse Baumwolltücher gewickelt haben, mache ich einen »Marokkanischen Whiskey« – einen grünen Tee mit Nana-Minze – für unseren »Daily«. Dieser findet aus guten Gründen immer erst nach Azzekif,

Croissants, O-Saft und Lexpress statt. Im Daily besprechen wir unser weiteres Vorgehen und bringen uns gegenseitig auf den neuesten Stand unserer Recherchen, Ergebnisse, Gespräche und Korrespondenzen.

»Braucht der Gockelsheim jetzt eigentlich noch etwas von uns?«, fragt Louna.

»Ich glaube, unser Anwalt hat erstmal genug Futter. Bis wir Antwort von der Gegenseite erhalten, wird es bestimmt noch drei Wochen dauern – vorausgesetzt das Gericht arbeitet mal zügig. Ich skype übrigens in einer Stunde mit dem Umweltmediziner aus Österreich. Und du hast jetzt gleich das Gespräch mit dem Versicherungsfritzen, oder?«, frage ich und nippe am heißen Tee.

»Der hat mir gemailt und unseren Termin auf morgen Nachmittag verlegt. Aber der Bromschneider hat mir endlich zurückgeschrieben.«

»Und der Bericht?«

»War angehängt in der Mail«, sagt sie. »Ich hab' ihn vorhin schon im Café gelesen: Leider ist er unvollständig. Darum muss ich mich gleich als Erstes kümmern.«

»Wie nervig«, sage ich. »Übrigens: Ich hatte doch vorletzte Woche das Gespräch mit dem Toxikologen von der Uniklinik. Erinnerst du dich?«

»Klar.«

»Der hat sich wirklich die Zeit genommen und sich in unsere ganze Geschichte eingelesen. Er kann uns aber leider trotzdem nicht helfen, da er kein praktizierender Arzt sei und einen reinen Forschungsauftrag an der Uni habe. Er hat mich an die Institutsleiterin verwiesen und mir ihre E-Mail-Adresse gegeben.«

Es klingelt.

Ich stehe vom Sofa auf und öffne die Wohnungstür. Vor mir steht der Hausmeister. Er trägt – wie immer – seinen grünen, übergroßen »Euromaster«-Overall und das rote »New York Yankees«-Cap. In seiner rechten Hand hält er eine blutbesprenkelte Mika, in der linken einen Werkzeug-Koffer.

»Das Huhn ist da«, sage ich.

Louna kommt zur Tür. Nach ein paar Höflichkeitsfloskeln reicht der Hausmeister ihr die blutige Plastiktüte. Ich hole den Rucksack und gebe ihm das Geld fürs frisch geschlachtete »Djaj bildi« – Landhuhn. Dann schildert Louna ihm unsere Probleme mit der Sat-Anlage. Keine Viertelstunde später löst der »Euromaster« auch dieses Problem, daher nenne ich ihn ab jetzt nur noch »3bd al-Sat«.

VIII

Afullus

»Ich will nicht unpünktlich kommen. Wir müssen vorher auch noch Geld am Automaten ziehen. Wir haben fast keine Dirhams mehr.«

»Leg mal deinen Pünktlichkeitsfanatismus ab. Eine Stunde später zu kommen ist hier absolut im Zeitrahmen«, sagt Louna.

»Hast du Minze, Tee und Zuckerhut schon in den Rucksack gepackt?«, frage ich.

»Guck doch selbst nach und setz' mich jetzt nicht unter Druck.«

Ich stöhne auf.

»Ich muss auch gleich noch oben die Wäsche aufhängen. Wasch doch schon mal unser dreckiges Geschirr ab. Vielleicht kommen wir dann pünktlicher an«, zickt Louna.

Eine halbe Stunde später verlassen wir die Wohnung, nehmen den Fahrstuhl hinab und gehen zum Geldautomaten unweit des Hochhauskomplexes.

»Wie viel Dirham?«, fragt sie vor dem Automaten.

»Zweitausendfünfhundert müssen für den Monat ausreichen. Mehr ist nicht im Budget«, sage ich.

»Wink doch schon mal ein Taxi heran. Du wolltest doch pünktlich ankommen.«

Ich stöhne erneut auf.

»Und bitte halt keine schäbige Karre an. Bitte dieses Mal auch eine mit Unterboden und Abdeckung«, sagt sie.

»Dafür würden manche Geld zahlen. Denk mal an die Boote mit den Glasböden in der Karibik.«

»Ich habe neulich keine bunten Fische unter mir gesehen.«

»Wir waren ja auch nicht auf dem Fischsouk.«

Louna dreht sich genervt zum Automaten, während ich zur Straße gehe und Ausschau nach einem »Taksi s8er« halte.

Keine fünf Minuten später steigen wir in ein verhältnismäßig gut gepflegtes »Petit Taxi« samt Unterboden und Abdeckung. Der Taxifahrer ist ein älterer, freundlich lächelnder, dunkelhäutiger Herr, der locker Morgan Freemans Doppelgänger sein könnte.

»Salam. Allah u 5alik Hay Da5la«, sagt Louna.

»Morgan« schaltet das Taxameter ein, beschleunigt und fädelt sich in die Lücke des Kreisverkehrs ein.

»Fin f'Da5la?«, fragt »Morgan« und will wissen, wo genau wir im Stadtteil »Da5la« aussteigen möchten.

»Jame3 Abou Bakr as-Siddi9«, antwortet Louna.

»Inchallah. Wir können aber auch gerne Deutsch

reden«, sagt »Mr. Freeman« mit Wiener Akzent.

Er erzählt, dass er seit kurzem wieder in Marokko wohnt, die letzten fünfunddreißig Jahre in der Nähe von Wien gelebt und als Elektroinstallateur gearbeitet habe. Der Grund für die Rückkehr in sein Geburtsland sei die dort zunehmende Fremdenfeindlichkeit gegenüber Nordafrikanern, obwohl er eigentlich großer Hitler-Fan sei.

»Hatten Hitlers Arier nicht helle Haut?«, frage ich »Morgan«, der darin aber »ka Widerspruch« entdecken kann.

Wir halten an der Moschee »Abou Bakr as-Siddi9«, bezahlen zwölf Dirham und steigen aus. Die Moschee liegt in einem »Hay Sha3bi« – einem traditionellen Stadtteil. Hier geht es quirliger, lebendiger, lauter, aber vor allem auch konservativer zu als in unserem »Hay Islan« – Stichwort »Soziale Kontrolle«.

»Weißt du noch, wo genau das Haus der Azzouknis steht? Ich kann mich überhaupt nicht mehr erinnern. Unser letzter Besuch liegt lange zurück.«

»Klar. Hinter der Moschee müssen wir links abbiegen, dann beim ›7amam‹ die kleine Gasse nehmen und weiter bis zum ›7anut‹ gehen, der sich neben der Wäscherei mit dem blauen Schild befindet. Kurz nach dem bunten Haus müssen wir rechts abbiegen. Und ab dort geht es nur noch geradeaus. Das Azzoukni-Haus ist das Blaue mit den braunen Zaundachschindeln.«

»Wir hätten Ikken gestern am Telefon einfach nach

der Straße fragen sollen. Dann hätte uns ›Adi Black‹ direkt vor die Haustür fahren können.«

»Mit Straßennamen können die Taxifahrer in ›Da-5la‹ nichts anfangen. Außerdem passt kein Taxi durch die schmalen Gässchen.«

Fünfzehn Minuten später stehen wir vor der Tür des blauen Hauses mit braunen Zaundachschindeln. Ich klingele. Nach dem schrillen Glockenhall öffnet sich ein kleines Fenster im zweiten Stock. Ich erkenne Ikken an seiner Stimme.

»Shkun?« – »Wer ist da?«, ruft er hinaus.

»9reb«, antwortet Louna.

Kurz darauf öffnet sich die braune Eingangstür. Ikken hat sich schick gekleidet und begrüßt uns in schneeweißem »Djellaba« – einem traditionellen bodenlangen Kapuzenmantel mit langen Ärmeln. Sein grau meliertes, lockiges Deckhaar wird von einer dunkelgrauen Baskenmütze verdeckt. Sein gepflegter Oberlippenbart sticht aus seinem schmalen Gesicht hervor und wäre in Berlin-Kreuzberg aktuell en vogue. Wir umarmen uns. Aus dem Mund riecht er nach Mandelsteinen, an den Wangen nach Rasierwasser. Äußerlich scheint Ikken die letzten Jahre kaum gealtert zu sein.

»Tfdlo«, sagt er, bittet uns ins Haus.

Ich öffne den Rucksack und reiche ihm die Mika. Er lächelt und bedankt sich für Tee, Minze und den

Zuckerhut. Louna und ich folgen ihm nun die steile Treppe hinauf in den ersten Stock. Dort wartet bereits Kahina – Ikkens jüngere Schwester, die Louna herzlich in den Arm nimmt, sie einige Male auf die Wange küsst und permanent nachfragt, wie es ihr, ihrer Gesundheit und ihrer Familie geht:

»Labas? Kullshi be5eir? Ṣa7a labas? Famila labas? Kullshi labas?«

Nachdem Louna ihre Fragen mit »Shukran, 7biba. Kullshi labas. Kullshi be5eir« – »Danke, meine Liebe. Alles gut. Alles friedlich« beantwortet hat, beendet Kahina die Begrüßungszeremonie mit einem lauten »Al7amdulillah« – »Gott sei Dank«.

Ich umarme Kahina aus Gründen der hier herrschenden Traditionen nicht und halte ihr stattdessen meine rechte Hand entgegen, deren Fingerspitzen sie mit ihren eigenen kurz berührt, bevor sie ihre Hand zum Mund führt und symbolisch küsst. Als herzliche Geste legt sie ihre Hand kurz auf den Brustkorb in Herznähe. Ich tue es ihr gleich. Wir lächeln einander an. Unsere Begrüßung bedarf keinerlei weiterer Worte und fällt herzlich aus. Kahinas zerbrechliches Äußeres trügt: Ihre Stimme ist wuchtig. Wenn sie etwas sagt, frage ich mich, woher diese kleine, zierliche, unter starker Skoliose leidende Frau ihre gewaltige Stimmkraft nimmt. Kahina muss um die fünfzig Jahre alt sein und ist die älteste der Azzoukni-Töchter. Sie trägt ein schickes, türkisfarbenes Djellaba und ein locker um den Kopf gewickeltes Tuch in ähnlicher Farbe. Von den insgesamt vierzehn Kindern wohnen aktuell noch sieben sowie beide noch lebenden Eltern in dem dreistöckigen Haus. Ikken ist mit seinen über sechzig Jahren das älteste Azzoukni-Kid. Nachdem Louna und Kahina in der Küche verschwinden, fragt er mich, ob wir nicht in seinem Zimmer abhängen wollen, bis das Essen fertig ist.

»3lash la«, sage ich.

Ich folge ihm die steile Treppe hinauf in den Flur des zweiten Stocks. Von dort gelangen wir in Ikkens ungefähr fünfzehn Quadratmeter großes, aufgeräumtes Zimmer. In ihm steht ein braunes Bett, ein weißer Plastikstuhl samt -tisch, ein brauner Wandschrank und eine schwarze Kommode. Auf ihr steht ein alter Röhrenfernseher, der locker als Antiquität im Technischen Museum von Berlin ausgestellt sein könnte. An den Zimmerwänden hängen zwei gemalte Öl-Bilder. Das eine Bild zeigt rastende Tuareg, die sich mit ihrer Kamelherde in einer Wüstenoase aufhalten, das andere eine Wildblumenwiese inmitten einer bergigen Alpenlandschaft. Ikken bittet mich auf seinem Bett Platz zu nehmen. Er selbst setzt sich auf den weißen Plastikstuhl.

»Briti t'shrab shi7aja?«, fragt er mich und will wissen, ob ich etwas trinken möchte.

»Oui. N3na3«, bejahe ich seine Frage und schlage Minztee vor.

»Wo5a«, sagt Ikken, holt sein Handy aus der Djellaba-Tasche und ruft Kahina an, um die Bestellung im ersten Stock aufzugeben.

»Berrad d'atay«, sagt er, legt wieder auf und steckt das Handy zurück in seine Tasche.

Ikken ist ein entspannter, älterer Herr, der gerne lacht und viel kifft. Er kramt nun in der anderen Tasche, holt eine schwarzbraun-ölige, walnussgroße Kugel hervor und bröselt mit der rechten etwas von ihr in seine linke Handinnenfläche.

»Had l'7shish mn Issaguen. Shi7aja w3ra. Briti t'kmi m3ya?«, fragt er mich. Ich nicke.

Als er den Joint fertig gedreht hat, legt er ihn aufs Bett, greift sich die alte TV-Fernbedienung und drückt den durch jahrzehntelange Abnutzung verblassten Einschaltknopf. Es summt laut – dann springt er an: der historische Fernseher funktioniert, auch wenn das Bild leicht flackert. Ikken zappt sich durch die Satellitenvielfalt, bis er bei einer englischsprachigen Sendung stoppt, in der nackte, europäisch aussehende Frauen auf Oldtimern sitzen und sich ihre Brüste gegenseitig mit bunten Farben anmalen.

»Mzzyan?« – »Gut?«, fragt er.

»N'shuf li ket shuf.« – »Ich gucke, was du guckst«, antworte ich.

Während der ersten Minuten frage ich mich drei Dinge: Hat Ikken das Programm jetzt ausgewählt, weil er glaubt, dass Europäer am liebsten den ganzen Tag

Tittenfilme gucken, oder will er mir damit seine liberalen Ansichten bezüglich des Zeigens weiblicher Geschlechtsmerkmale zeigen? Oder ist es hier normal sich nackte Frauen anzugucken, wenn Männer unter sich sind? – Nach den ersten Zügen am Joint wird die Beantwortung der Fragen für mich nicht einfacher, aber deutlich lustiger. Ikkens Hasch schmeckt lecker: pinienartig, leicht sauer und limonig im Abgang.

Nachdem wir fertig gequalmt haben, guckt er mich mit roten, glasigen Augen an und macht mit seiner rechten Hand eine Handbewegung, die an ein schnell aufsteigendes Flugzeug erinnert. Onomatopoetisch untermalt er seine Handbewegung mit einem »Pschooaahh«, dass ich als »Flyhigh« deute. Er hustet ab, lacht und hält mir seine rechte Handinnenfläche entgegen. Wir klatschen ab – »Highfive« im wahrsten Sinne des Wortes – bevor er erneut sein Handy aus der Tasche holt. Er ruft Kahina an und erkundigt sich nach dem genauen Lieferzeitpunkt seiner aufgegebenen Minztee-Bestellung. Kurz darauf klopft es an der Zimmertür. Ikken greift nach der Fernbedienung, um von bemalten Brüsten auf einen Gottesdienst in amharischer Sprache zu schalten, in dem Menschen »Halleluja« singen und dazu reihenweise in Trance fallen.

»Mzzyan?«, fragt er mich erneut, um sich zu erkundigen, ob mir die jetzige Programmauswahl auch gefällt.

»7’ssn.« – »Besser«, antworte ich.

Ikken öffnet die Zimmertür, bückt sich und greift das vor der Tür abgestellte Tablett, auf dem sich eine silberne Teekanne, farbige Teegläser, Silberlöffel und daumendicke Zuckerriegel befinden.

»Bismillah« – »Im Namen Gottes«, sagt er und füllt unsere Teegläser mit frischem Minztee.

Meine Kehle ist mittlerweile furztrocken vom Hasch. Der Tee befeuchtet, die Minze erfrischt und der Zucker gibt Kraft.

»Afullus!«, sagt Ikken plötzlich, nachdem wir vom heißen süßen Tee getrunken haben.

»Shnu Afullus?«, frage ich ihn und will wissen, was »Afullus« ist.

Ikken setzt sich auf den Fußboden, hält die rechte Hand über seinen Kopf, spreizt die Finger Richtung Zimmerdecke und wiederholt: »Afullus! Afullus!«

Dann steht er auf, setzt sich zurück in den weißen Plastikstuhl und guckt mich fragend an. Ich verstehe weder, was er mir mit seiner Performance noch mit »Afullus« sagen will. Ich schüttele den Kopf, verneine. Ikken steht vom Stuhl auf, nimmt wieder die sitzende Pose auf dem Boden ein, spreizt erneut die Finger über seinem Kopf und wiederholt: »Afullus! Afullus!«

Ich halte meine rechte Hand mit der Innenfläche zu mir zeigend vor meine Brust und drehe sie um neunzig Grad. Das ist marokkanische Handgestik, die frei mit »Was willst du mir sagen?« übersetzt werden könnte. Ikken guckt enttäuscht. Laut beginne ich zu raten:

»Hut, Punker, Irokese, Bettelei, Straße, Dirham, Antenne, Zirkus, Toilettengang, Sportart ...«

Ikken, der kein deutsches Wort außer »Achtung!« versteht, versteht aber trotzdem, dass ich es noch nicht verstanden habe und unterbricht meine Rätselei.

»La, 5oya«, sagt er. »Nein, mein Bruder.«

Er steht vom Boden auf, setzt sich zu mir aufs Bett, umfasst mit seiner Linken meinen rechten Arm, nickt wohlwollend mit dem Kopf und präsentiert mir die ölige Haschkugel in seiner rechten Hand. Dann imitiert er sich selbst, wie er an einem imaginären Joint zieht, imaginären Rauch ausatmet und anschließend laut »Afullus!« sagt. Ich vermute, dass Ikken mir damit sagen will, dass ich mehr seines Superhaschs rauchen muss, um zu verstehen, was »Afullus« ist. Ich bin neugierig geworden und sage »3lash la« zum zweiten Spliff.

Im Fernsehen läuft immer noch die Trance-Party aus Äthiopien. Mittlerweile liegt die halbe Gemeinde zappelnd auf dem Fußboden.

Nachdem wir mit der zweiten Rifrakete durch sind, steht nur noch der äthiopische Priester aufrecht auf zwei Beinen. Ikken schaltet zurück zur Sendung mit den bunt bemalten Brüsten und sagt nach wenigen Minuten: »Yallah, Afullus!«

Er steht auf, hustet, schaltet den Fernseher aus und gibt mir mit einer Handgestik zu verstehen, dass ich ihm folgen soll. Drei Sekunden benötigt mein Logikzentrum mittlerweile zur mentalen Verarbeitung seiner Bitte. Weitere drei vergehen, bis ich in der Lage bin, auch physisch darauf zu reagieren. Ikkens Hasch ist saustark. Beim Aufstehen vom Bett wandert mein Blick auf die Deodorantverpackungen und ungeöffneten Parfumflaschen, die auf dem Fernseher nebeneinander angeordnet sind und aussehen, wie ein aus westlichen Kosmetikprodukten errichteter Altar. Ikken schließt die Zimmertür. Wir gehen hinab. Aus der Küche des ersten Stocks schallt weibliches Geschnatter. Kahinas Stimme sticht hervor. Ikken schlüpft aus seinen gelben »Bil8a« – Hausschuhen – stellt sie im Flur ab und betritt barfuß das Wohnzimmer. Er nimmt neben seiner über achtzigjährigen Mutter Platz, die schüchtern an ihrem Kopftuch zuppelt, als sie mich eintreten sieht. Ich gehe zu Mama Azzoukni und halte ihr meine Hand entgegen, genauso, wie ich es vorhin bei Kahina gemacht habe. Während der Begrüßung fragt sie, ob es mir gut geht, ob es meinen Eltern gut geht, ob es meiner Gesundheit gut geht, und sie erkundigt sich auch danach, ob meine Arbeit gut läuft. Während ich alle Fragen obligatorisch mit »Kullshi labas« beantworte, guckt sie schüchtern auf den weißen Berberteppich im »Şala« – Wohnzimmer. Mama Azzoukni spricht – wie viele »Shlu7« ihres Alters – ausschließlich die südmarokkanische Berbersprache »Tashelhit«. Ein Sprachzweig des Afroasiatischen, der mit Arabisch so viel gemeinsam hat, wie vielleicht Persisch mit Deutsch. Marokkanisches Arabisch – »Darija«

– spricht sie kaum bis überhaupt nicht, begrüßt und verabschiedet sich lediglich mit ihm. Mama Azzoukni ist die älteste Freundin von Lounas Oma, mit der sie in einem abgelegenen Bergdorf im Antiatlas aufwuchs. Nach ihrer frühen Hochzeit trennten sich die Wege der beiden Freundinnen und Mama Azzoukni zog mit ihrem Mann nach Agadir. Lounas Oma blieb in ihrem Heimatdorf und zog erst nach dem Tod von Lounas Opa nach »Ad-Dar al-Bayɘa2« – Casablanca – ins Haus ihrer jüngsten Tochter. Vor einigen Jahren trafen sich die beiden alten Freundinnen zufällig auf einer Hochzeitsfeier in »Casa« wieder. Seitdem skypen sie regelmäßig.

Ich bin mittlerweile völlig breit von Ikkens Superhasch und hoffe, dass meine Sehschlitze unsere obige Session nicht enttarnen. Ikken scheint sich darüber weniger Gedanken zu machen. Im Gegenteil: Mit knallroten Augen fläzt er sich breit lächelnd auf das »Seddari« – das traditionelle marokkanische Sofa – und starrt auf die stuckverzierte Zimmerdecke.

Louna betritt das Wohnzimmer. Kahina folgt ihr. Sie trägt einen riesigen Porzellanteller, dessen Ränder mit chinesischen Schriftzeichen und Bambuslandschaften bemalt sind. Auf ihm befinden sich zwei gebratene Hühnchen. Nahezu verdeckt werden sie von Pommes, Oliven sowie in Salzlake eingelegten Zitronen. Als Kahina den großen dampfenden Teller auf dem runden Esstisch vor uns abstellt, zeigt Ikken auf die Schale und lacht.

»Hada Afullus!«, sagt er, während sich Louna neben mich aufs Sofa setzt.

Ich bin irritiert. »Heißt ›Afullus‹ Hühnchen?«, frage ich Louna.

»Nein«, antwortet sie. »›Afullus‹ ist der Hahn.«

»Hahn?«, frage ich und kratze mich an der Stirn.

»Frag bitte mal Kahina, ob wir jetzt Hühnchen oder Hähnchen essen?«

Louna zeigt mir einen Vogel. »Wieso denn?«

»Ich vermute, dass wir gleich Hühnchen essen und kein Hähnchen.«

»Lass doch die Henne Hahn sein und iss, was vor dir liegt.«

»Essen wir jetzt Hähnchen oder Hühnchen?«, frage ich erneut.

Louna verdreht ihre Augen und rückt ein Stück weg von mir.

»Afullus! Afullus!«, schaltet sich nun Ikken ein und lacht völlig breit.

»Frag bitte Ikken, weshalb er vorhin nicht einfach seinen Kopf Richtung Boden geführt hat, um damit Körner aufzupicken.«

»Hä?», fragt Louna. »Warum sollte er das tun?«

»Und ein Huhn ist kein Hahn!«, sage ich nun laut.

Ikken lacht lauter.

Louna stupst mich mit ihrer Fußspitze unsanft unter dem Esstisch an, dreht sich zu mir.

»Du hast ja knallrote Augen«, sagt sie.

Ihr Blick wandert weiter zu Ikken, der verschmitzt auf den großen, dampfenden Teller starrt.

»Seid ihr beide auf Sendung?«, fragt Louna.

»Ich hätte es nicht gedacht, aber der alte Fernseher oben sendet wirklich«, antworte ich.

»Ihr habt oben einen geraucht.«

»Zwei, um genau zu sein. Aber eigentlich haben wir uns 'ne Sendung über Oldtimer angeschaut und 'nen Gottesdienst mit Tranceeinlagen.«

Beim Wort »Oldtimer« wird Ikken plötzlich hellhörig und guckt mich plötzlich nicht mehr ganz so freundlich an.

Mama Azzoukni unterbricht mit einem gekrächzten »Bismillah« die Szenerie, trennt unter lautem Knacken einen Schenkel ab und fordert uns auf, endlich mit dem Essen anzufangen.

»Bismillah«, sagt nun auch Kahina und reißt einen Flügel von der Brust.

Wir alle essen aus einem Teller – natürlich ohne Besteck. Es ist gar nicht so einfach, nur mit der rechten Hand zu essen, mit ihr Fleisch und Sehnen zu zerteilen, die Knochen zu entfernen. Die Linke wird natürlich nicht zum Essen benutzt, bleibt somit immer sauber. Nicht weil man sich, wie fälschlicherweise in Europa kolportiert, damit das Hinterteil abwischt – nein: Die saubere Linke wird benötigt, um den Schraubverschluss der Coca-Cola öffnen zu können, die traditionell zu jedem marokkanischen Gericht gereicht wird. Knochen-, Sehnen- und Zitronenschalenreste sowie Olivenkerne sammeln wir auf der bunten Plastiktischdecke.

»Dass ihr euch oben einen durchzieht, während wir Ladies hier unten kochen, find' ich nicht okay. Die Azzouknis sind quasi Familie. Das macht keinen guten Eindruck«, sagt Louna.

Ich könnte erneut darauf hinweisen, dass es eigentlich zwei waren, aber mir ist gerade nicht danach, denn das Essen schmeckt einfach zu gut.

»Kull!« – »Iss!«, befiehlt Mama Azzoukni, pult mit ihrer faltigen Hand die Leber aus einem Geflügelskelett und reicht sie mir freudig.

Nachdem das letzte Huhn zerteilt, die letzte Zitrone gegessen und nur noch wenige Oliven im öligen Fond schwimmen, machen wir alle »Rmmes«, indem wir die Soßenreste mit Grießbrot aufsaugen und den öligen Brotschwamm anschließend essen.

Nach dem Essen suche ich die Toilette auf, um mir nicht nur die Hände zu waschen, sondern vor allem, um meine vollgesogene Analtamponage zu wechseln. Zum Glück betäubt das Hasch die Schmerzen, während ich mir die blutverkrustete Tamponage regelrecht aus dem Hinterteil reißen muss, um sie zu lösen. Ich wickele das blutige Etwas in Klopapier, schmeiße es in den WC-Mülleimer, greife in meine Hosentasche und hole eine Tamponagepackung samt Vaseline heraus. Mit den Zähnen reiße ich die Verpackung auf, verteile die Vaseline auf der Stoffrakete und schiebe sie in mein Hinterteil, bevor ich erneut die Hände wasche und das Bad verlasse. Auf dem Weg zurück ins Wohnzimmer höre ich eine männliche Stimme Deutsch reden.

»Hey Juba, wie gehts dir?«, frage ich, als ich ins Şala trete und ihn neben seinem Bruder Ikken auf dem Sofa sitzen sehe.

Juba ist der zweitjüngste Azzoukni und hat einige Jahre Deutsch am Goethe-Institut gelernt. Er muss zu Besuch sein, denn eigentlich wohnt er mit seiner Frau und den beiden Kindern seit Jahren in Casablanca.

»Kullshi labas. Al7amdulillah. Und dir, mein Bruder?«, fragt er mich.

»Den Umständen entsprechend okay«, antworte ich und setze mich neben Louna aufs Sofa.

»Ich habe schon gehört, was Ihnen passiert ist.«

»›Euch‹!«, korrigiert Louna ihn.

»Was ›euch‹ passiert ist«, wiederholt er.

»Wie geht es Massin in Brüssel?«, fragt er und wechselt das Thema.

»Ich hoffe gut. Er will im Herbst kommen«, antwortet Louna.

»Bleibt ihr so lange in seiner Wohnung?«

»Als Deutsche bekommen wir doch nur drei Monate Visum in Marokko«, antworte ich.

Sein Blick wird ernst. »Und keiner der Ärzte kann euch helfen? Ihr lebt doch in Deutschland.«

»Juba«, beginne ich, »keine Praxis hat Budget für die ganze Testerei von uns und wir schon gar nicht bei mehr als einer halben Million Wohngifte.«

»Aber die deutschen Ärzte müssen euch doch irgendwie helfen.«

»Anscheinend müssen sie erst wissen, um welche Giftstoffe es sich genau handelt«, sagt Louna.

»Und wie könnt ihr das herausfinden?«, fragt er.

»Im Moment halt gar nicht – das ist ja das Problem. Wir drehen uns im Kreis«, antworte ich.

»Und ohne eindeutigen Befund gibt es keine Aufnahme in eine Entgiftungsklinik«, sagt Louna. »Wir sind aber schon mal froh, dass wir hier wenigstens nicht so stark auf Schimmel reagieren.«

»Das liegt am Klima, oder?«, fragt er.

»Die meisten Schimmelpilze wachsen kaum oder zumindest viel schlechter bei Trockenheit und Hitze«, sage ich.

»Einer der Ärzte vermutete, dass es uns hier mit der Schimmelallergie deutlich besser geht als in Deutschland«, sagt Louna.

»Wir haben dann noch am gleichen Tag den Flug nach Agadir gebucht«, sage ich.

»Shnu n'gullik?«, fragt er und streicht über seine Halbglatze. »Had shi li keyn.«

»Had shi li keyn.« – »Es ist, wie es ist«, wiederholt

Louna.

»Was sagt denn euer Advokat?«, fragt Juba.

»Lass uns jetzt bitte nicht noch darüber reden, sonst kotze ich direkt das Hühnchen aus«, sage ich.

»›Hähnchen‹!«, korrigiert Louna.

IX

Gwafa

»Willst du noch Tee?«, frage ich.

Louna nickt und leert den restlichen Inhalt ihres Glases. Während ich ihr die heiße Mischung aus Zimt, Anis, Olivenblättern, Safran, Akazienharz und Bockshornklee nachgieße, ruft der Muezzin heute zum vierten Mal, dass Allah am größten ist. Die Straßenhunde »Islans« jaulen zum »Ma8rib« ihre eigene Melodie, die verstummt, sobald der Aufruf zum Gebet beendet ist. Es dämmert. Wir liegen auf den Plastikliegen auf der Dachterrasse und gucken in den Himmel, lauschen den Geräuschen der Straße und unfreiwillig auch denen der Bauarbeiter, die sich auf dem gegenüberliegenden Grundstück ein provisorisches Dorf errichtet haben und dort gerade richtig abfeiern. Die Möwen kreischen schrill und drehen die letzten Runden des Tages über unseren Köpfen.

»Als du mit Ikken oben warst, habe ich Kahina unsere Geschichte erzählt.«

Ich greife mein Glas und nippe am heißen Tee.

»Sie hat mir anschließend von einem alten Mann im

Atlasgebirge erzählt, der merkwürdige Krankheiten heilen kann.«

»Ein Arzt?«, frage ich.

»Ein Einsiedler. Kahina selbst kennt ihn nicht, aber ihre beste Freundin war bei ihm.«

»Und?«, frage ich. »Konnte der Typ ihrer Freundin helfen?«

»Sie ist gesund zurückgekommen.«

»Was hatte sie für eine Krankheit?«, frage ich.

»Die fühlte sich immer krank, wenn sie mit ihrem Handy telefonierte.«

»Schlechter Mobilfunkvertrag?«, frage ich.

Louna lacht. »Ich glaube, die Frau verträgt keine Funkstrahlung. Jedenfalls wurde es irgendwann so schlimm, dass sie Fieber und Durchfall bekam, sobald sie sich in der Nähe von Handys und Funkmasten befand«, erzählt sie.

»Und wie fand sie den Einsiedler?«

»Ihre Ehe ging kaputt, sie zog aus Agadir weg und in ein Dorf im Atlas. In den Bergen hat sie dann zufällig von dem Alten gehört.«

»Vielleicht könnten wir ja …«

»Und jetzt rate mal, welche Nummer mir Kahina von ihrer Freundin besorgt hat?«, unterbricht sie mich.

»Echt jetzt?«

»Ja.«

»Und worauf warten wir noch?«, frage ich.

»Eigentlich nur auf den Bus nach Marrakesch.«

»Marrakesch?«

»Der Einsiedler hat kein Handy. Ich hab' die Nummer eines Verwandten – und der lebt in Marrakesch. Er würde uns zum Alten in die Berge bringen. Die Pisten sind schon schneefrei.«

»Hä?«, frage ich. »Woher weißt du das alles?«

»Ich hab' vorhin mit ihm getextet.«

»Das sagst du mir erst jetzt?«

»Wenn du Geheimnisse mit Ikken hast, hab' ich meine.«

»Von mir aus. Und wann wollen wir los? Kommendes Wochenende?«

»Morgen früh.«

»Taaaaaksi!«, ruft Louna und zeigt mit ihrem Zeigefinger vor sich auf den Straßenboden. Das ist marokkanische Taxihandsprache und lässt sich mit »Genau hier halten« übersetzen. Koffer mussten wir keine packen: Wer kaum noch etwas hat, kommt schneller los.

Die Taxifahrt zum »Gare Routière« ist angenehm und ruhig. Der Hüne von Taxifahrer trägt zur weißen Djellaba stilecht einen langen, krausen Vollbart samt rasierter Oberlippe und sieht aus wie »Bruder Radikalinski«, der in seiner Freizeit abgehackte Köpfe von Selbstdenkenden fürs Punktekonto im Jenseits sammelt. Mit den Koffern rollen wir über den großen Platz zum Ticketbüro.

»Ich hole mir oben noch Schnupftabak. Bekommst du den Ticketkauf auch ohne mich hin?«, frage ich.

Louna grinst. »Bring doch bitte Sandwiches mit.«

Ich stelle meinen Koffer ab und gehe die rote Stahlwendeltreppe empor. »Schnüpfchen« vertreibt leider kein »N'fissa« mehr und gab mir neulich den Tipp, hier am »Gare« guten zu finden. Ich müsse nur Haj Reɘa, einen alten Mann mit großem Moustache finden, der immer auf einem gelben Eimer in der obersten Etage sitzt. Ich habe Glück: Ein älterer Herr mit grauem Walrossbart sitzt unweit des kleinen Bistros »Crémerie Mou3ad« auf einem zitronengelben Plastikeimer.

Ich gehe zu ihm und in die Hocke.

»Salam Haj Reɘa. Kullshi Labas 3ndek? Brit N'fissa, 3fak«, sage ich.

Er mustert mich mit seinen mandelförmigen Augen. »Marhaba. Sh7al?« – »Willkommen. Wie viel?«

»Rb3mia Rial«, antworte ich. »Für vierhundert Rial.«

Er steht auf, hebt den zitronengelben Eimer an, bückt sich, zieht zwei große, weiße Plastiktüten unter ihm hervor, setzt sich zurück auf den Eimer und knotet die Tüten auf.

»Hada smitu ›Classic‹ - Shi7aja 3dia. U hadi smitha ›Spécial‹ - 8alia shouiya, walakin shi7aja m5eyra‹«, sagt er und zeigt nacheinander auf die Inhalte der Tüten.

»›Spécial‹, 3fak«, sage ich und entscheide mich für den teureren Schnupftabak.

Der Alte holt einen messingfarbenen Esslöffel aus seiner braunen Lederjacke, taucht ihn in die große »Spécial«-Tüte und befüllt damit eine kleinere, weiße Plastiktüte, die er anschließend locker verknotet. Ich gebe ihm zwanzig Dirham, er mir die Tüte mit dem Schnupftabak. Neben mich hockt sich plötzlich ein Mann in blauer Uniform mit lebendigen Augen und ausgedünntem Gebiss. Zwischen Zeige- und Mittelfinger seiner linken Hand steckt ein angerauchter Joint. Er kauft sich ebenfalls Schnupftabak. Aber den »Classic«. Er wirft Haj Reɘa fünfzehn Dirham vor die Füße, holt ein Feuerzeug aus seiner Jackentasche und zündet sich den Joint an, bevor er sich umdreht und Richtung Treppe verschwindet. Ich gehe nebenan zur »Crémerie Mou3ad«, kaufe Sandwiches und zwei Kaffee im Pappbecher.

Louna sitzt auf unseren Koffern mit den Fahrscheinen in der Hand, als ich unten ankomme. Sie verstaut die Tickets und greift sich Sandwich und Kaffee.

»Danke«, sagt sie. »Ich habe übrigens dem Verwandten gerade 'ne SMS geschrieben, dass wir gegen Mittag in Marrakesch sein werden. In zwanzig Minuten fahren wir schon los«, sagt sie und beißt ins Sandwich.

»Das geht ja fix hier.«

»Ja, aber leider nur das«, sagt sie kauend.

Wir essen, trinken, gehen zum Bus, zeigen die Tickets, geben die Koffer auf und sitzen keine fünfzehn

Minuten später auf unseren Sitzplätzen. Nach weiteren zehn wird die Klappe des Buskofferraums geschlossen. Fast alle Sitzplätze im Bus sind belegt. Der Motor läuft bereits, nur der Busfahrer lässt noch auf sich warten. »3dil! Finek, 3dil?«, höre ich draußen immer wieder den Mann rufen, der unsere Bustickets beim Einstieg entwertet hat. Die Klimaanlage kühlt den Bus auf winterliche Temperaturen, während der Ticketentwerter nun in den Bus steigt und alle Passagiere durchzählt. Alle sind startklar. Fast alle: Nur der Busfahrer fehlt anscheinend noch, soviel bekomme ich mit. Ich nutze die Wartezeit, um den neuen Schnupftabak auszuprobieren, schütte mir ein wenig des dunklen, fein gemahlenen Pulvers auf meinen linken Handrücken und schnupfe ihn. Der »Spécial« ist wunderbar erfrischend und floral im Geschmack. Ich verknote das kleine Tütchen, stecke es zurück in meine Hosentasche und frage Louna nach einem Taschentuch. Kurz darauf öffnet sich die Bustür und der Mann mit den lebendigen Augen, der sich neben mir den Schnupftabak kaufte, stolpert hektisch die Bustreppe hoch.

»Ach du Kacke. Hoffentlich fährt der Typ gut«, sagt Louna.

Das wird er, denke ich. Schließlich schnupft er den »Classic« von Haj Reɘa.

Die Busfahrt verläuft unspektakulär und ereignislos. Lediglich einmal müssen wir kurz anhalten: Die Militärpolizei, die an einer Ausfahrt Stellung hält, möchte kurz in den Kofferraum des Busses gucken.

Ich war eben etwas länger auf der Bustoilette, um die Analtamponage zu wechseln. Ansonsten sitze ich seit zwei Stunden an der E-Mail für die Institutsleiterin. Hinter mir saß ein Typ aus dem Ruhrpott, der sich seinem Schweizer Sitznachbarn als »Kaschmir-Peter« vorstellte, Stories von »Pakistan-Jens« erzählte und zum Glück in Chichaoua ausstieg.

Nach fast vier Stunden erreichen wir die »Rote Stadt«. In Marrakesch zu sein, bedeutet mit den Augen zu atmen. Die Medina ist ein riesiges Freiluftmuseum, eine historische Kulisse und Zeitreise. In Marrakesch verschmilzt der Orient mit Afrika. Es ist die Stadt der Geschichtenerzähler, der Gaukler, Artisten, Händler, Diebe, Bettler, Ganoven, Träumer, Künstler und Zauberer. Wenn man Aladdins Wunderlampe sucht, wird man hier fündig. Marrakesch ist magisch – mindestens. Es ist das siebte Mal, dass ich die Stadt betrete. Louna hat die Fahrt über geschlafen und sieht ziemlich zerknautscht aus. Sie steht draußen neben dem Bus in der prallen Sonne, gähnt und bindet sich ihre Haare zu einem Dutt. Ich gebe dem Gepäckmann die Gepäcktickets und greife mir unsere Koffer.

»Bon voyage«, wünscht er und greift bereits nach dem Ticket des nächsten Fahrgasts.

Unser Fahrer sitzt vor dem Bus in der Hocke, raucht

und starrt auf sein Smartphone. Auch wenn er nicht der Pünktlichste zu sein scheint, den Bus hat er »classic« gefahren.

»Wie heißt eigentlich der Typ, mit dem wir uns treffen?«, frage ich.

»Irgendetwas mit ›G‹.«

Louna kramt im Rucksack, greift und entsperrt ihr Smartphone. »Gwafa heißt er.«

»Okay. Und wo treffen wir uns mit Gwafa?«

»Er hat noch nicht auf meine SMS geantwortet. Ich ruf' ihn jetzt an.«

»Von mir aus können wir auch erstmal Mittag essen gehen«, schlage ich vor.

»Ich habe auch schon Hunger. ›Tangia Marrakchia‹?«, fragt sie.

»Was ist mit ›Rfissa‹?«, frage ich.

Lounas Augen leuchten. »Rfissa! Yallah.«

Zwei Mal mussten wir das Taxi wechseln, bis wir schließlich am »Bab Aylen« – dem östlichen Eingangstor der Stadtmauer – ausstiegen. Zweimal gab es Streit mit den Taxifahrern. Beide Male wollten sie uns so extrem übers Ohr hauen, dass uns beiden nacheinander der Kragen platzte. Der erste Taxifahrer weigerte sich das Taxameter anzustellen und verlangte einen unverschämten Festpreis.

»Ou9f tomobil! Daba!« – »Halt den Wagen an! Sofort!«, schrie Louna, als der Fahrer unnachgiebig bei seinem frechen Preis bleiben wollte. Er bremste abrupt, wir stiegen aus. Ich öffnete den Kofferraum, hub unsere Koffer heraus und winkte ein neues Taxi heran. Louna schleuderte ihm ein »7mar!« – »Esel!« entgegen, ich schlug kräftig die Autotür zu. Der sichtlich erzürnte Taxifahrer fuhr mit quietschenden Reifen davon, während neben uns bereits ein neues Taxi hielt. Ich räumte das Gepäck in den Kofferraum des neuen Taxis, wir stiegen ein und fuhren los. Der neue Taxifahrer fragte uns, was denn eben mit dem anderen Taxi gewesen sei. Louna erzählte ihm vom Taxameter-Off und dem frechen Preis.

»7'shuma!« – »Schande!«, schimpfte der zweite Taxifahrer kopfschüttelnd, als Louna ihm den genannten Festpreis auf seine Nachfrage hin verriet. Der Taxifahrer erklärte, dass sein Land an der Gier krankt und dies sehr tragisch für Marokko sei. Sein Taxameter sei aber leider auch defekt, fuhr er fort.

»8eh alef Rial« – »Nur tausend Rial«, kündigte er seinen Preis an und war damit zwar fast um die Hälfte günstiger als sein Kollege, aber immer noch viel zu teuer.

»5amsin Dirham b'juj bina, yek?« – »Fünfzig Dirham für uns beide, ne?«, hakte Louna kurz nach.

»La! Myet Dirham b'juj bikum« – »Nein! Einhundert für Euch beide«, antwortete er dreist.

Das verstand ich auch ohne Lounas Übersetzung, aber irgendwie auch nicht, denn damit bot er uns einen

Festpreis an, der noch höher war als der seines Taxikollegen. Mein lautes »Geht's noch?« kreuzte sich zeitgleich mit Lounas »Bellati!« – »Moment mal!«.

»Ich zahl' dir genau zwanzig Dirham zum ›Bab Aylen‹ – keinen Cent mehr!«, sagte ich und unser Taxifahrer trat daraufhin hart auf die Bremse. Louna sagte gar nichts mehr, schüttelte nur noch ihren Kopf. Ich hub die Koffer erneut aus dem Kofferraum – nicht mehr ganz so behutsam – und stellte sie neben dem Taxi ab.

»Nicht einen Dirham bekommst du für die schlechte Fahrt«, sagte ich zum Taxifahrer, der plötzlich davon faselte, dass wir ihm fünfzehn für die paar Meter schulden würden. Uns beleidigend fuhr er davon.

Keine fünf Minuten später hielt ein neues Taxi neben uns. In ihm saß ein älterer Herr mit hennagefärbtem Vollbart und einer riesigen Brille, in der die dicksten Brillengläser saßen, die ich je sah. Dieser ältere Herr fuhr uns ganz entspannt zum »Bab Aylen«. Mit eingeschaltetem Taxameter – für dreizehn Dirham.

An der östlichen Stadtmauer angekommen, gehen wir durch das große Tor, verlassen die Souks und schlängeln uns mit den Rollkoffern durch die Gässchen der Medina zu einem unserer Lieblingsrestaurants in Marrakesch. »Rfissa« ist ein traditionelles marokkanisches Gericht. Es besteht aus länglich geschnittenen, blättrigen Teigfladen – den »Msmn«, die mit einer Bockshornklee-Zwiebelsoße samt brauner Linsen übergossen werden. Darüber thront meist gegrilltes Hühnchen. Oder Hähnchen. Man weiß es nicht.

Das Restaurant ist sehr versteckt gelegen und befindet sich innerhalb der Stadtmauern, aber am Außenrand der Medina. Aufgrund der Lage verirren sich kaum Touristen ins »Ma63m« – Restaurant, das keinen Namen trägt. Die Marrakchis nennen es einfach nur »Dar Rfissa« – »Haus Rfissa«.

»Hat dir Gwafa schon zurückgeschrieben?«, frage ich.

Louna kramt ihr Handy aus dem Rucksack, checkt den SMS-Eingang. »Ja. Er fragt, wo wir gerade sind. Wollen wir uns nicht einfach hier mit ihm treffen?«

Ich gieße uns Minztee ein.

»Macht Sinn. Sich mit dem ganzen Gepäck durch die Medina zu quetschen, macht keinen.«

Louna tippt bereits auf ihrem Handy. »Ich frage ihn mal, ob er das ›Dar Rfissa‹ kennt.«

Ich puste Teeschaum beiseite und nippe am Glas.

»Ja, kennt er«, sagt sie kurz darauf. »Er kommt hierher.«

Nach ungefähr einer Stunde betritt ein schlanker, hochgewachsener Afrikaner mit rotbrauner Haut das »Dar Rfissa«. Er schaut sich um, entdeckt uns – die einzigen Europäer im Restaurant – winkt freudig, schnappt sich den freien Stuhl vom Nachbartisch und setzt sich zu uns.

»Hey guys«, sagt er. »Sorry für meine Verspätung.«

»Hi Gwafa«, sage ich. »Ich bin Solan. Freut mich, dich kennenzulernen.«

Wir schütteln uns die Hände.

»Ich bin Louna. Wir haben uns geschrieben. Danke, dass du uns hier abholst.«

»Welcome«, sagt er und schüttelt nun ihre Hand. »Ich hoffe, ihr hattet eine gute Anreise.«

Gwafa hat ein längliches, kantiges Gesicht und neugierige Augen. Ich schätze ihn auf Mitte fünfzig. Er trägt einen weißen, krausen Kinnbart zu kurzgeschorenen Haaren. Eine Kette mit Kaurimuschelanhänger ragt über sein blaues Shirt. Gwafa spricht fließend Englisch, was die Kommunikation mit mir vereinfacht.

»Hast du schon zu Mittag gegessen?«, frage ich.

»Ja. Seid ihr mit dem Tee fertig?«, fragt er.

Wir nicken.

»Wir sollten gehen. Es dauert eine Weile, bis wir bei meinem Onkel sind.«

♂

Eisen

3.

Solutio

»Sih/ ein alter Man ruhet dort
In wüster Höl/ vnd felßichtn Ort:
Ein schwartzer Rapp auch bey jhm staht/
Denselbn Er zum Gesellen hat.
Sein Geist/ wie auch sein gantz Gemütt
Lassen sein Glieder fein zu Fried:
Damit die straff nur sey solut
Einer Boßheit/ welch gar nicht gut.
Wenn sie nun widrumb kommen fein/
Vnd mit jhm recht vereinigt sein:
So wird auß jhn dreyen geborn
Unser Apollo ausserkorn.«[6]

(Daniel Stoltzius von Stoltzenberg,
Chymisches Lustgärtlein,
Frankfurt am Main, 1624)

X

Irgendwo im Nirgendwo

Gwafa hält und zieht die Handbremse an. Den Motor lässt er laufen.

»Hilf mir bitte«, sagt er und öffnet die Fahrertür.

Rechts neben mir – keinen Meter entfernt – geht es tief hinab. Ich steige aus und betrete den schmalen Korridor zwischen Mercedes und Abgrund, während Gwafa bereits erste Gesteinsbrocken zur Seite räumt, die den Pistenweg versperren. Ein graues Atlashörnchen steht aufrecht auf einem kleinen Felsvorsprung und beobachtet uns neugierig.

Marrakesch haben wir zügig hinter uns gelassen. Bevor wir in die Berge fuhren, hielten wir an einem Dorfmarkt um Hirse, Gemüse, Kartoffeln, Obst, Süßigkeiten, Datteln, Zucker, Tee, Schokolade, Wasser und Brot zu kaufen. Um zu Gwafas Onkel zu gelangen, mussten wir früh die asphaltierten Serpentinen verlassen. Seit über einer Stunde ruckeln wir auf einer steinigen Bergpiste durch die Höhen des Atlas.

Unterwegs erzählten wir Gwafa von unserer bisherigen Odyssee, den Schmerzen und der Ungerechtigkeit. Er ist überzeugt davon, dass uns sein Onkel helfen kann.

»Das reicht«, sagt er und gibt mir mit einer Handbewegung zu verstehen, dass ich zurück ins Auto steigen soll, da die Piste wieder befahrbar sei.

Wenig später kommt uns ein Mann auf seinem Esel entgegen. Er fragt nach Zigaretten und Schnaps. Wir schenken ihm Schokolade und Geld. Er erkundigt sich nach dem Ziel unserer Reise.

»Sidi 3grab«, antwortet Gwafa.

Der Mann scheint den Ort nicht zu kennen, verabschiedet sich und zieht weiter.

»›Sidi 3grab?‹«, fragt Louna. »Ist es das Dorf, wo dein Onkel lebt?«.

»Ja und nein«, antwortet Gwafa. »Den meisten ist es unter diesem Namen bekannt. Wir Dogon nennen den Ort aber ›Jebel Suma‹.«

»›Dogon‹?«, frage ich.

Gwafa kurbelt das Fenster hoch, löst die Handbremse, schaltet in den ersten Gang und beschleunigt.

»Ihr kennt nicht die Dogon?«, fragt er.

Ich schüttele den Kopf. Louna verneint.

»Vor Hunderten von Jahren befahl Sultan Moulay Ismael – der Grausame – die Grenzen im Atlas gegen feindliche Berberstämme zu verteidigen: Er schickte eine riesige Armee in den Süden, um ein neues Militärkorps zu schaffen und versklavte Tausende von Menschen aus Mali, Niger und Tschad. Die ›Jaysh al-3bid‹ – ›Die Sklavenarmee‹ – wurde im Kampf ausgebildet und in die Berge gebracht, nachdem sie ihre Loyalität bewiesen hatten«, erzählt er.

Ein großer Stein liegt vor uns und versperrt die Piste. Gwafa stoppt erneut den Wagen.

»Nach dem Tod des Sultans kehrten die meisten Dogon nach Mali zurück. Aber die Götter entschieden, dass unser Stamm im Atlas bleiben wird«, erklärt Gwafa und öffnet die Fahrertür.

»Warum?«, frage ich.

»Warum nicht?«, fragt er zurück, steigt aus, geht zum Stein und rollt ihn zur Seite.

Der steile Weg fordert der alten Karre einiges ab. Aufgrund der vielen Schlaglöcher fahren wir langsam. Nach weiteren anderthalb Stunden lassen wir die letzten Meter der Bergpiste hinter uns. Wir erreichen ein Felsplateau und halten mit dem hechelnden Benz neben einer rostigen Schubkarre, deren Unterseite gen Himmel zeigt. Gwafa schaltet den Motor aus und dreht sich zu uns.

»Guys«, beginnt er. »Ab jetzt bitte keine Fotos und Videos mehr machen. Weder von irgendwelchen Bergen noch vom Dorf«, sagt er mit strengem Blick.

»Warum?«, frage ich erneut.

»Respektiert es bitte.«

Ich greife unsere Daunenwesten, reiche Louna ihre. Kalte Bergluft weht mir ins Gesicht, als ich aus dem Wagen steige und die dicke Weste anziehe. Wir befinden uns irgendwo im hohen Atlas, weit entfernt von Menschen, Tankstellen, Taxis, Supermärkten, Ärzten und Straßenlaternen. Handyempfang haben wir längst keinen mehr.

»Jebel Suma!« – »Berg Suma!«, sagt Gwafa und zeigt auf eine imposante, braunrote Bergspitze.

Das Plateau, auf dem wir parken, endet nach gut zwanzig Metern und geht in eine Geröllwiese aus dunklen Steinen samt stacheliger Disteln über. Von einem Dorf ist bisher nichts zu sehen. Gwafa zieht seine schwarze Lederjacke über und öffnet die Heckklappe. Gemeinsam räumen wir alles aus dem Kofferraum in die Schubkarre, die er anschließend Richtung Berg Suma lenkt. Wir folgen ihm mit unseren Koffern und sehen nach einigen Metern, dass die Geröllwiese nicht direkt zum Berg führt, sondern weiter vor uns zur Klippe wird. Wenig später stehen wir an ihrem Rand – Kilometer vom gegenüberliegenden Berg entfernt – und gucken hinab in eine Hunderte von Metern tiefe, rechteckige Schlucht. Auf ihrem Grund sehen wir Häuserruinen, deren braunroter Lehm mit den Farben des Berges verschmilzt. Neben ihnen stehen vereinzelt quadratische Hütten, die graue, spitz zulaufende Strohdächer tragen und von hier oben aussehen, wie Schlapphüte des Zauberers Merlin. Gwafa schlängelt sich mit der Schubkarre an einem großen Dornbusch vorbei und bittet uns, ihm vorsichtig zu folgen. Wir laufen auf einen ovalen Felsen zu, in dessen Nähe sich ein schmaler Pfad abzeichnet.

Lounas Schmerzen haben zugenommen. Sie kann kaum noch auftreten, daher trage ich jetzt ihren Koffer und schnalle mir ihren Rucksack vor die Brust. Wir erreichen den Felsen, beschreiten den sandigen Pfad und folgen seinem serpentinenartigen Verlauf hinab. Gelegentlich halten wir an: Louna, um ihr schmerzendes Bein zu massieren – Gwafa und ich, um zu verschnaufen. Je näher wir ihm kommen, desto beeindruckter bin ich vom Berg Suma. Vorhin ließ sich seine Dimension nur erahnen: Größe und Gestalt erschließen sich mir erst jetzt. Ich schätze, dass der Berg so hoch ist, wie der Berliner »Telespargel«. Berg Suma erinnert mich an den Uluru, auf dem das Matterhorn thront – nur in kleiner.

Verschwitzt erreichen wir in der einsetzenden Dämmerung das verlassene Dorf, dessen Bewohner einst am Fuße des Berges siedelten. Wir folgen Gwafa durch die gigantische Kulisse. Als wir uns in der Nähe des ehemaligen Brunnens befinden, schallt plötzlich lautes Getrommel durch die Schlucht.

»Mein Onkel begrüßt uns«, beruhigt er Louna, die von den Trommelschlägen erschrak.

Gwafa lenkt die Schubkarre zu einer Hütte mit Zauberhutdach. Das Trommeln verstummt, als wir vor ihrer holzverzierten Eingangstür zum Stehen kommen.

»Dein Onkel ist Arzt, richtig?«, fragt Louna.

»Ja und nein. Er ist Hogon.« Gwafa ruckelt an der Tür.

»Wie überlebt er hier?«, frage ich.

»Er ist Hogon«, antwortet er auch mir.

Während Gwafa im Begriff ist die Holztür zu öffnen, hole ich mein Smartphone aus dem Rucksack.

»In welchem Haus lebt dein Onkel?«, frage ich.

»Er lebt in keinem Haus«, antwortet Gwafa.

Ich starte die Taschenlampen-App. Blitzschnell dreht er sich zu mir.

»Macht niemals Licht in dieser Hütte an! Keine Kerzen, kein Feuerzeug, keine Taschenlampe!«, schreit er mich an.

»Okay, okay«, sage ich, schließe die App und stecke mein Smartphone zurück in den Rucksack.

»Und Frauen dürfen diese Hütte nicht betreten. Bitte respektiert das«, ergänzt er mit lauter Stimme.

Ich bin irritiert von seinen Ansagen, dem Ton und seiner plötzlichen Strenge. Louna sieht das ähnlich – das verrät mir ihr Blick. Gwafa räumt nun alle Lebensmittel in die dunkle Hütte ohne Fenster, schließt die holzverzierte Tür und sagt: »Jetzt bringe ich euch zur Toguna.«

Wir folgen Gwafa Richtung Felswand, bis wir vor einem quadratischen Holzgebilde aus meterhoch geschichteten Stöckern anhalten.

»Das ist die Toguna. Dort schlaft ihr«, sagt er und zeigt auf den knapp ein Meter hohen Unterschlupf, der sich unter meterhoch gestapeltem Holz abzeichnet und weder Fenster noch Türen besitzt.

»Soll das ein Witz sein?«, fragt Louna.

»Es muss einer sein«, sage ich.

»Ich will nicht unter diesem Scheiterhaufen schlafen«, sagt sie.

»Und wo schläfst du?«, frage ich Gwafa.

Er zeigt zu einer Hütte, keine dreißig Meter entfernt.

»Ich habe eine Hütte. Ich bin Dogon. Ihr seid Gäste. Und Gäste schlafen in der Toguna«, sagt er in einem Ton, der keine Widerrede zu dulden scheint.

»Nein«, entgegne ich ihm. »Wir wollen auch in einer Hütte schlafen. Es ist saukalt.« Louna nickt.

»Es ist gefährlich für euch, wenn ihr nicht in der Toguna schlaft«, sagt er.

»Erklär' mir warum«, fordere ich ihn auf.

»Ihr müsst euch mit den Geistern der Dogon verbinden. Das geschieht während des Schlafens in der Toguna«, erklärt er.

Ich bin nicht überzeugt von seiner Antwort.

»Ich bringe euch warme Decken«, sagt er und verschwindet in der Dunkelheit.

»Dieser ganze Geisterquatsch«, grummele ich, stelle meinen Rucksack zu den Koffern und krabbele auf allen vieren unter den quadratischen Scheiterhaufen.

»Die Holzdecke über mir wirkt stabil«, sage ich überrascht und lege mich mit dem Rücken auf den sandigen Boden. »Erstaunlicherweise ist es überhaupt nicht kalt hier drinnen.«

Louna stellt ihren Rucksack neben meinen und begibt sich zu mir ins Innere.

»Irgendwie gemütlich«, sagt sie, als wir unter der meterhohen Schicht aus Stöckern liegen.

Als Gwafa mit der Schubkarre zurückkehrt, haben wir uns bereits mit dem Nachtquartier angefreundet und den Boden im Inneren der Toguna ausgelegt: Mein großes »Knight Rider«-Strandtuch aus Kindertagen liegt neben Lounas dunkelgrünem mit Om-Zeichen. Auf beiden liegen mittlerweile Pullover und Jacken von uns, um die aufsteigende Kühle des Bodens zu mildern. Zum ersten Mal freue ich mich heute darüber, dass wir unser gesamtes Gepäck dabeihaben. Wir kriechen hinaus und nehmen die warmen Wolldecken entgegen. Gwafa fragt uns, ob wir hungrig wären, denn er sei es und habe daher bereits Wasser, Gemüse und Brot aus der Hütte geholt. Wir bejahen und gehen mit ihm zu einer Lehmhüttenruine, keine Minute Fußweg von der Toguna entfernt.

»Hier drinnen dürfen wir Licht anmachen. Kein Problem«, sagt er.

»Und was ist mit Frauen?«, fragt Louna.

»Die Dogon haben Riten, die Leute aus Europa nicht verstehen. Kommt bitte hinein. Natürlich auch du, Louna«, sagt er und lächelt.

Gwafa öffnet die Tür. Wir betreten die Ruine. Ein Drittel des Dachs ist nicht mehr existent. Er kramt ein Feuerzeug aus seiner Hosentasche und zündet weiße Kerzen an, die in grünen Flaschenhälsen sitzen. Im Raum befinden sich eine blaue Gasflasche, eine rote Wanne, bunte Plastikhocker sowie eine große, schwarze Plastiktonne. Ich öffne ihren Deckel und entdecke Tütchen mit Gewürzen, Besteck, Gläser, zwei Flaschen Olivenöl, Amlou, ein Stück Seife, zwei Töpfe und eine »Tajine« – einen in Marokko traditionell verwendeten Römertopf aus Ton. Louna schnappt sich einen Hocker. Gwafa schiebt die Karre ins Innere, hebt den Plastikkanister mit Wasser aus ihr und stellt ihn auf den Boden. Louna und ich greifen Kartoffeln und Gemüse aus der Schubkarre, waschen, schälen und schneiden es klein, um es dann in der Tajine zu stapeln. Währenddessen bastelt Gwafa einen Aufsatz für die Gasflasche: Er biegt ein Stück Blech gerade und fummelt es auf die Vorrichtung der Gasflasche, um den Tontopf damit vor zu starker Hitze zu schützen.

Eine Stunde später sitzen wir drei um die Tajine, essen geschmortes Gemüse und tunken Brotstücke in den Sud.

»Wann treffen wir morgen deinen Onkel?«, fragt

Louna.

Ich greife mir eine ölige Kartoffelspalte aus dem Tontopf. Gwafa reißt ein Stück des runden Brots ab.

»Das entscheiden die Nommo. Es geht los, wenn der Hogon wieder trommelt. Das kann morgen, aber vielleicht auch erst in ein paar Tagen sein«, antwortet er.

»In ein paar Tagen?«, fragt Louna.

»Guys«, sagt er. »Ich weiß es nicht.«

Gwafa tunkt sein Brotstück in den Sud. Die Tajinesauce hinterlässt Spuren in seinem weißen Kinnbart, als er in den Brotschwamm beißt.

»Wer sind die ›Nommo‹?«, frage ich.

»Die Nommo gaben uns Wissen«, erzählt er, kramt eine Papierserviette aus seiner Hosentasche und säubert mit ihr den öligen Bart.

»Was für Wissen?«, frage ich.

»Sie lehrten uns ihre Erkenntnisse von Raum und Zeit«, sagt er, steckt die Serviette zurück in die Hosentasche und räuspert sich.

»Habt ihr schon mal vom Sternbild ›Großer Hund‹ gehört?«, fragt er.

»Nein«, antworten Louna und ich gleichzeitig.

»Die Nommo stammen von einem Planeten im ›Großen Hund‹, der den Sirius umkreist«, sagt er.

Ich bin geschockt. Vor allem darüber, dass er wohl wirklich daran glaubt. Louna hat aufgehört zu kauen und schaut Gwafa mit großen Augen an.

»E.T.s vom Sirius?«, fragt sie.

»Genau«, antwortet er.

»Und wie sehen die Nommo aus? Wie im Film ›E.T. - Der Außerirdische‹?«, frage ich und unterdrücke mir das Schmunzeln.

»Es sind fischähnliche Wasserwesen«, antwortet er.

Mir wird plötzlich anders. Und das nicht nur, weil gerade warmes Blut aus der Tamponage in meine Unterhose sickert.

»Gibt es hier irgendwo eine Toilette oder soll ich in eine der Ruinen kacken?«, frage ich.

»Nein. Es gibt eine nahe der Toguna«, antwortet er. »Ist es dringend?« Ich nicke.

»Bist du mit dem Essen fertig?«, fragt er.

Ich nicke erneut und stecke bereits meine Trinkflasche in den Rucksack.

Gwafa und ich verlassen die Ruine und gehen zu einer Hütte ohne Dach, unweit der Toguna. Er öffnet die hölzerne Tür, entzündet Kerzen, die in Flaschenhälsen sitzen und schaut sich im Raum um, bevor er mir eine kleine Plastiktüte mit »Tide« – Vollwaschmittel für Schmutzwäsche, welches nahezu in jedem lokalen Restaurantklo Marokkos statt Handseife gereicht wird – in die Hand drückt.

»Wenn du fertig bist, schütt' bitte Sand auf die Exkremente und verdeck' das Loch mit dem großen Stein«, sagt er.

Gwafa zeigt zuerst auf einen mit Sand gefüllten Eimer, danach auf den runden Stein am Boden.

Kaum hat er die Lehmhütte verlassen, hole ich meine Trinkflasche aus dem Rucksack, schiebe den Stein beiseite, ziehe die Hose herunter und hocke mich über das Loch. Mein Enddarm brennt höllisch, als ich die blutige Tamponage entferne. Nach dem großen Geschäft schütte ich Wasser aus der Trinkflasche in die Hand und säubere mit ihr mein Hinterteil. Mit der Unbenutzten öffne ich den Reißverschluss meiner Westeninnentasche, krame aus ihr eine neue Tamponagenpackung, reiße sie mit den Zähnen auf, hole die Vaselinetube aus meiner Hosentasche und verteile etwas ihres Inhalts auf der sterilen Stoffrakete. Ich stöhne vor Schmerz, als ich sie mir in den Anus schiebe. Nach der Tortur bedecke ich Tamponage und Exkremente mit Sand, verdecke das Loch mit dem Stein und wasche mir die Hände mit Trinkwasser und Vollwaschmittel. Zum Nachtisch gönne ich mir ein Desinfektionstuch mit Limettenduft, bevor ich die Kerzen auspuste.

Auf dem Weg zurück zur Küchenruine kommen mir bereits Louna und Gwafa entgegen. Gwafa erklärt den Abend für beendet, bringt uns zur Toguna und verschwindet in der Dunkelheit. Louna und ich krabbeln unter den riesigen Holzstapel und kuscheln uns unter die warmen Decken.

Das Essen liegt wohlig im Magen, trotzdem können wir nicht einschlafen. Der Tag war zu unwirklich:

Heute früh waren wir noch in Agadir, gegen Mittag in Marrakesch. Und nun liegen wir unter einem Scheiterhaufen im Atlas – irgendwo im Nirgendwo – um Gwafas Onkel zu treffen, sobald seine Aliens dem zustimmen: Alter Gestalter.

Trotz Schmerzen stehen wir nach Stunden unruhigen Liegens auf. Wir wollen uns die Beine vertreten, um müde zu werden. Nach wenigen Metern sind Lounas Schmerzen im Bein jedoch so unerträglich, dass sie zurück zur Toguna humpelt und ich mir daraufhin Gwafas Schubkarre ausleihe.

»Spazier- oder Nachtfahrverbote wurden nicht erteilt«, antworte ich augenzwinkernd auf Lounas Frage, was denn wohl Gwafa von unserer jetzigen Aktion halten würde.

Die Strahlen des Mondes erreichen die Schlucht. Ein Haus im Dorf – das erkenne ich von weitem – scheint anders zu sein als die restlichen: Es ist nicht nur größer, sondern auch als einziges Gebäude direkt an der steilen Felswand gebaut.

Ich schiebe Louna in der Karre durch die kühle, weiße Helligkeit zum großen Haus am Fels. Es ist tatsächlich anders: In seine Lehmwände sind Aussparungen eingearbeitet, in denen sich kleine Tonvasen, steinerne Trinkbecher, Holzschnitzereien, Textilfetzen,

Federn, Tierknochen und Amulette befinden. Vom Flachdach ragen skelettierte Schädel von Gnus, Antilopen, Ziegen und Affen hinab. Ein riesiger Schildkrötenpanzer hängt über der imposanten hölzernen Eingangstür, in die magisch aussehende Zeichen geschnitzt sind. Kurioserweise steht vor der Haustür ein weißer Plastikeimer samt Deckel.

»Vielleicht wohnt hier der Hogon«, sagt Louna.

»Gwafa hat erzählt, dass sein Onkel kein Haus bewohnt«, sage ich.

»Und wo wohnt er dann?«, fragt Louna.

»Stopp!«, brüllt Gwafa und taucht – wie aus dem Nichts – plötzlich hinter uns auf.

Louna schreit schrill.

»Wir sind hier nicht in Disneyland«, sagt er böse.

»Aber alles, was du uns erzähltest, klingt danach«, erwidere ich.

Louna sitzt starr vor Schreck in der Schubkarre.

»Die Gina ist der heiligste Ort in diesem Dorf! Ihr dürft dort nicht hinein. Und der Hogon darf niemals hinaus.«

»Dein Onkel lebt in einem Gefängnis?«, frage ich.

»An einem spirituellen Ort«, entgegnet er.

»Wer bringt ihm Essen?«, frage ich.

»Der Hogon hat keinen Hunger.«

»Bloß heute nicht oder generell?«, frage ich.

»Nur Lébé darf zum Hogon in die Gina.«

»Wer?«, frage ich.

»Lébé – die mächtige Schlange«, antwortet er. »Nur sie darf hinein, um ihn sauber zu lecken.«

Mir fehlen die Worte, aber irgendwie auch nicht:

»Nur eine Schlange darf ins Innere, um den Onkel sauber zu lecken? Ich glaube, unser Freund hat zu viel ›Harry Potter‹ gelesen«, sage ich.

Gwafa, der »Harry Potter« in meinem deutschen Satz versteht, bestätigt: »Genau, eine große Schlange, wie in ›Harry Potter‹.«

Ich glaube, dass Gwafa wirklich glaubt, an was er glaubt, deswegen unterdrücke ich mir das Lachen.

»Wenn wir nicht das Haus deines Onkels betreten dürfen und er auch nicht hinauskann, wie sollen wir ihn dann treffen?«, fragt Louna.

Wolfsgeheul hallt durchs Dorf. Ich kann nicht einschätzen, aus welcher Richtung es stammt, aber Gwafa scheint plötzlich besorgt.

»Nicht bewegen!«, sagt er leise, bückt sich, öffnet den weißen Eimer am Boden und taucht seine linke Hand hinein. Mit der Sauberen verschließt er den Deckel, bevor er zu einer mit Mustern verzierten Holzstele nahe des Hauseingangs geht und mit beiden Händen mehrfach über ihre rotfarbige Spitze reibt. Danach kramt er eine Serviette aus seiner Hosentasche, säubert sich die Hände und kommt zurück.

»Alles okay?«, frage ich.

»Goldene Wölfe«, flüstert er. »Sie heulen auf, weil sie böse Geister sehen.«

»Was hast du gerade an der Holzstele gemacht?«, fragt Louna.

»Ich hab' die Spitze mit einer besonderen Paste eingerieben. Jetzt werden die bösen Geister von ihr angezogen und nicht von uns«, erklärt er.

»Macht Sinn«, sage ich.

XI

Selqet

Es trommelt.

Für einen kurzen Moment – noch im Halbschlaf – glaubte ich mich in unserer Berliner Altbauwohnung zu befinden. Unter uns – immer noch – das ewige Plattieren im Viervierteltakt der Schnitzel. Eine Wohltat, statt Frittiertem nun kühle Bergluft zu riechen.

Ich klappe die Schutzhülle des Smartphones auf: Zwanzig vor vier.

Vor knapp drei Stunden erst hat uns Gwafa vor der Gina abgefangen und zurück zur Toguna eskortiert. Danach muss ich zügig eingeschlafen sein.

»Es geht los«, sage ich.

»Jetzt schon?«, fragt Louna müde.

»Anscheinend sind seine Aliens Frühaufsteher. Ich muss noch kurz zur Toilette.«

»Guck in deine Schuhe, bevor du sie anziehst. ›Jebel Suma‹ wird auch ›Sidi 3grab‹ genannt.«

»Was heißt denn ›3grab‹?«

»Skorpion«, antwortet sie.

»In Wolfsburg wohnen auch keine Wölfe in einer

Burg«, murmele ich, während ich mit meinem Rucksack aus der Toguna robbe.

Das Trommeln verstummt, als ich hinaustrete.

Es ist kalt. Die hellen Strahlen des Mondlichts haben die Schlucht bereits verlassen. Ich schnappe mir die Trekkingschuhe und schüttele sie kopfüber: Die Skorpione haben entweder bereits früh ausgecheckt oder aus mir gut nachvollziehbaren Gründen gar nicht erst den Check-in gewagt. »Jedi-Meister Yoda« würde Letzteres vermutlich bestätigen mit: »Stinken sie tun fürchterlich – seine Schuhe.«

Ich hocke mich über das dunkle Loch in der Klohütte ohne Dach und gucke zur Milchstraße empor, während ich mir die blutverkrustete Tamponage aus dem Hinterteil reiße. Ich muss kacken, aber darf nicht drücken: Der Stuhl muss von ganz allein zum Ausgang rutschen, sonst reißt bereits verheiltes Gewebe, entzündet sich und schmerzt noch mehr. Wenn ich die Schmerzen während des Stuhlgangs kaum aushalte, flüchte ich in eine Welt, in der es keine Schmerzen gibt. Meist hilft es mir, die Tortur zu überstehen. Gerade leider nicht. Ich säubere mich, schiebe mir eine neue Stoffrakete in den Anus, werfe Sand in die Grube, schiebe den Stein zurück, wasche mir die Hände und spendiere ihnen zum Frühstück eine Extraportion antibakterielles Handgel.

Auf dem Rückweg sehe ich bereits Gwafa vor der

Toguna warten. Louna sitzt auf dem Boden und zieht ihre Trekkingschuhe an.

»Morgen. Wir bekommen zwei Mal das Frühstück ›Suma‹ und bitte zwei Cappuccini«, sage ich, als ich neben beiden zum Stehen komme. Louna lacht.

»Der Hogon wartet bereits«, sagt Gwafa humorbefreit. »Seid ihr bereit?«

»Moment«, antworte ich, krabbele in die Toguna, lege den Rucksack ab, krame aus ihm mein Klappmesser und stecke es in die Hosentasche zum Schnupftabaktütchen.

Wir können Gwafa nur langsam durchs verlassene Dorf folgen, denn Louna hat nach wie vor starke Schmerzen und kann kaum auftreten. Gwafa wartet am Dorfbrunnen auf uns, sitzt auf dessen runder Lehmmauer.

»Wir betreten jetzt das Innere des Bergs«, ruft er, als wir uns ihm nähern.

»Du hast uns erzählt, dass dein Onkel in der Gina wohnt«, rufe ich zurück.

»Das tut er.«

»Das wird ja immer schräger mit dem Typen. Ich hab' mein Messer dabei, falls er uns was Böses will«, sage ich.

»Ich hab' kein ungutes Gefühl«, erwidert Louna humpelnd.

»Ich bin mir da noch nicht sicher«, murmele ich.

»Geht die Leiter hinab«, ruft Gwafa und verschwindet plötzlich in der Dunkelheit.

Von weitem sehe ich das Ende einer Holzleiter über die Lehmmauer ragen. Als wir bei ihr sind, beugen wir uns über ihren Rand: Der Brunnen scheint keiner zu sein. Ich schaue hinab auf eine meterbreite Spalte im Felsboden. Weder Gwafa noch Leiterende sind in der dunklen Tiefe auszumachen.

»Dürfen wir hier Licht anmachen oder ist das wieder verboten?«, rufe ich.

»Besser ihr schaltet eure Lichtschwerter ein. Hier unten gibt es viele Monster«, ruft er, lacht und aktiviert seine Smartphone-Taschenlampe.

Gwafa steht winkend zwischen steilen Felswänden inmitten eines schmalen, unterirdischen Flussbetts. Zum Glück hat Louna keine Höhenangst, denn die lange Holzleiter misst bestimmt zehn Meter.

Ich helfe ihr hinauf. Konzentriert steigt Louna Sprosse für Sprosse hinab, während Gwafa mit seiner Taschenlampe nach oben leuchtet.

Ich zittere vom Adrenalin, als ich nach meinem Abstieg im ausgetrockneten Flussbett stehe. Kurze Pausen sind auf Gwafas »Tour de Suma« nicht vorgesehen, denn kaum angekommen, bittet er uns, ihm sofort zu folgen. Lounas rechtes Bein lässt sich nach dem steilen Abstieg nicht mehr belasten, deshalb hake ich sie unter. Obwohl sich das unterirdische Flussbett stellenweise auf einen Meter verengt, habe ich keine Platzangst zwischen den hohen Wänden, denn die plattenartige Felsdecke über uns beginnt bestimmt erst in vier Metern.

Geschätzt nach gut einem Kilometer teilt sich der ehemalige Fluss: Wir folgen seinem linken Verlauf, dessen Gang ab hier knapp einen Meter in der Breite, vielleicht drei Meter in der Höhe misst.

»Es ist nicht mehr weit«, sagt er, bückt sich und betritt rechtsseitig von uns einen schmalen Felsengang, der weiter hinabzuführen scheint.

Wir schlängeln uns an spitzem, ducken uns unter klobigem und quetschen uns an bauchigem Gestein vorbei, bis Gwafa plötzlich zum Stehen kommt.

»Wir erreichen gleich ›Sumas Herz‹.«

Nach einigen Minuten treten wir aus dem engen Gang in eine riesige, ebenerdige Höhle: Sie ist größer als ein Fußballfeld und vielleicht so hoch wie ein sechsstöckiges Haus. Eine gigantische Felsplatte begrenzt ihre Höhe und lässt die rechteckige Höhle wie das Innere eines Sarkophags erscheinen. In der Höhlenmitte steht ein rundes, schwarzes Gebilde, das mich an eine überdimensionale Klangschale erinnert. Als wir uns der riesigen Schale nähern, sehe ich, dass sie mit Wasser gefüllt zu sein scheint. Der schwarze Pool besitzt einen Durchmesser von bestimmt zehn Metern und sieht aus, als ob er an einer Töpferscheibe für Riesen entstand. Sein pechschwarzes Äußeres reflektiert sonderbar das flackernde Licht der Fackeln, die in der Höhle brennen.

»Gwafa, was ist …?«, frage ich.

»Wir wissen nicht, wann und wie es entstand. Aber wer es gebaut hat, ist uns bekannt«, unterbricht er mich.

»Die Fisch-E.T.s vom Sirius?«, frage ich.

»Genau«, antwortet er, geht weiter und ergänzt mit strenger Stimme: »Fasst nichts an!«

Wir folgen Gwafa zur ungefähr anderthalb Meter hohen Riesenschale. Ihr Material sieht aus, als ob es einst flüssig war, in eine runde Form gegossen wurde und erstarrte. Gut zwei Meter von ihrem Rand entfernt stoppt er und dreht sich zu uns.

»Es gab einen Dogon mit Namen Suma. Er desertierte aus der Sklavenarmee des Sultans und flüchtete in diesen Berg. Vierzig Jahre später kam er ins Dorf zurück, ohne einen einzigen Tag gealtert zu sein.«

Ich kratze mich am Ohr. »Weil er in diesem Pool gebadet hat?«

»Er ist ein ›Zeitweiser‹«, entgegnet er.

Obwohl ich weiß, dass Gwafas Geschichten Nonsens sind, läuft mir ein kalter Schauer über den Rücken.

»Alles begann in dieser Höhle«, sagt er, dreht sich zum schwarzen Pool und gibt nun eigenartige Klicklaute von sich, die mich phonetisch an südafrikanische Stammessprachen erinnern.

Zu unserer Überraschung klickt jemand zurück: Wir befinden uns nicht zu dritt in dieser Höhle – logisch, denn die Fackeln brannten, bevor wir eintraten.

Und dann sehen wir ihn.

Er muss hinter der riesigen Schale gesessen haben. Der Hogon trägt ein langes, blaues Baumwollgewand samt weißer Zipfelmütze. Um seinen Hals baumeln etliche Ketten mit Jakobs-, Venus- und Kaurimuscheln sowie phallusartige Holzschnitzereien. Eine graue, dicke Dreadlock hängt von seinem Kinn und erinnert an den Königsbart ägyptischer Pharaonen. Mit der rechten Hand umfasst der alte Hüne einen knöchrigen, langen Wanderstock, dessen verzweigte Spitze an ein Rehgehörn erinnert.

»Die Gina ist mit der Höhle verbunden. Wartet bitte hier«, sagt Gwafa, geht nun seinem Onkel entgegen und unterhält sich mit ihm in Klicklautsprache.

»Außerirdische, Alientechnologie und jetzt auch noch ›Hulk Hogon‹. Die beiden lassen sich ja einiges einfallen, um aus dieser Höhle so eine Nummer zu zaubern«, sage ich.

»Was ist, wenn alles stimmt?«, fragt Louna.

Ich zeige ihr einen Vogel.

»Schlangen, die nachts in Hütten kriechen, um eingesperrte Senioren abzulecken und Typen, die nach vierzig Jahren zurückkehren, ohne einen einzigen Tag gealtert zu sein? – Alter!«, sage ich.

»Und über die Fisch-Aliens brauchen wir gar nicht erst reden: Das ist ja eh völlig Gaga.«

»Der schwarze Pool sieht aber ziemlich ungewöhnlich aus.«

»Deswegen muss doch nicht gleich halb Sirius darin planschen und der Dogon-Typ einen auf ›Marty McFly‹ machen. Kurz zur Erinnerung: Gwafa hat heute Nacht eine Holzspitze mit einer ›Anti-Böse-Geister-Paste‹ eingerieben, weil ›Goldene Wölfe‹ aufgeheult haben. Der Typ hat nicht mehr alle Hütten im Dorf. Ich hoffe nur, dass uns der Hogon helfen kann.«

Beide scheinen ihre Klickversation beendet zu haben, denn der Hogon kommt nun zu uns und klickt mich mit seiner dunklen Stimme an. Er scheint etwas von mir wissen zu wollen.

»Bist du würdig?«, fragt mich Gwafa im Auftrag seines Onkels.

»Das bin ich. Ja«, sage ich und wundere mich über die Frage.

Gwafa übersetzt meine Antwort mit einem lauten Schnalz. Der Hogon hebt seinen Stab und haut ihn kräftig mit der Unterseite auf den Höhlenboden. Ich bekomme Gänsehaut vom Knall.

Nun klickt er Louna fragend an. Gwafa übersetzt erneut.

»Ja«, antwortet auch sie.

Der Hogon schlägt erneut den Stab auf den felsigen Boden. Anschließend dreht er sich zum schwarzen Pool und klickt Laute ins Höhlen-Off.

»Diejenigen, die sich als würdig erweisen, erhalten Heilung«, übersetzt Gwafa.

»Was meint er damit?«, fragt Louna.

»Genau das«, antwortet Gwafa.

»Hast du deinem Onkel von unseren Erkrankungen erzählt?«, frage ich Gwafa.

»Nein«, antwortet er.

»Worauf wartest du?«, fordere ich ihn auf.

»Er wusste bereits davon, bevor ihr kamt«, sagt er.

Louna massiert gerade ihr Bein und mein Arsch pochert, als ob er Migräne hätte. Ich hab' die Schnauze voll von seinem Hokuspokus.

»Der Hogon hat sich bereits für euer Geschenk bedankt«, sagt Gwafa.

»Sorry?«, frage ich.

»N'fissa«, antwortet er.

»N'fissa?«, frage ich irritiert, greife in meine Hosentasche und instinktiv zuerst das Klappmesser, bevor ich das Tütchen mit dem »Spécial« herausfummele.

Ich gehe zum Hogon und reiche ihm den Schnupftabak. Er bedankt sich per Klick und verstaut das kleine Tütchen in einer Seitentasche des blauen Gewands. Den »Spécial« habe ich weder in Gwafas Beisein noch in Gegenwart des Hogons konsumiert.

»Woher wusste dein Onkel, dass ich N'fissa dabeihabe?«, frage ich.

»Der Hogon will, dass ihr Selqet trefft«, weicht er meiner Frage aus.

»Wer ist ›Selqet‹?«, fragt Louna.

»Selqet reist mit den Uneingeweihten.«

»Eine Art Guide?«, frage ich.

»Eine Art Fahrzeug«, erwidert Gwafa.

»Eine Droge?«, fragt Louna.

»Ganz und gar nicht.«

»Wohin bringt es uns?«, frage ich.

»Dorthin, wo Heilung möglich ist.«

In meinem Arsch schmerzt es gerade so heftig, dass ich Gwafa am liebsten kräftig schütteln würde für seine Scheibchen-Offenbarungen.

»Gwafa«, sage ich. »Wir sind nicht hier, um Sirius und seine Freunde zu besuchen. Wir wollen endlich gesund werden. Nicht mehr und nicht weniger.«

»Mehr nicht?«, fragt er und kichert.

»Wohin bringt uns Selqet?«, fragt Louna.

»Das kann sich niemand vorstellen«, antwortet er.

»Vielleicht ja doch«, sage ich.

Gwafa holt tief Luft. Bei der Ausatmung zwirbelt er die krausen Enden seines Kinnbarts.

»Stellt euch alles Wissen der Welt – einfach alles – als ein Kreisdiagramm oder einhundert Prozent vor. Ein oder zwei Prozent des Diagramms stehen für Dinge, die ihr wisst, okay«, sagt er.

»Okay«, sage ich.

»Bis zu fünf Prozent des Diagramms sind Dinge, von denen ihr wisst, dass ihr sie nicht wisst. Aber mehr als neunzig Prozent sind Dinge, von denen ihr nicht wisst, dass ihr sie nicht wisst.«

»Was willst du uns damit sagen?«, frage ich.

»Niemand kann sich darauf vorbereiten.«

»Und wann geht's los?«, frage ich.

»Seid ihr bereit?«, fragt er.

Ich schaue Louna an. Sie nickt.

»Das sind wir«, antworte ich.

»Möge Amma mit euch sein«, sagt Gwafa.

Ich verkneife mir die Frage, ob wir nun »Jedi-Ritter« seien.

»Wer ist ›Amma‹?«, fragt Louna.

»Amma erschuf die Nommo«, antwortet er. »Folgt mir.«

Wir begleiten Gwafa und den Hogon um die Riesenschale zu einem roten Teppich mit Linienmustern, der nahe ihres schwarzen Randes auf dem Höhlenboden liegt. Auf ihm befindet sich ein brauner, mit Muscheln verzierter Ledersack, dessen Öffnung mit einem roten Lederband verknotet ist.

Wir setzen uns.

Der Hogon greift sich den Sack, löst den Knoten und beobachtet etwas im Inneren des muschelverzierten Beutels, bevor seine langen Finger blitzartig hineinschnellen. Als sie wieder zum Vorschein kommen, ragt zwischen Daumen und Zeigefinger ein großer roter Stachel empor, der zu einem kleinen knallgelben Skorpion mit blauen Scheren gehört. Das Spinnentier rollt und bäumt sich, versucht mit seinen kleinen Scheren erfolglos die Hand des Hogons zu erreichen.

»So findet euch Selqet«, sagt Gwafa.

Geschockt stehen wir vom Teppich auf.

»Du hast nie etwas von Skorpionen erzählt«, sagt Louna. Ihre kaffeebraune Gesichtshaut ist mittlerweile elfenbeinfarben.

»Hätte ich euch das vorher gesagt, wäret ihr jetzt hier?«, fragt er und kommt zu uns in den Stand.

»Willst du mich verarschen, Gwafa?«, frage ich laut.

»Denkt nicht an den Stich.«

»Ich werd' mich nicht von dem Ding hier stechen lassen!«, sage ich.

»Es ist bloß eure Angst. Ihr seid hier, um heil zu werden. Deshalb habt ihr mich gefunden. Deswegen haben wir uns getroffen.«

Der Hogon verstaut das Spinnentier im Ledersack.

»Sind wir allen Ernstes hierhergefahren, um uns in dieser Alien-Höhle von diesem Viech stechen zu lassen?«, frage ich Louna.

»Vielleicht sind wir danach tatsächlich gesund. Das wäre dann so, wie eine Spritze bekommen zu haben.«

»Is' ja 'ne Spritzen Idee! Stell dir mal vor, einer von uns reagiert allergisch auf das Gift. Wir sind irgendwo im Nirgendwo und sogar hier noch ganz woanders.«

»Der Stich macht nur Sinn, wenn wir bedingungslos vertrauen«, sagt sie.

Ich pruste Luft durch meine geschlossenen Lippen.

»Du willst also Gwafa, dem Hogon und seinen Aliens vertrauen?«, frage ich.

»Ich kann nicht mehr. Vielleicht ist der Stich die Lösung.«

»Was ist, wenn wir vierzig Jahre wegbleiben, so wie der Dogon-Typ, der nicht gealtert ist?«

»Du sagst doch, dass alles Quatsch ist. Außerdem kam Kahinas Freundin auch gesund zurück.«

»Vielleicht musste sie mit ihrer Handykrankheit auch nur im Pool planschen«, sage ich.

»Der Hogon wusste, dass du N'fissa dabeihattest«, sagt Louna.

»Vielleicht hat Gwafa das irgendwie mitbekommen und die Nummer ist gerade Teil der Show hier.«

»Aber wenn ich morgen wieder mit Schmerzen aufwache, würde ich bereuen, dass ich es nicht ausprobiert hätte«, sagt Louna.

Inmitten der Schmerzen und Ängste entscheiden wir uns Selqet trotz aller Risiken und Nebenwirkungen treffen zu wollen.

Mit hochgekrempelten Ärmeln sitzen Louna und ich nebeneinander auf dem Teppich und versuchen zu entspannen.

»Keine Panik«, sagt Gwafa.

Mein Herz springt fast aus dem Brustkorb.

Der Hogon klickt und setzt mir den kleinen Skorpion auf dem Handrücken ab. Seine stacheligen Füßchen kitzeln. Die blauen Scheren sind geöffnet. Das lange Hinterteil ist aufgerichtet. Regungslos verweilt er auf meiner Hand.

Der Hogon greift erneut in den muschelverzierten Sack und holt blitzschnell einen zweiten Skorpion hervor.

Louna ist kreidebleich.

»Keine Angst«, versucht Gwafa sie zu beruhigen.

Behutsam setzt der Hogon auch ihr das Spinnentier auf den Handrücken.

Ich schwitze aus allen Poren. Obwohl sich der Skorpion nicht bewegt, rechne ich jede Sekunde damit, gestochen zu werden.

Auch auf Lounas Handrücken verharrt er regungslos.

Ich schaue zum Hogon. Er lächelt sanft.

»Hat Selqet schon Feierabend?«, frage ich Gwafa.

»Wenn du gestochen wirst, will Selqet dir helfen«, antwortet er.

»Und wenn nicht?«, frage ich.

»Wenn nicht, dann nicht.«

Der Hogon steht vom Teppich auf. Er greift in die Tasche seines blauen Gewands, holt eine große Kaurimuschel in Tigeroptik hervor, geht zum schwarzen Pool und taucht sie hinein.

Plötzlich krabbelt der kleine Skorpion vom Handrücken zum Unterarm und schlägt mir seinen feuerroten Stachel ins Fleisch. Zeitgleich höre ich Louna aufschreien.

Kurz bevor ich das Bewusstsein verliere, sehe ich den Hogon mir Wasser aus der Muschel über die Stichwunde gießen.

Selqet will uns helfen.

Solve et

Coagula

Zweiter Teil

Schwefel

3.

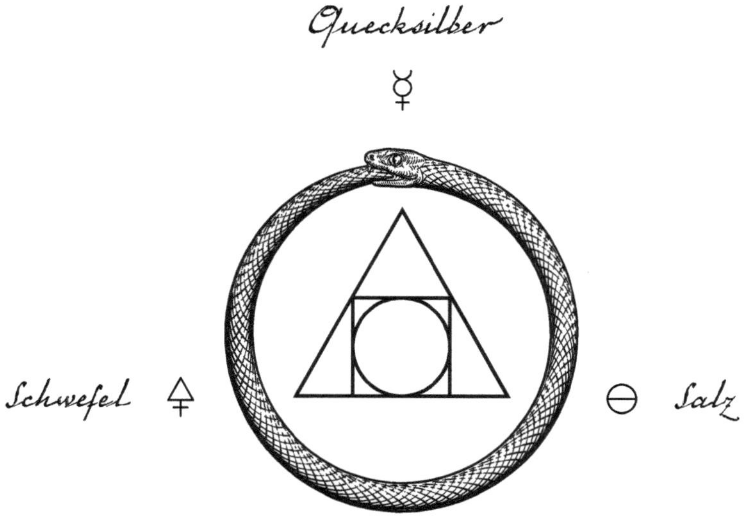

Citrinatas

♀

Kupfer

4.

Putrefactio

»Zufäulen beyde Cörper zart
Im Grab verschlossen vnd verwahrt:
Die nehmen widerumb an sich
Einr newen Seel Gabn kräfftiglich.
Diesen werden vereinigt sie/
Von jhnen auch behalten hie:
Also eins durch das ander wird
Erledigt vnd herauß geführt.
Sey nur geduldig vnd gescheyd/
Mit Hand vnd Gmütt klug jederzeit:
Damit der Spiritus deßgleich
Der Fewer statt nur nicht entweich.«[7]

(Daniel Stoltzius von Stoltzenberg,
Chymisches Lustgärtlein,
Frankfurt am Main, 1624)

XII

Schwefel

Nur noch ein roter Punkt erinnert an Selqets Stich.

Ich führe die Nase zum Unterarm, unweit dort, wo der Stachel eindrang. Boah, stinke ich ekelhaft. Ich ziehe den Saum des Schlafshorts hoch, beuge mich vornüber und rieche an meiner Kniescheibe. Ich müffele bestialisch nach faulen Eiern – sogar an meiner Kniescheibe.

Die gute Nachricht ist, dass die rektalen Blutungen und Schmerzen aufgehört haben. Die schlechte ist, dass ich gerade wie ein »Tausendjähriges Ei« dufte. Louna hat ebenfalls keine Beinschmerzen mehr, aber riecht genauso entsetzlich wie ich.

Seit mehreren Wochen schon leben wir in einem Duftkokon aus Schwefel und zusammen mit meiner Schwiegermutter Mouna in ihrer fünfundvierzig Quadratmeter großen Zweizimmerwohnung in Bad Pyrmont. Es geht nicht anders. Bei Idir können wir nicht mehr wohnen, denn in Lounas ehemaligem Kinderzimmer bekommen wir jetzt Reaktionen. Und zu meinen Eltern können wir auch nicht ins Haus. Dort geht es uns auch beschissen, denn sie hatten unsere kontaminierten Kartons auch in ihre Wohnräume gebracht. Natürlich denken mittlerweile alle Familienmitglieder, dass wir einen an der Waffel haben: Denn sie reagieren nicht auf die Partikel.

Lounas Mutter Mouna lebt seit Jahren getrennt von ihrem Mann. Dies entpuppt sich in unserer Situation jetzt als Glücksfall, auch wenn wir zu dritt auf engstem Raum leben. Mouna freut sich, dass wir nach vielen Jahren endlich wieder mehr Zeit miteinander verbringen. Ich habe das Gefühl, dass sie uns gar nicht wieder gehen lassen möchte, obwohl Louna und ich so abartig stinken.

Nach unserer Rückkehr aus Marokko machten wir sofort die Erfahrung, dass wir weiterhin nicht nur auf die Toxine der Berliner Wohnung reagieren, sondern auch leider noch auf Schimmelsporen. Das Geld für ein kleines Zimmer zur dauerhaften Miete können wir im Moment nicht aufbringen und Hartz IV bekommen wir laut Auskunft des Jobcenters nicht, da wir beide krank sind und dem Arbeitsmarkt nicht zur Verfügung stehen. Sozialhilfe zu beantragen, kommt für uns nicht in Frage, denn dafür müssten wir unsere Selbstständigkeit aufgeben und laut der Jobcentertante auch unsere alte Karre.

In Agadir konnten wir umsonst in der Wohnung von Lounas Onkel wohnen, lediglich die monatlichen Nebenkosten tragen. Marokko war günstig: Wir haben zusammen keine zweihundertfünfzig Euro pro Monat ausgegeben. Nach drei Monaten lief das Visum aus und wir mussten zurück nach Deutschland – auch – um das Juristische besser vorantreiben zu können.

Nicht nur unser Glaube daran, dass wir gesund seien – nicht mehr reagieren – sondern auch unsere Hoffnung wurde direkt zerstört, als wir ins Haus meines Schwiegervaters traten. Nach der freudigen Begrüßung begannen unmittelbar die Reaktionen, die wir anfangs zu ignorieren versuchten. Minuten später war dies nicht mehr möglich, denn Brain Fog, Magenschmerzen, Sprach- und Gleichgewichtsstörungen begannen bei uns wieder nahezu gleichzeitig. Wir stürmten die Treppen hoch und erschraken, denn die Tür von Lounas ehemaligem Kinderzimmer stand sperrangelweit offen. Ich schrie, war außer mir, lief wütend im Zimmer umher und schlug so oft mit meiner Faust gegen die crèmefarbene Raufasertapete, bis ich blutige Spuren auf ihr hinterließ. Louna setzte sich aufs Bett und begann zu weinen. Schnell wechselte es in ein lautes, tränenreiches Schluchzen. Mir wurde plötzlich so übel, dass ich zweimal hintereinander auf den blaugrauen Teppich erbrach.

Wir waren überzeugt davon, nach Sonne, Hogon und Selqet nicht mehr auf die Toxine zu reagieren, denn unsere anderen Schmerzen – meine im Hinterteil und Lounas in den Beinen – stoppten keine vierundzwanzig Stunden nach Selqets Stich vollends.

»Wir müssen jetzt zu deiner Mutter ziehen«, waren die letzten Worte, an die ich mich erinnere, bevor wir Idirs Haus mit Koffern und Rucksäcken geschockt verließen. Welcome back!

Und hier ist jetzt wieder alles teuer. Das macht einiges komplizierter, denn wir benötigen den Rest unserer Ersparnisse für Nahrungsmittel, um satt zu werden, Benzin, um mobil zu bleiben und Schwefel, um uns erinnern zu können.

Louna schläft seit sechs Wochen bei Mouna auf dem kleinen Sofa. Ich nächtige auf dem Teppichboden. Tagsüber verbringen wir die meiste Zeit im naheliegenden Wald, manchmal an der Friedrichsquelle. Beides hilft uns den Schock zu verarbeiten. Da wir immer noch hochsensibel auf Schimmelsporen reagieren, können wir uns nicht einmal in Räumen aufhalten, in denen Topfpflanzen stehen: Denn die Blumenerde ist durchsetzt von ihren Sporen. Mouna zeigte Verständnis und stellte ihre Graslilien auf den kleinen Balkon, nachdem wir von ihrer Erde Gliederschmerzen, Fieber und Magenschmerzen bekamen.

»Morgen ist es so weit«, sage ich, stehe vom Sofa auf und zwänge die beiden Aktenordner in den ausgeleierten Jutebeutel. »Falls die uns überhaupt reinlassen mit unseren Ausdünstungen.« Louna lacht.

»Wir stinken echt abartig«, sagt sie.

Ich breite den Schlafsack auf dem Boden aus. Louna

greift sich die leichte Sommerdecke und quetscht sich aufs kleine Sofa.

»Lass uns Hogon, Selqet und Schwefel in der Uniklinik morgen nicht erwähnen«, sage ich, während ich mir aus meinem Pullover ein Kopfkissen bastele.

»Natürlich nicht«, sagt sie.

Bereits in Agadir hatten wir sicherheitshalber einen Termin mit der Uniklinik Göttingen vereinbart. Ich hatte der Leiterin des Instituts – Frau Prof. Dr. Zwirner-Bölsche – bereits im Vorfeld unseren Fall detailliert beschrieben und ihr einen Download-Link zu Attesten, Feuchtegutachten, Korrespondenzen mit Toxikologen, Umweltmedizinern und Schimmelexperten gesendet, damit wir uns während des Termins mit begrenzten Zeitrahmen ganz auf die Lösung unseres Problems fokussieren können. Mittlerweile können wir unser Erlebtes samt Nebenkriegsschauplätzen zwar blind vortanzen, doch das frisst Zeit, Kraft und Nerven.

Bewaffnet mit unseren dicken Aktenordnern, betreten wir gegen acht Uhr früh die entsprechende Abteilung der Uniklinik. Eine Frau mit langen dunklen Haaren und weißem Kittel stellt sich mit »Zwirner-Bölsche. Guten Morgen« vor. Nach der Begrüßung rümpft sie die Nase und fummelt ein Eukalyptusbonbon aus ihrer Kitteltasche. Trotz ausgiebiger Morgendusche stinken Louna und ich aus allen Poren abartig nach faulen Eiern.

»Ihr Körper reagiert auf die Toxine. Und leider seither auch auf viele andere Dinge«, erklärt Frau Prof. Dr. Zwirner-Bölsche, nachdem wir ihr nun doch unser Erlebtes in Gänze schildern mussten, da sie bisher noch keine Zeit fand, unsere Dokumente zu sichten.

»Wir sind bereits nach einem Monat ausgezogen. Und selbst das ist schon etliche Monate her«, entgegne ich, während sie das Fenster öffnet, um den Schwefeldunst zu verdünnen.

»Bei hoher Belastung reichen manchmal zweiundsiebzig Stunden aus, um den Organismus zu beschädigen. Seien Sie froh, dass Sie am Leben sind«, sagt sie.

»Wie nennt sich eigentlich unsere Erkrankung? Gibt es dafür einen Namen?«, frage ich.

»›SBS‹ – ›Sick Building Syndrome‹«, erklärt sie.

»›Sick Building Syndrome‹?«, wiederholt Louna.

»Ja. Sie beide leiden an einer ›BRI‹ – ›Building Related Illness‹. Für ›BRC‹ – ›Building Related Complaints‹ sind Ihre Beschwerden und Symptome zu gravierend. In jedem Fall haben Sie beide ›BRS‹ – ›Building Related Symptoms‹.«

Ich lache laut.

»Das kling für mich nach einer Mischung aus ›BSE‹ und ›Gebäude-AIDS‹. Warum hab' ich bisher noch nie davon gehört?«, frage ich.

»Weil es kein öffentliches Interesse für ›Gebäudebezogene Gesundheitsstörungen‹ gibt. Wenn jemand vom Blitz getroffen wird und das überlebt, sitzt der- oder diejenige später in Talkshows und erzählt die ganze Story, denn jeder hat schon mal einen Blitz gesehen und weiß: Das kann sehr gefährlich werden, wenn man Pech hat«, sagt sie.

»›Gebäudebezogene Gesundheitsstörung‹ klingt schon total unsexy«, unterbreche ich Frau Prof. Dr. Zwirner-Bölsche.

»Genauso sieht es aus. Vom Blitz werden ungefähr nur fünfzig Menschen pro Jahr in Deutschland getroffen. Ich will das jetzt nicht relativieren, aber allein im letzten Quartal hatten wir deutschlandweit Fälle von ›SBS‹ in fünfstelliger Höhe.«

»Wie geht es jetzt für uns weiter?«, fragt Louna.

»Wir werden Ihnen hier leider nicht weiterhelfen können. Wir besitzen einen reinen Forschungsauftrag. Ich darf und kann Sie beide nicht behandeln und muss Sie bitten, sich dringend an einen spezialisierten Toxikologen zu wenden.«

Louna seufzt laut, während ich den Kopf schüttele.

»Das mit den Toxikologen ist nicht so einfach. Die, die ich sprach und anschrieb, haben ebenfalls einen reinen Forschungsauftrag. Und die wenigen Ärzte, die praktizieren und auch Toxikologen sind – vielleicht eine Handvoll in Deutschland – muss man privat bezahlen. Wir haben kein Geld mehr für weitere, privat bezahlte Untersuchungen und können im Moment auch kein Geld dafür generieren, weil wir eben nicht gesund sind«, sage ich.

»Und eine Spezialklinik nimmt uns nach Rücksprache mit dem Träger nur auf, wenn wir einen konkreten Befund haben. Unter anderem sind wir deswegen heute bei Ihnen«, sagt Louna.

»Ich kann Ihnen keinen konkreten Befund geben, da ich nicht weiß, auf welche Stoffe Sie genau reagieren. Ich kann nicht einfach ›SBS‹, ›BRS‹ oder ›BRI‹ auf einen Zettel schreiben, mit dem Sie dann in der Spezialklinik vorstellig werden können.«

»Wir kennen die Problematik«, entgegnet Louna.

»Und drehen uns damit weiterhin im Kreis«, ergänze ich.

»Das heißt aber nicht, dass alles an unserem System schlecht ist«, sagt Frau Prof. Dr. Zwirner-Bölsche.

»Sagt ja keiner«, erwidert Louna.

»Aber in Ihrem Fall ist das ganz schwierig wegen der Kosten. Ihre Krankheit passt in kein Budget. Der finanzielle Aufwand wäre nicht begründbar. Sie beide sind keine Personen öffentlichen Interesses. So sieht dann leider die Realität aus«, sagt sie.

»Das klingt bitter«, sage ich.

»Das ist bitter«, bestätigt sie. »Wie geht es denn jetzt bei Ihnen juristisch weiter? Sie sprachen doch vorhin von einem Beweissicherungsverfahren, bei dem auch Proben der Raumluft entnommen werden sollen. Vielleicht wird man ja fündig?«

»Nachdem unser ehemaliger Vermieter Post vom Gericht bezüglich des anstehenden Verfahrens geschickt bekam, hat er ein Unternehmen beauftragt, welches nicht nur die feuchten Rigipswände des Souterrains entfernte, sondern auch das nasse Mauerwerk trockenlegte«, sage ich.

»Laut den ehemaligen Nachbarn wurden nach den Sanierungsarbeiten auch noch alle Räume ozonisiert«, ergänzt Louna.

»Die Gegenseite vernichtet also bewusst alle Beweise. Macht sie sich damit nicht strafbar?«, fragt Prof. Dr. Zwirner-Bölsche.

»Theoretisch ja. Laut unseres Anwalts wird es aber schwer, der Gegenseite die Beweismittelvernichtung nachzuweisen. In einem strafrechtlichen Fall würde das vor Gericht ganz anders bewertet werden«, sage ich.

»Aber Sie bewegen sich im Zivilrecht«, entgegnet sie.

»Exakt«, bestätige ich.

»Nach dem Ozonisieren werden Sie mit Sicherheit keine hohen Konzentrationen von Toxinen oder Pilzsporen in der Raumluft mehr nachweisen können«, sagt Frau Prof. Dr. Zwirner-Bölsche.

»Genau das befürchten wir auch«, sage ich.

»Lassen Sie bloß die Finger davon, Ihr kontaminiertes Hab und Gut im Lager zu ozonisieren«, rät sie.

»Das wäre in der Tat einer der nächsten Schritte«,

sage ich.

»Davon rate ich dringend ab: Toxine und Allergene werden durchs Ozonisieren feiner und dringen dann noch tiefer in Ihr Lungengewebe ein. Sie wollen doch nicht den Teufel mit dem Beelzebub austreiben.«

»Was sollen wir denn jetzt machen? Wir können nicht mehr. Soll das jetzt bis ans Ende unseres Lebens mit den Reaktionen so weitergehen? Wir sind doch nur umgezogen«, sagt Louna und beginnt zu weinen.

Frau Prof. Dr. Zwirner-Bölsche rückt ihre Brille auf der Nase zurecht, verschränkt die Arme und starrt aus dem offenen Fenster. Während ich Louna tröste, steht Frau Zwirner-Bölsche auf und zeigt mit ihrer Hand zur Tür.

»Denken Sie mal an den Kuby«, sagt sie, nachdem wir in den Stand gekommen sind.

»Clemens Kuby?«, frage ich.

»Erst ein Querschnitt und nach einem Jahr spaziert der zu Fuß aus der Klinik – Irre!«, sagt sie und hält Louna den ausgestreckten Arm entgegen, um sich von ihr zu verabschieden.

»Schreiben Sie den doch mal an, Frau Morgenröth. Vielleicht macht der ja einen Film über Ihr Schicksal«, schlägt sie vor.

Bleich streckt Louna der Frau Professorin die Hand entgegen, lässt sie sich schütteln.

»Herr Morgenröth. Seien Sie kreativ. Seien Sie mutig. Think positive. Alles Gute«, sagt sie, als sie dann meine zum Abschied schüttelt und mit der anderen zur Zimmertür zeigt.

Starr vor Wut sage ich »Danke« und denke »Bitch«.

Wir sitzen im Auto. Louna weint. Das Gespräch mit der Leiterin des Instituts verlief nicht wie erhofft.

»Zumindest haben wir keine Schmerzen mehr. Wie oft habe ich mir Stoffraketen in den Arsch gedrückt? Und du konntest vor lauter Schmerzen nicht mehr gehen. Dieser Abfuck ist schon mal passé«, versuche ich Louna zu beruhigen.

»Aber wir bekommen immer noch diese scheiß Reaktionen«, brüllt sie, dreht sich zum Beifahrerfenster und weint.

»Entspann dich jetzt mal« sage ich.

Louna steigt aus, öffnet die Hecktür und legt sich flach auf die Rücksitze. Ich starte den Wagen und fahre los.

»Die Zwirner-Bölsche tat mir fast leid wegen unseres Gestanks«, sage ich.

Im Rückspiegel sehe ich, wie Louna an ihrer Hand riecht und die Augen verdreht.

»Wir stinken echt ekelhaft«, sagt sie.

»So riecht man, wenn man sechs Wochen täglich Schwefel isst«, sage ich, furze laut, fädele mich in den Kreisverkehr ein und nehme die Ausfahrt Richtung Schnellstraße.

»Ich will einfach nur noch diese beschissenen Reaktionen loswerden«, sagt sie.

Ich setze den Blinker und überhole die lahme Ente vor mir. »Sie werden aufhören«, sage ich.

»Und was ist, wenn nicht?«, fragt sie.

»Gwafa hat gesagt, dass wir heil sind, sobald wir uns erinnern.«

»Woran denn bitte eigentlich?«, fragt sie.

»Ich weiß es nicht.«

»Bis zum Stich kann ich mich an alles erinnern. Und auch an alles, nachdem ich wieder zu Bewusstsein kam.«

»Das ›Dazwischen‹ fehlt halt noch«, sage ich.

»Wir waren ohnmächtig. Wie soll ich mich bitte an etwas erinnern, dass ich nicht bewusst erlebt habe?«, fragt sie.

»Keine Ahnung. Aber laut Gwafa und Hogon funktioniert das halt mit dem Schwefel«, sage ich und schwenke zurück auf die rechte Spur.

»Und bis dahin müssen wir jetzt weiterstinken?«

»Ich bin eigentlich der Letzte, der an Gwafas Stories glaubt, aber ich denke, dass es Sinn macht den Schwefel weiter einzunehmen. Sobald wir uns erinnern, sind wir gesund. Punkt.«

XIII

Götti

»Dann bis Dienstag in zwei Wochen«, sage ich.

»Die ganzen Tester schicke ich morgen mit der Post raus. Vergessen Sie nicht, Ihre Unterlagen mitzubringen«, schreit Frau Strothenhof ins Telefon.

Louna schreibt »Alle?« auf einen gelben Klebezettel und hält ihn mir entgegen.

»Alle?«, frage ich Frau Strothenhof.

»Alle!«, bestätigt sie. »Und wenn Sie Ihrem Geldbeutel einen Gefallen tun wollen: Verfassen Sie eine E-Mail, schildern darin dem Professor Ihren Fall und schicken uns das vorab zu.«

»Ist morgen bei Ihnen«, sage ich.

»Dann bis zum Siebzehnten um neun Uhr dreißig. Servus«, sagt sie und legt auf.

»Die fahren ja Preise auf«, sagt Louna.

»Um die Kohle zu generieren, müsste man wirklich noch zum Feuchtigkeitsgutachter umschulen«, sage ich.

»Unfassbar, dass keiner dieser teuren Tests von den Krankenkassen bezuschusst wird, obwohl sie schulmedizinisch anerkannt sind«, sagt Louna.

»Und wir dachten schon, dass wir monatelang auf einen freien Termin warten müssen«, sage ich und lache.

»Der Professor ist eine Koryphäe auf seinem Gebiet. Das lässt er sich halt vergolden.«

»Ich werde meine Eltern fragen, ob sie uns das Geld leihen. Unsere Ersparnisse sind fast verbraucht«, schlage ich vor.

»Was ist, wenn sie es uns nicht leihen können?«

»Dann schicken wir die Testproben nicht ins Labor und sagen den Termin beim Professor ab.«

Ich kratze mich am Kinn. »Ich muss dringend raus aus der kleinen Wohnung.«

»Lass uns zur Friedrichsquelle gehen«, schlägt Louna vor und greift sich ihre Trinkflasche.

Keine halbe Stunde später betreten wir das Quellwassergrundstück und gehen die kleine Steintreppe hinab, die zur Friedrichsquelle führt.

Louna hockt sich vor den steinernen Engelskopf, aus dessen Mund die Säuerlingsquelle sprudelt und trinkt vom kalten Quellwasser. Ich hocke mich neben sie, fülle ebenfalls die Handmulden und trinke so lange, bis ich keinen Durst mehr verspüre.

»Spätestens übermorgen müssen wir unsere Ernährung wegen der ganzen Testerei umstellen«, sage ich.

»Wie soll das eigentlich funktionieren, sich eine

Woche nur von deutschen Produkten zu ernähren?«, frage ich. »Wenn die Weintrauben aus Simbabwe kommen, die Bohnen aus Ägypten und der Fenchel aus Italien wird das schwierig.«

»Verrückte Welt«, sagt sie.

»Verrückte Tests«, sage ich.

Die drei Supermärkte, die wir besuchten, hatten in der Tat wenig in Deutschland produziertes Essbares im Angebot: Das meiste Gemüse, Obst und Getreide stammt aus Anbaugebieten der Nachbarländer, einiges aus Afrika. Wir finden deutschen Feldsalat, Spargel, weiße Zwiebeln, Radieschen und Kartoffeln. Sich ausschließlich von deutschen Produkten zu ernähren, ist gar nicht so einfach in der globalisierten Lebensmittelwelt. Und »Regional Bio« passt gerade gar nicht ins Budget.

Am übernächsten Tag erreicht uns das Paket mit den vielen Urin-, Speichel- und Kot-Testern. Da meine Eltern uns das Geld für die ganzen Untersuchungen sogar schenken wollen, bricht für uns die Zeit des Sammelns an: Wir testen wie die Weltmeister, versehen alle Proben mit den entsprechenden Etiketten und schicken diese an das Superlabor, deren Ergebnisse an den Superprofessor aus dem Süden gehen. Tagsüber flüchten wir aus Mounas Wohnung wegen ihrer Mediendauerbeschallungsmischform aus Radio und marokkanischem

Sat-TV und verbringen unsere Zeit in Pyrmonts umliegenden Wäldern. Immer stets dabei: Die Urinsammelbehälter sowie ein paar Stuhlprobenröhrchen für alle Fälle. Abends chillen wir an der Friedrichsquelle, genießen die Stille und das Wasser.

Nachdem die Zeit des deutschen Essens beendet, alle Proben verschickt und das Trommelfell von Mounas Serien perforiert ist, kommt der Tag der Tage: Morgen früh findet unser Termin vor Ort in Bayern statt, um die Testergebnisse mit Herrn Prof. Dr. Dr. von Stintzelshof zu besprechen. Vorhin erhielt ich bereits eine E-Mail von seiner Mitarbeiterin, dass nun alle Ergebnisse der Praxis vorliegen würden und sich der Herr Professor Doktor Doktor bereits in Materie und Historie eingearbeitet hätte. Um unsere Kosten weiterhin so gering wie möglich zu halten, entscheiden wir uns gegen eine Übernachtung vor Ort am Tegernsee und werden deshalb in der Nacht losfahren, um den Termin vormittags halten zu können. Ich stelle meinen Wecker auf zwei Uhr nachts und drücke mir die Ohrenstöpsel gegen den Serienlärm ins Ohr. Anschließend falte ich aus meinem Pullover ein Kopfkissen und lege mich auf den Teppichboden. Louna macht es sich auf dem Sofa neben mir bequem, so gut es geht, es sich auf einem viel zu kleinen Sofa bequem zu machen. Trotz Vorfreude auf die morgige Besprechung unserer Testergebnisse schlafe ich zügig ein.

»Guten Morgen. Wir sind bald in Nürnberg«, wecke ich Louna, die bereits vor Stunden auf dem Beifahrersitz eingeschlafen ist. Sie dreht sich zu mir und öffnet ihre Augen.

»Morgen«, antwortet sie verschlafen und kurbelt die Rückenlehne senkrecht.

»Ich brauch' dringend einen Kaffee«, sage ich und fahre die Ausfahrt Richtung Raststätte ab.

Zum Americano reicht Louna die beiden Sandwiches, die Mouna gestern Abend für uns geschmiert hat. Nach dem Frühstück kramt Louna die Plastiktüte mit Schwefel samt Löffel hervor. Ich greife meine Trinkflasche mit Quellwasser und öffne den Deckel, während Louna mir bereits den gehäuften Esslöffel vors Gesicht hält. Da anorganischer Schwefel trocken und nicht wasserlöslich ist, muss ich den Schwefel – bevor ich ihn hinunterspüle – kurz im Mund behalten und dabei die Luft anhalten, um nicht das feine Pulver einzuatmen. Auch wenn wir aus allen Poren stinken: Schwefel schmeckt neutral.

Um acht Uhr fünfundfünfzig kündigt mir das Navi an, dass wir unser Ziel erreicht haben. Wir steigen aus, bewaffnen uns mit den dicken Ordnern und betreten die untere Etage eines Mehrfamilienhauses. Neben der Tür des Praxiseingangs lehnt eine große Korkpinnwand. Auf einem der angehefteten Ausdrucke steht in fetten Lettern: »Bitte verzichten Sie auf Parfums, Deodorants und andere künstliche Düfte, wenn Sie unsere Praxis betreten! Danke.«

»Was ist mit Schwefel?«, fragt Louna grinsend.

»Nur keine künstlichen Düfte«, sage ich und öffne die Praxistür.

»Moin, Morgenröth«, sage ich, als ich vor dem Empfangstresen stehe.

Hinter ihm sitzt eine ältere Frau mit silbergrauen Locken, die gerade einen dicken Stapel Blätter locht.

»Grüß Gott«, erwidert sie, schaut hoch und fragt nach den Gesundheitskarten.

»Frau Strothenhof?«, frage ich, als ich meine auf den Tresen lege.

»Ich heiße Mayr. Frau Strothenhof hat heute ihren freien Tag. Haben Sie denn Unterlagen mitgebracht für den Herrn Professor Doktor?«

»Alle!«, antwortet Louna, während ich die beiden dicken Aktenordner auf den Tresen stelle.

»Das ist ja einiges zum Kopieren«, murmelt sie und bittet uns im parfümfreien Wartezimmer Platz zu nehmen.

Kurz scheint es so, als wären wir die einzigen Patienten in der Praxis, bis wir nach einer Viertelstunde eine Frau mit FFP2-Atemschutzmaske aus dem Behandlungszimmer treten und zum Empfangstresen eilen sehen.

»Neun Uhr sechzehn. Das sind – kleinen Moment – genau dreiundsiebzig Minuten. Bitte einmal gegenzeichnen«, sagt Frau Mayr.

Die Frau mit der Maske kritzelt auf den Zettel.

»Innerhalb der nächsten Tage erhalten Sie auf dem Postweg eine Rechnung von der Firma ›Easy Inkasso Grosny‹. Den fälligen Betrag überweisen Sie bitte innerhalb von vierzehn Tagen an das Inkassounternehmen. Ich sehe gerade, dass Ihr nächster Termin bei uns schon steht. Frau Vogler, dann sehen wir uns in einem Monat wieder. Servus.«

Die Frau mit der Maske haucht »Servus« durch ihre FFP2 und verlässt die Praxis.

Wenige Minuten später steht Frau Mayr vor uns, drückt uns Zettel, Klemmbrett und Stift in die Hand und hält uns das Ziffernblatt ihrer Armbanduhr im Zebra-Look entgegen.

»Wir haben jetzt neun Uhr fünfundzwanzig. Diese Zeit bitte hier in das Kästchen eintragen«, sagt sie und klopft mit ihrem Zeigefinger auf das obere von zwei leeren Feldern. Über ihm steht in fetter Typo »Check-in«.

»Dort bitte jetzt Ihre Startzeit eintragen«, sagt sie.

»Ist das ein Pflichtfeld?«, frage ich.

Frau Mayr schaut verärgert, will meinen Witz nicht verstehen.

»Abgerechnet wird beim Professor Doktor pro Minute. Das wissen Sie, oder?«

»Ja, ja«, antwortet Louna.

»Wenn Sie mit den Besprechungen fertig sind, kommen Sie mit dem Zettel bitte zu mir. Dann trage ich hier unten die Zeit ihres Checkouts ein.«

Frau Mayr klopft nun auf das untere der beiden Felder auf dem Blatt Papier.

»Dann müssten Sie anschließend nur noch einmal auf dem Blatt gegenzeichnen, dann wären wir damit durch. Wenn Sie keine weiteren Fragen mehr haben, bringe ich Sie jetzt zum Professor Doktor.«

Wir nicken.

Frau Mayr begleitet uns zum Behandlungszimmer, klopft mehrmals hintereinander an die Tür und tritt ein.

»Ehepaar Morgenröth«, kündigt sie uns mit brüchiger Stimme an.

Inmitten des kleinen Zimmers steht ein großer Schreibtisch aus dunkelbraunem Holz. Hinter ihm sitzt ein kräftiger älterer Herr mit kurzen grauen Haaren samt gepflegtem weißen Vollbart. Herr von Stintzelshof steht vom Chefsessel auf und hält Louna die Hand entgegen. Anschließend bricht er mir fast meine mit seinen aufgedunsenen Händen.

»Sie sind aus dem schönen Weserbergland angereist. Ich hoffe, Sie hatten eine angenehme Fahrt. Nehmen Sie bitte Platz«, sagt er und zeigt auf die zwei Holzstühle vor sich.

»Aus dem schönen Bad Pyrmont«, ergänzt Louna

und setzt sich.

»Sie sprechen ja fließend unsere Sprache«, wundert sich Herr von Stintzelshof über Lounas akzentfreies Hochdeutsch und guckt mich mit großen Augen an.

»Warum auch nicht?«, frage ich ihn und setze mich auf den unbequemen Stuhl.

»Und niemand konnte Ihnen bisher helfen?«, wechselt er das Thema, guckt aus dem Fenster neben sich und streicht mit beiden Händen über seine Brust.

»Deswegen sind wir heute hier«, sage ich.

»Ehepaar Morgenröth, kennen Sie die Geschichte vom kleinen schlauen Primaten und seinen dummen Mitaffen?«, fragt er und öffnet das Fenster.

Leider verneinen wir. Denn nach gut fünf Minuten habe ich immer noch nicht genau verstanden, was das Affentheater soll, aber ich verstehe sehr wohl, dass uns seine arrogante Fabel über dreißig Euro kostet bei seinem spottgünstigen Minutenpreis von sechs Euro und sechsundsechzig Cent.

»Interessant«, lüge ich und schaffe es, ihn zu unterbrechen. »Aufgrund unseres geringen Budgets würden wir es begrüßen, uns auf das Wesentliche zu fokussieren«, sage ich.

Herr von Stintzelshof greift nach der Lesebrille auf seinem Schreibtisch, fummelt sie auf die Nase. Er öffnet den Tippklemmer des roten Aktenordners vor sich und blättert, denn er scheint eine ganz bestimmte Seite zu suchen. Währenddessen tritt Frau Mayr in das Behandlungszimmer und legt dem Professor einen Zettel auf den Schreibtisch.

»Danke, Frau Strothenhof«, sagt er, ohne sie eines Blickes zu würdigen.

»Mayr«, korrigiert sie ihn leise, schleicht davon und schließt die Zimmertür.

Kurz darauf scheint Herr von Stintzelshof das Gesuchte gefunden zu haben. Er räuspert sich staatsmännisch und rückt erneut die Brille auf seiner Nase zurecht.

»Es wurde auf Schimmel, Schwermetalle, Weichmacher und die üblichen Verdächtigen getestet«, zählt er auf. »Mit dem Verzehr deutscher Lebensmittel wollten wir testen beziehungsweise ausschließen, ob Sie auf bestimmte Pestizide, Herbizide oder Fungizide reagieren und, wenn ja, auf welche genau. Das haben wir getan: über den Sammelurin und Ihre Stuhlproben. Ehepaar Morgenröth, wir mussten uns leider mit Hilfe dieser vielen Testungen dem Unbekannten nähern, denn wir wissen weder etwas über den chemisch-biologischen Stoff noch haben wir eine Materialprobe, die wir untersuchen könnten.«

»Kurze Zwischenfrage: Habe ich Sie richtig verstanden, dass wir uns während des Testens ausschließlich von deutschen Produkten ernähren sollten, um damit ausschließen zu können, dass wir auf deutsche Pestizide reagieren?«, frage ich.

»Korrekt«, antwortet er.

»Aber in unserer globalisierten Lebensmittelwelt ist das müßig. Dann müssten wir eigentlich noch eine polnische, italienische, spanische oder französische Testwoche machen. Und das wäre nur ein Anfang: Die Trauben im Supermarkt kommen aus Simbabwe und die Ananas aus Costa Rica.«

»Herr Morgenröth, jetzt lassen Sie mich doch erst einmal alles erklären, bevor wir die neuen Testungen besprechen.«

»Hicks!« Louna hat Schluckauf.

»Mit wem von Ihnen soll ich anfangen?«, fragt er.

»Hicks!«, antwortet Louna.

»Ladies first«, sagt er.

Herr Prof. Dr. Dr. von Stintzelshof liest nun Lounas Laborergebnisse vor. Sein knochentrockener Monolog dauert fast zehn Minuten, bis ich es schaffe, ihn erneut zu unterbrechen.

»Das ist alles relevant für die spätere Betrachtung«, erwidert er.

»Können Sie die Ergebnisse meiner Frau nicht einfach zusammenfassen?«, frage ich nach weiteren Minuten.

»Kommt doch gleich«, antwortet er und sabbelt seinen Sermon einfach weiter.

Louna versucht nun auch Herrn von Stintzelshof zu unterbrechen, wird dabei aber von ihrem Schluckauf sabotiert.

»Mit Ihnen sind wir jetzt durch, Frau Morgenröth«,

sagt er nach weiteren zehn Minuten.

Herr von Stintzelshof legt seine Lesebrille auf dem Schreibtisch ab und reibt sich die Augen.

»Dazu später mehr. Kommen wir jetzt zu Ihnen, Herr Morgenröth.«

Er greift erneut seine Brille, setzt sie auf die Nase und beginnt nun auch mir sämtliche Laborergebnisse vorzulesen. Innerlich schäume ich vor Wut und würde unter normalen Umständen sofort den Behandlungsraum verlassen. Ich will aber wissen, worauf der arrogante Professor hinauswill und vor allem: wie uns endlich geholfen werden kann. Nach einer halben Ewigkeit beendet er die Laborlesung, schließt den Aktenordner und legt seine Brille erneut auf dem Schreibtisch ab.

»Haben Sie irgendwelche Fragen?«

»Was genau ist denn jetzt die Ursache unserer Beschwerden?«, frage ich.

»Genau da kommen wir jetzt hin: Ich interpretiere die Laborergebnisse so, dass Sie – unter anderem – quecksilberhaltigen Dämpfen ausgesetzt waren. Amalgamzahnfüllungen haben Sie beide keine, richtig?«

»Hicks!«

»Nein«, antworte ich und frage: »Quecksilber?«

»Quecksilber ist vielen Dingen beigemischt und kann sich in Verbindung mit anderen Stoffen bei ungünstigen Bedingungen leicht freisetzen.«

»Auch durch Feuchtigkeit?«, frage ich.

»Auch durch Feuchtigkeit!«, bestätigt er.

»Hicks!«

»Weiter: Dadurch, dass Ihre Körper geschwächt waren, konnten Mykotoxine – giftige Stoffwechselprodukte der Schimmelpilze – in Ihre Organismen eindringen.«

»Das haben andere Ärzte auch schon vermutet.«

»Aber: Die neurologischen und körperlichen Reaktionen, die Sie in ihrer E-Mail beschrieben, sind nahezu identisch mit den Berichten von Menschen, die durch biologische oder chemische Kampfstoffe vergiftet wurden.«

»Hicks!«

»Wir waren in friedlicher Umzugsmission. Was für Kampfstoffe?«, frage ich.

»Es könnte durchaus wahrscheinlich sein, dass sich unter der Remise eine beschädigte B- oder C-Bombe aus dem Zweiten Weltkrieg befindet, deren Gifte ins Grundwasser sickern. Das nasse Mauerwerk könnte das giftige Grundwasser angesogen und zusätzlich zum Ausgasen von toxischen Dämpfen in der Remise geführt haben. Der süßliche, beißende Gestank, den Sie in ihrer Mail beschrieben, könnte ein Hinweis darauf sein. Und einige Ihrer Laborergebnisse würden diese Theorie stützen, um es abzukürzen. Natürlich nur, wenn man wie ich in der Lage ist, die Ergebnisse richtig zu interpretieren und einzuordnen. Ihren Hausarzt oder andere Rezeptstempler brauchen Sie diesbezüglich gar nicht erst zu Rate ziehen: Die werden mit Sicherheit nichts davon verstehen.«

»Bitte was?«, frage ich geschockt. »Eine Bombe?«

»Sehr wahrscheinlich«, antwortet er. »Sie beide haben keinerlei Vorerkrankungen und ganz offensichtlich ein unterschiedliches genetisches Profil. Dadurch kann man viele Dinge als mögliche Ursachen ausschließen.«

»Ich kann mir kaum vorstellen, dass das Berliner Amtsgericht die Erlaubnis zum Umgraben erteilt«, sage ich.

»Ach, die deutschen Behörden sind doch gar nicht Ihre Ansprechpartner. Ihr Anwalt müsste vorab erst mal die Amis um Erlaubnis zum Ausgraben fragen. Machen Sie sich diesbezüglich bitte überhaupt keine Hoffnungen.«

Louna scheint keinen Schluckauf mehr zu haben.

»Wieso reagieren wir dann auch auf Schimmelsporen?«, schaltet sie sich nun ein.

»Viele B- und C-Waffen enthalten als Basis Mykotoxine.«

»Und was jetzt?«, frage ich.

»Zuerst einmal keine Panik bekommen und klaren Geistes die weiteren Schritte planen.«

»Und die wären?«, frage ich.

»Sie beide sollten anfangen zu entgiften.«

Der Herr Professor Doktor Doktor lehnt sich zurück in den Chefsessel und legt beide Hände zufrieden auf seinem runden Bauch ab.

»Würden Sie uns Ihr Fazit schriftlich geben?«, frage ich. »Dann hätten wir auch juristisch mehr in der Hand.«

»Selbstverständlich. Pro Gutachtenseite berechne ich fünfundvierzig Euro netto.«

»Über wie viele Seiten reden wir?«, frage ich.

»In Ihrem Fall wahrscheinlich ungefähr um die hundertdreißig.«

»Für uns beide, oder?«, frage ich.

»Pro Person!«, antwortet er.

»Das wären knapp zwölftausend Euro«, stellt Louna fest. »So viel Geld haben wir im Moment nicht.«

»Wir könnten versuchen, die Kosten Ihres Gutachtens im Laufe des Prozesses bei der Versicherung zu beantragen. Ob die dann mitmacht nach den ganzen Kosten des Beweissicherungsverfahrens, wird sich zeigen«, sage ich.

»Lassen Sie sich doch meine Gutachten von Ihren Familien zu Weihnachten schenken.«

Ich würde am liebsten aufstehen und ihm seine hässliche Brille in den Mund stopfen.

»Zuerst sollten wir uns um das Quecksilber kümmern«, sagt er und wirbt anschließend für seine extrem teure, aber angeblich auch extrem effiziente Schwermetallausleitungstherapie.

»Und Ihren Lungen geht es gut?«

»Wieso fragen Sie?«, frage ich.

»Sie haben nicht gerade wenig von diesen Dämpfen eingeatmet.«

»Anfangs haben unsere Bronchien schon ziemlich stark gebrannt«, sagt Louna.

»Vielleicht haben Sie ja Glück und kommen diesbezüglich mit einem blauen Auge davon«, sagt er, ergänzt lachend: »Oder eher: mit einer blauen Lunge.«

Mir ist überhaupt nicht zum Lachen.

»Was unternehmen wir gegen unsere Schimmelsensibilität?«, frage ich.

»Karenz!« antwortet er. »Das ist im Moment das Einzige, was Sie tun können. Vermeiden Sie Schimmel und Weichmacher sowie alle kontaminierten Gegenstände aus der Berliner Remise. Frau Mayr wird Ihnen später einen Ausdruck geben auf dem steht, worauf genau Sie jetzt achten müssen. Und wir sollten zeitnah einen neuen Termin vereinbaren, um dann gesondert zu besprechen, wie wir das Quecksilber aus Ihren Körpern leiten und wann wir die Gewebeproben entnehmen.«

»Haben Sie eine Vermutung, wie lange es dauert, bis wir nicht mehr auf diese Dinge reagieren?«, fragt Louna.

»Hoffentlich nur ein paar Jahre.«

»Jahre?«, frage ich.

»Als Erstes sollten Sie sich eine phthalatarme und schimmelfreie Wohnung anmieten. Das wird vermutlich die größte Schwierigkeit für Sie sein, nämlich so eine überhaupt zu finden. Fast jede Wohnung hat mittlerweile Laminat- oder PVC-Böden, schlimmstenfalls beides. Mieten Sie sich eine Wohnung mit Stein-, Marmor- oder Fliesenboden an. Und achten Sie bei einem Neubau unbedingt auf Schimmel: Er ist oftmals viel stärker davon befallen als die Altbauperlen. Und lassen Sie sich nicht von schön geweißten Wänden blenden: Darunter kann es ganz anders aussehen, denn Schimmelexposition sieht man nicht. Wenn man welchen sieht, ist das Kind eigentlich schon in den Brunnen gefallen.«

»Wie sollen wir denn bei einer Besichtigung herausfinden, ob die Räume verschimmelt sind?«, fragt Louna.

»Wir können nicht ständig ein- und ausziehen.«

»Wenn Sie eine Wohnung gefunden haben, die für Sie in Frage kommt, sollten Sie vor Einzug auf Pilze abklatschen. Folgendes Prozedere: Sie sagen uns Bescheid, wenn Sie eine geeignete Wohnung besichtigt haben, dann schicken wir Ihnen Tester zu. Sie klatschen ab und schicken die Tester zurück. Wir schicken diese in ein Labor und teilen Ihnen die Ergebnisse mit.«

»Und was kostet so etwas?«, frage ich.

»Sie müssen natürlich pro Raum abklatschen. Gehen wir mal davon aus, dass Sie zwei Zimmer anmieten: Dann wären das zwischen vier oder fünf Proben, die Sie uns vor einer möglichen Anmietung zuschicken müssten. Ich denke, dass sich die Kosten pro Wohnung auf ungefähr vierhundert Euro belaufen. Mehr aber auch nicht.«

Louna ist kreidebleich. Ich greife ihre Hand.

»Dann melden wir uns, sobald wir eine geeignete Wohnung gefunden haben«, lüge ich und stehe auf, um nicht noch mehr seiner im wahrsten Sinne des Wortes kostbaren Zeit in Anspruch nehmen zu müssen.

Louna ist paralysiert. Wortkarg verabschiedet sie sich vom Professor, drückt mir unseren Zeitzettel in die Hand, da sie dringend zur Toilette müsse und verlässt das Zimmer. Herr von Stintzelshof schüttelt zum Abschied kräftig meine Hand.

»Herr Morgenröth. Sie stinken.«

Ich lache laut. »Ich weiß.«

»Schwefel?«, fragt er. Ich nicke.

»Parasiten? Für den Darm?«, fragt er neugierig.

»Zum Erinnern«, sage ich, befreie meine Hand aus seinem festen Griff und verlasse das Zimmer, um zügig bei Frau Mayr – zwecks Zeiterfassung – zu sein.

Unsere beiden Aktenordner scheinen kopiert, denn beide liegen bereits auf dem Empfangstresen.

»Also, was haben wir denn jetzt: Elf Uhr vier. Das sind genau neunundneunzig Minuten«, sagt Frau Mayr und guckt erneut auf ihre Zebra-Armbanduhr.

»Falsch! – Elf Uhr und fünf Minuten. Das sind einhundert Minuten glatt«, korrigiert sie sich und vermerkt neben der Checkout-Zeit nun auch die Minutenanzahl auf beiden Zetteln, bevor sie anschließend auf den unteren Blattrand klopft.

»Bitte hier einmal gegenzeichnen«, sagt sie.

Widerwillig unterschreibe ich.

»Ihre Frau muss aber auch noch unterschreiben«, sagt Frau Mayr.

»Die kommt gleich.«

»Dann möchte ich Ihnen kurz etwas zu der Rechnung erklären, die Sie bald erhalten. In ein paar Tagen bekommen Sie Post ...«

»Von den Tschetschenen. Ich weiß«, unterbreche ich sie.

»Wollen wir beide schon mal nach einem neuen Termin ...?«

»Nee«, sage ich, greife die beiden Ordner vom Tresen und verlasse die Praxis.

»Hast du den Zettel unterschrieben?«, frage ich Louna, als sie aus dem Hauseingang des Mehrfamilienhauses tritt.

Sie nickt. Ich nehme sie in den Arm.

»Ich hab' uns keinen neuen Termin beim Superprofessor geholt. Ich denke, das war auch in deinem Sinne, oder?«, frage ich.

»Dieser arrogante Affe bekommt nicht einen weiteren Cent von mir in den Rachen geworfen«, sagt sie.

»Passt, denn so viele haben wir auch nicht mehr zum Werfen.«

Nach einem deftigen Mittagessen im Nachbarort treten wir unsere Rückfahrt an.

Kurz nachdem wir Nürnberg hinter uns gelassen haben, macht sich – trotz doppelter Espressi – der fehlende Schlaf bemerkbar, daher nehme ich nach einigen Kilometern die Ausfahrt Richtung Autobahnraststätte. Ich stelle den Smartphone-Wecker, aktiviere den Flugmodus und decke Louna mit meiner Sommerjacke zu.

Nach drei Stunden klingelt der Wecker. Mein Nacken schmerzt beim Aufwachen. Ich krame nach meiner Geldbörse, öffne die Fahrertür und torkele schlaftrunken aus dem Auto, um im Raststättenrestaurant zwei Kaffee zu besorgen.

Zwei Americano, zwei Portionen Schwefel, drei Geschäfte und vierhundert Kilometer später, erreichen wir gegen dreiundzwanzig Uhr dreißig das »Tal der sprudelnden Quellen«.

»Lass uns bitte zur Friedrichsquelle fahren und dort noch ein bisschen chillen. Ich kann jetzt weder schlafen noch aufs marokkanische Seriengebimmel«, sage ich.

»Dann können wir auch gleich Wasser abfüllen. Der leere Kasten ist hinten im Kofferraum«, sagt sie.

Wir verlassen die Hauptstraße, biegen ab und parken unweit des Quellgrundstücks. Ich öffne den Kofferraum und greife mir die leere Kiste, bevor wir die quietschende Zauntür öffnen und das Grundstück betreten. Es ist zappenduster. Die Lichter, die den Weg zur Quelle säumen, sind zu dieser Zeit längst aus. Louna startet ihre Taschenlampen-App und beleuchtet die Stufen hinab zur Quelle. Ich stelle den leeren Kasten auf dem Boden ab, hocke mich vor den steinernen Engelskopf, aus dessen Mund das Quellwasser fließt und halte meine Hände unter den kalten Strahl. Louna verstaut ihr Smartphone in der Jackentasche und hockt sich neben mich.

»Wie soll das eigentlich weitergehen? Wir können nicht arbeiten, da wir noch Reaktionen haben – haben aber auch kein Geld für die ganzen Therapien, geschweige denn für irgendwelche Abklatsche. Dafür wird das Geldgeschenk meiner Eltern nicht ausreichen«, sage ich.

Louna starrt auf das Quellwasser, welches aus dem steinernen Mund des Engels sprudelt. Sie beginnt zu weinen.

Dunkelheit verschluckt uns.

»Wir bitten jetzt um Hilfe«, sagt sie wenig später mit Tränen in den Augen.

»Wen? Gott?«, frage ich. »Den Newsletter hab' ich längst abbestellt.«

»Wir bitten die Friedrichsquelle um Hilfe.«

»Das Quellwasser?«, frage ich.

Louna nickt, kramt ein Taschentuch aus ihrer Hosentasche, wischt die Tränen aus dem Gesicht und schnupft sich aus.

»Heilende Quelle«, spricht sie und trinkt vom sprudelnden Wasser. »Zeig uns den Weg. Wir wissen nicht weiter. Bitte hilf uns.«

Lounas Worte berühren mich, auch wenn ich nicht daran glaube, dass uns die Friedrichsquelle in irgendeiner Weise weiterhelfen kann, außer unseren Durst zu stillen und die Körper mit Mineralien zu versorgen. Trotzdem halte ich die rechte Handinnenseite unter den fließenden Strahl, staue das Quellwasser in der Handmulde und schlürfe es auf.

»Heilende Quelle«, spreche auch ich zum Wasser. »Bitte hilf uns. Zeig uns den Weg.«

Wir stehen auf, setzen uns auf die brusthohe Steinmauer neben den Treppenstufen und lauschen dem Fließen des Wassers.

Die Zauntür am Eingang quietscht.

»Hast du das gehört?«, fragt Louna.

»Wahrscheinlich ein Waschbär. In Pyrmont gehen die alten Herrschaften doch schon um achtzehn Uhr zu Bett«, sage ich.

»Lieber Waschbär, komm zu uns«, singt Louna in die Dunkelheit.

»Liebe Leute, hier kommt kein Waschbär, nur der Gotthilf«, antwortet eine tiefe Männerstimme.

Wir drehen uns um und sehen die Umrisse eines großen korpulenten Mannes, der einen Kasten Wasser in seinen Händen trägt.

»Aber nennt mich ruhig ›Götti‹«, ergänzt er, geht die Stufen hinab und stellt den Kasten auf dem Steinboden ab.

»Was macht ihr denn hier so spät?«, fragt er.

»Und was machst du hier?«, fragt Louna.

»Den guten Schluck abfüllen«, antwortet Götti.

»Du bist nicht aus Pyrmont, oder?«, frage ich.

»Nee. Aus Bremen.«

»Kurgast?«, frage ich.

»Nee. Aber vor knapp zehn Jahren war ich in der Tat mal hier zur Kur. Daher kenne ich die Friedrichsquelle«, sagt er.

Götti geht in die Knie und schraubt die Verschlüsse seiner leeren Flaschen ab.

»Ich war heute beruflich in der Gegend und nach dem Außentermin noch bei meinem alten Kurschatten. Und immer wenn ich in der Nähe bin, fülle ich mir in Pyrmont frische Friedrichsquelle ab. Ihr wisst ja gar nicht, wie gut ihr es mit dem Wasser hier habt.«

Dann erzählt Götti, dass man fast kein gesundes Wasser mehr bekäme, denn nahezu alle seien mit Fluorid, Schwermetallen, Pestiziden und Hormonen verseucht. Er wechselt thematisch zum »Pharmafiazeutischen Komplex«, bevor er zum »Militärisch-Industriellen« schwenkt und schließlich bei der »Neuen Weltordnung« landet. Sein Gerede ist weder dumm noch unreflektiert, aber ich bin jetzt nicht in der Stimmung, mich genau darüber unterhalten zu wollen. Genug zu erzählen hätten wir. Ich fühle, dass es Louna ähnlich geht und unterbreche seinen Redefluss.

»Götti, nimm es bitte nicht persönlich. Aber wir sind gerade überhaupt nicht in Schnacklaune.«

»Liebe Leute, ich rede manchmal ein bisschen viel. Ich bin gleich wieder weg«, sagt er, greift sich eine leere Flasche aus dem Kasten und hält sie unter den offenen Mund des steinernen Engels.

Nachdem die letzte Flasche gefüllt ist, steht er auf, hebt den Kasten an und geht Richtung Treppe.

»Tschüss, liebe Leute«, sagt er.

»Gute Heimfahrt«, sage ich.

»Viel Freude mit dem Heilwasser«, wünscht Louna.

»Apropos: Ich kenne nur ein Wasser, welches noch heilsamer ist.«

»Welches?«, frage ich.

»Das ›Sonnenpyramidenwasser aus Bosnien‹«, antwortet Götti und betritt die Steinstufen.

»Nicht das ›Sphinxwasser aus Lettland‹?«, frage ich.

Louna lacht.

»Liebe Leute, das muss ich euch kurz erzählen. Die Geschichte ist zu einhundert Prozent wahr«, beginnt er. »Mein Sohn ist mit seiner Freundin letztes Jahr in ein Haus gezogen. Beide sind daraufhin schwer krank geworden. Die Ursache konnte nie geklärt werden, aber man vermutet, dass sich Gifte im Grundwasser befanden. Obwohl Sven und Kati sofort auszogen, blieben sie beide trotzdem krank. Alles richtig scheiße. Keiner der Ärzte konnte helfen. Mein Sohn hat durch Zufall von den ›Bosnischen Pyramiden‹ erfahren. Sie sind dort hingeflogen, haben jeden Tag das Wasser getrunken und waren nach vier Wochen komplett gesund. Liebe Leute, Wasser heilt! – In diesem Sinne: Eine Gute Nacht und Tschüss«, sagt Götti und verschwindet in der Dunkelheit.

Stille kehrt zurück zur Quelle. Nur das Fließen des Wassers ist zu hören.

»Kneif mich mal«, sage ich.

»Wann geht's los nach ›Bosna i Healthygovina‹?«, fragt Louna.

»Mit dem nächsten Flieger.«

XIV

Bosna i Healthygovina

Malik lenkt erneut den grünen Golf II auf die Gegenfahrbahn. Seitdem wir uns auf der schicken Schnellstraße befinden, fährt er Schlangenlinien über beide Spuren. Das gesamte Auto vibriert, als wir die mittlere Fahrbahnmarkierung überqueren. Mir reichts.

»Bist du betrunken?«, frage ich laut.

»Ich trinke keinen Alkohol«, sagt er und schwenkt zurück auf die rechte Spur.

»Du wechselst auf die Gegenfahrbahn, aber überholst niemanden«, sage ich.

Malik kramt in seiner Jackentasche und fummelt eine Zigarette heraus, greift das grüne Feuerzeug von der Mittelkonsole und steckt sich die Fluppe an.

»Ich liebe den Sound der Mittellinie.«

Es ist kurz vor acht Uhr morgens. Louna und ich sind heute Nacht mit dem Auto nach Dortmund gefahren, um den Flieger um fünf Uhr dreißig nach Tuzla zu bekommen. Gegen kurz nach sieben Uhr landeten wir auf einer Baustelle, die sich als Flughafen tarnte, kurioserweise den Beinamen »International« trug und nicht im Ansatz nach »Domestic« aussah. Auf meinen bisherigen Reisen sah ich einige zollfreie Flughafenshops. Der aus Tuzla wird mir im Gedächtnis bleiben: Auf einem Umzugskarton, in dem sich Schnaps, Zigaretten und Schokolade befanden, klebte ein DIN A4-Ausdruck, auf dem vermutlich »Duty Free« hätte stehen sollen, allerdings nur »Duty« stand. Provisorisch errichtete Gänge aus Rigips führten durch die Großbaustelle zur Passkontrolle. Bei der Rückgabe des Passes begrüßte mich der bosnische Zollbeamte mit »Dobro došli!« – »Willkommen!« und ergänzte in gebrochenem Englisch samt strengem Blick: »Tomorrow, you go Police.«

Irritiert gingen Louna und ich zur Gepäckausgabe.

»Vielleicht hat der Zoll die zwei Kilo Schwefel in meinem Koffer entdeckt?«, fragte ich.

»Ist es illegal, welchen mitzunehmen?«, fragte Louna.

»Keine Ahnung. Aber warum soll ich mich morgen bei der Polizei melden?«

Ich griff nach meinem Koffer auf dem Gepäckband und begutachtete sein Schloss.

»Er wurde nicht vom Zoll geöffnet.«

»Meiner auch nicht«, sagte Louna.

Mit dem Gepäck begaben wir uns zum Parkplatz der Flughafenbaustelle und entdeckten Malik, der mit Zigarette im Mundwinkel lässig an einem grünen

Golf II lehnte. Vor weniger als achtundvierzig Stunden buchten wir die Ferienwohnung seiner Cousine Amina – inklusive dieser Fahrt. Malik verbrachte seine Kindheit in Hannover, unweit dort, wo ich aufwuchs, und spricht immer noch akzentfrei Hochdeutsch. Während er Lounas Gepäck in den Kofferraum hob, erzählte ich vom Zollbeamten, der mich aufforderte, morgen bei der Polizei vorstellig zu werden.

»Alle Ausländer müssen sich nach der Einreise bei der Polizei registrieren«, erklärte Malik. »Sonst haben wir ja irgendwann solche Zustände wie bei euch in Deutschland.«

Die bewaldeten Berge ruhen noch im morgendlichen Nebel. Im hügeligen, blühenden Grün stehen vereinzelt zweistöckige Häuser. Die Gegend um Tuzla ist eine bäuerlich-ländliche. Sie wirkt friedlich, obwohl fast alle Hausfassaden Geschichten vom Krieg erzählen.

Vor zwei Jahren zog Malik von Sarajevo nach Visoko und half dort seiner Cousine nach dem Tod ihres Mannes, die untere Etage des geerbten Hauses auszubauen, die sie nun gelegentlich an Touristen vermietet.

»Falls euch Aminas Nachbarn fragen sollten, wie viel ihr für die Unterkunft bezahlt, nennt bitte keinen Preis und sagt, dass ihr Freunde aus Deutschland und zu Besuch seid«, sagt Malik.

»Zahlen wir zu viel?«, frage ich. Malik lacht.

»Die Unterkunft samt Preis ist im Internet zu finden«, wendet Louna ein.

»Die Nachbarn von Amina wissen gar nicht, was Internet ist«, sagt er.

»Darf man nicht an Touristen vermieten?«, frage ich.

»Warum sollte man das nicht dürfen?«, fragt er.

»Malik, wo liegt denn jetzt das Problem?«, frage ich.

»Durchs Vermieten hat Amina mehr Geld«, antwortet er.

»Das ist doch gut«, sagt Louna.

»Natürlich ist das gut«, sagt Malik. »Aber wir leben in Bosnien.«

»Was meinst du?«, frage ich.

»Ich erzähle euch einen bosnischen Witz«, kündigt er an. »Wir Bosnier glauben nicht an irgendwelche Lampen, in denen Geister leben und Wünsche erfüllen.«

»Wir Deutsche auch nicht«, entgegnet Louna.

»Wir Bosnier glauben daran, dass Goldfische Wünsche erfüllen«, sagt er und überholt hupend einen Lkw. Währenddessen steckt er sich eine neue Zigarette in den Mund und greift nach dem Feuerzeug.

»Eines Tages ...«, beginnt Malik, zündet sich die Kippe an und bläst Rauch aus.

»Eines Tages steht ein Mann im Wald vor einem

Teich und fleht: ›Bitte Goldfisch, hilf mir. Ich bin arm und habe kaum noch etwas zu essen‹. Plötzlich spricht ein Goldfisch aus dem Teich zu ihm: ›Du hast drei Wünsche frei, allerdings erhält dein Nachbar immer das Doppelte von dem, was du dir wünschst‹. Der Mann fragt den Goldfisch, warum denn der Nachbar etwas erhalten solle und sogar noch das Doppelte von dem, was er sich wünsche – schließlich frage er ja um Hilfe und nicht der Nachbar. Der Goldfisch wiederholt: ›Du hast drei Wünsche frei, allerdings erhält dein Nachbar immer das Doppelte von dem, was du dir wünscht‹«, sagt Malik und lenkt das Auto zurück auf die rechte Fahrspur. Der Golf II vibriert erneut.

»Ein geiler Sound«, schwärmt Malik.

»Also, der Mann am Teich«, fährt er fort, »er überlegt und wünscht sich eine Tonne Ćevapčići, Burek und Äpfel. Der Goldfisch blinzelt und plötzlich befindet sich neben dem Mann ein riesiger Berg aus Ćevapčići, Burek und Äpfeln«, erzählt er.

»Das wird doch alles schlecht«, wende ich ein.

»Das ist ein Witz«, sagt Malik. »Also, der Goldfisch spricht: ›Das war dein erster Wunsch. Dein Nachbar erhält nun zwei Tonnen Ćevapčići, Burek und Äpfel. Sag mir, wie lautet dein zweiter Wunsch?‹. Der Mann überlegt und antwortet: ›Goldfisch, ich wünsche mir einen goldenen Golf II‹.«

»Einen Golf II in Gold? Wieso keinen Porsche oder Mercedes?«, unterbreche ich ihn.

»Golf II ist der bosnische SUV«, sagt Malik empört. »Der Goldfisch blinzelt und ein goldener Golf II erscheint neben dem Mann. Der Goldfisch spricht: ›Das war dein zweiter Wunsch. Dein Nachbar hat jetzt zwei goldene Golf II. Sag mir, wie lautet dein letzter Wunsch?‹. Der Mann antwortet sofort: ›Goldfisch, ich wünsche mir, dass ich nur noch auf einem Auge sehen kann‹.«

Ich lache.

»Was ist daran witzig?«, fragt Louna.

»Gar nichts«, antwortet Malik. »Aber es ist die Antwort auf eure Fragen.«

Gegen viertel vor zehn erreichen wir Visoko.

»Das ist sie!«, sagt Malik und zeigt durch die Frontscheibe auf einen pyramidenartigen, mit Bäumen bewachsenen Berg in der Ferne.

»Die Sonnenpyramide ist zweihundertsiebzig Meter hoch und damit hundertzwanzig Meter höher als die Große Cheops in Ägypten.«

»Und es ist kein Berg?«, frage ich.

»Die Sonnenpyramide ist vollständig bedeckt mit Betonplatten«, wendet er ein.

»Unter den Bäumen?«, fragt Louna.

»Ja. Und dieser Beton ist dem heutigen Material weit überlegen: In ihn kann kaum Wasser eindringen. Außerdem ist er viel härter.«

»Die Cheops-Pyramide ...«, beginne ich.

»Hinzu kommt die exakte Ausrichtung der Bosnischen Sonnenpyramide«, unterbricht er mich.

»Was genau ist so exakt?«, fragt Louna.

»Die Große Cheops in Ägypten ist – wie fast alle Pyramiden – zum kosmischen Norden hin ausgerichtet, aber deutlich weniger präzise, als es die Bosnische Sonnenpyramide ist. Die Abweichung der Cheops zum kosmischen Norden hin beträgt null Grad und drei Minuten. Die der Sonnenpyramide in Visoko: null Grad, null Minuten, zwölf Sekunden. Das ist fast exakt.«

»Du kennst dich anscheinend aus«, sagt Louna.

»Ich hab' letztes Jahr bei den Ausgrabungen der Tunnel geholfen, daher weiß ich einiges über Pyramiden.«

»Welche Tunnel?«, frage ich.

»Die Ravne-Tunnel«, antwortet er. »Es gibt Tunnel, die unterirdisch zur großen Sonnenpyramide führen – zumindest irgendwann einmal. Aber sie sind größtenteils noch nicht erschlossen. Nur die erste Ebene ist teilweise freigelegt und die zweite zur Hälfte. Geo-Scans haben ergeben, dass sich noch fünf weitere Tunnelsysteme unter den anderen befinden.«

»Ehemalige Bergbaustollen?«, frage ich.

»Nein«, antwortet er. »Besucht unbedingt die Ravne-Tunnel.«

Kurz nachdem wir das Zentrum hinter uns gelassen haben, biegen wir an einer Moschee mit Minarett aus

Holz ab.

»In Visoko mündet die ›Fojnica‹ in die ›Bosna‹«, erklärt Malik, als wir auf die »Stari Most« fahren, um auf die gegenüberliegende Uferseite zu gelangen.

»Dort oben wohnt Amina«, sagt er und zeigt auf ein weißes Haus an einem grünen Hang.

Ich kurbele die Fensterscheibe hinunter. Düfte von blühenden Kräutern strömen ins Innere, vertreiben Schwefelgestank und Zigarettenqualm. Malik biegt auf den ungeteerten Pistenweg, der zu Aminas Grundstück führt. Wir halten nahe des zweistöckigen Hauses und steigen aus. Eine Frau mit langen, brünetten Haaren sitzt auf den Treppenstufen des Hauseingangs und füttert Katzenjunge. Malik öffnet den Kofferraum, greift sich unsere Koffer und stellt sie neben das Auto. Die Frau steht auf und kommt die Steintreppe hinab.

»Servus. Ich bin Amina. Fühlt euch wie daheim«, sagt sie.

Nach der warmherzigen Begrüßung möchte sie zuerst durch ihren Garten führen, bevor sie ihr Haus zeigen will. Er ist mit Liebe gestaltet, wild und üppig bepflanzt. Ich rieche an Wildem Oregano, Thymian, Majoran, Koriander und Bohnenkraut. Amina erzählt, dass sie aus den Kräutern und Pflanzen ihres Gartens Tees, Auszüge und Tinkturen herstellt und verkauft. Sie hat in Österreich Medizin studiert und spricht fließend Deutsch mit leichtem Wiener Akzent. Nach Beendigung ihres Studiums zog sie zurück nach Visoko, heiratete und eröffnete eine kleine Naturheilpraxis.

»Die Natur heilt besser, als ich es je könnte«, sagt sie. »Kommt, ich zeige euch jetzt mein Haus.«

Die Besichtigung beginnt in der obersten Etage, dort, wo sie mit ihrer kleinen Tochter lebt. Selma sitzt am Tisch und malt mit Buntstiften exotische Tiere auf einen Block, als wir ins Wohnzimmer treten.

»Zdravo« – »Hallo«, begrüßt sie uns schüchtern.

Mutter und Tochter leben allein im Haus, seit Aminas Ehemann vor Jahren bei einem Verkehrsunglück starb.

Nachdem Amina durch ihren Wohnbereich geführt hat, gehen wir hinab in die angemietete Ferienwohnung. In ihr befindet sich ein großes Bett, ein kleines Sofa sowie ein Kleiderschrank. Gegenüber der Kochzeile steht ein Esstisch mit Stühlen. Das Bad scheint neu gefliest.

»Ich mache uns jetzt einen ›Zlatna Džezva‹«, sagt sie und verlässt die Ferienwohnung.

Louna und ich sind erleichtert und fallen uns in die Arme – jubeln – denn unsere größte Befürchtung hat sich nicht bestätigt: Die Ferienwohnung ist topfpflanzen- und schimmelfrei. Wir haben keinerlei Reaktionen und können hier wohnen bleiben. Bekämen wir welche, müssten wir jetzt nach einer anderen Unterkunft suchen – egal, wie schön es hier ist.

Wenig später kehrt Amina mit einem silberfarbenen Tablett zurück. Auf ihm steht eine bauchige Kupferkanne samt langem Handgriff sowie kleine Kupferbecher. Eine kleine, bunte Dose gesellt sich zu ihnen. Amina bittet zum runden Esstisch und befüllt drei Kupferbecher mit Kaffee. Ich nehme einen großen Schluck aus dem kleinen Becher. Der Bosnische Kaffee schmeckt lecker. Sein feiner Satz setzt sich auf dem Boden ab. Amina öffnet die Dose und bietet buntes »Lokum« an: würfelförmiges Gebäck aus Sirup, das extrem süß schmeckt.

Malik sprach heute Morgen nur von einer Pyramide: Von Amina erfahren wir, dass sich noch vier weitere in und um Visoko befinden. Sie entfaltet den Stadtplan, der auf dem Tisch liegt und kreist mit dem Zeigefinger den Standpunkt ihres Hauses ein.

»Mein Haus steht nicht weit entfernt von der Mondpyramide. Ihr müsst nur dem Pfad folgen, der hinter dem Haus beginnt. Das Mondwasser könnt ihr unten, nahe der Moschee abfüllen«, sagt sie.

»Es gibt auch Mondpyramidenwasser?«, fragt Louna.

»Ja«, antwortet sie.

»Wir wollen unbedingt das Sonnenpyramidenwasser trinken«, sage ich.

»Das Wasser der Sonnenpyramide findet ihr im Ravne-Park«, sagt sie.

»Ist das dort, wo auch die Tunnel sind?«, frage ich.

»Genau. Wenn ihr Fahrräder benötigt, sagt einfach

Bescheid. Ich habe zwei Radl hinterm Haus stehen. Die Tunnel sind ein bisserl entfernt.«

»Bescheid«, sage ich.

Keine Stunde später sind die Tagesrucksäcke gepackt und die Fahrradreifen aufgepumpt. Auf Aminas Rat hin haben wir warme Kleidung in den Rucksäcken verstaut, da es in den Tunneln kalt sein soll. Unterwegs kaufen wir zwei Teigstrudel in Schneckenform, die auf den Namen »Burek« hören. Nach wenigen Kilometern kündigt uns ein Schild an, dass wir nun links abbiegen müssen, um zu den »Tuneli Ravne« zu gelangen. Kurz darauf befinden wir uns auf einem ungeteerten, steilen Pistenweg, der auf einen bewaldeten Berg führt. Wir beschließen, den Weg ohne die Räder fortzusetzen und ketten sie an einen Weidenzaun. Wie aus dem Nichts tauchen plötzlich zwei Hunde neben uns auf. Sanfte Wesen, die kein Halsband tragen und vermutlich hier leben. Sie begleiten uns hinauf, weichen nicht von unserer Seite. Kaum haben wir das Plateau des Ravne-Parks erreicht, heulen beide Hunde auf und verschwinden im bergigen Wald. Keine zwanzig Meter entfernt von uns befindet sich eine Holzhütte. Über ihrem Eingang steht »Muzej bosanskih piramida« – »Museum der Bosnischen Pyramiden«. Nach ihr folgen weitere Hütten: In einer werden frisch gepresste Smoothies verkauft, in anderen Souvenirs.

Überraschenderweise befinden wir uns nahezu

allein auf dem Plateau, sehen lediglich zwei andere Touristen mit ihren Shakes in der Sonne sitzen. Wir schlendern entlang der Hütten, bis wir vor einem überdachten, schlauchartigen Eingang mit weit geöffneten, grünen Metallgittertüren zum Stehen kommen. Über seinem Eingang steht auf einer weißen Lkw-Plane in fetten, goldenen Lettern »Welcome – Dobrodošli« und darüber in kleinerer Schrift, dass es sich um das »Prehistorical Underground Labyrinth Ravne« handelt.

Ein blonder Mann in rotem Hemd kommt zu uns und fragt, ob wir bereits Tickets für die Tunnel gekauft hätten oder zum ersten Mal das Labyrinth besuchen.

»No«, antwortet Louna.

»Yes«, sage ich. »First time.«

Bevor man das Tunnellabyrinth allein betreten dürfe, müsse man an der obligatorischen Führung teilgenommen haben, die allerdings im regulären Eintrittspreis enthalten sei, erklärt der junge Mann.

»Guys, you are from Italy, right?«, fragt er.

»Free State Pyrmont«, antworte ich.

»From Germany«, klärt Louna auf.

»Ah, Deutscheland«, sagt er und schreit: »Emir!«

Kurz darauf kommt uns ein Mann mit langen Haaren, hellblauen Augen, Dreitagebart und abgebrannter Kippe im Mundwinkel lässig entgegen.

»Servus. Ich heiß' Emir und führ' euch jetzt durch die Tunnel«, begrüßt er auf Deutsch mit österreichischem Akzent und drückt die Kippe auf dem Boden aus. Wir geben Emir jeweils zwanzig KM für Eintritt plus Führung und folgen ihm durch den Betongang, dessen Wände mit Plakaten über Tunnel, Pyramiden und Sonstigem behangen sind. An seinem Ende führt eine niedrige, quadratische Öffnung unterhalb massiven Gesteins in das Tunnelsystem. Wir öffnen die Rucksäcke und ziehen warme Kleidung über. Emir geht zur großen Kiste gegenüber des Tunneleingangs und greift aus ihr einen weißen Schutzhelm, bittet uns, ebenfalls welche zu tragen. Ich schnappe mir einen blauen, Louna sich einen gelben Helm. Emir bringt seine Hände in die Anjali-Mudra.

»Ihr könnt eine Absicht formulieren, bevor ihr ins Innere von Mutter Erde eintaucht«, sagt er.

Ich schließe meine Augen und wünsche mir, dass wir endlich gesund werden. Als ich sie öffne, befinden sich Emir und Louna schon im Inneren. Ich muss an die Hogon-Höhle denken, als ich mich bücke und in den Tunnel trete.

Nach einigen Metern kann ich bereits wieder aufrecht stehen. Grubenlampen tauchen die stille Kulisse in gespenstisches Licht.

»Die Ravne-Tunnel sind ein Netzwerk aus unterirdischen Gängen, Kreuzungen, Kammern und Wasserläufen. Unter den Pyramiden von Ägypten, China und Mexiko befinden sich übrigens auch Tunnelnetzwerke«, erzählt Emir.

Wir folgen ihm und dem Tunnelverlauf, der nun

höhlenähnlicher wird.

»Habt ihr schon das Wasser der Sonnenpyramide getrunken?«, fragt er.

»Bisher noch nicht«, antwortet Louna.

»Wir sind wegen des Wassers in Visoko«, sage ich.

»Im Park könnt ihr welches abfüllen. Hier in den Tunneln gibt es aber auch Plätze, wo sich Pyramidenwasser staut: Gleich da vorne«, sagt er und zeigt auf eine von Grubenlampen beleuchtete Stelle auf dem Felsboden unweit vor uns.

Wir folgen ihm zum Licht und sehen in ein mit Wasser gefülltes Bassin hinab.

»Dieses Wasser entstammt der knapp drei Kilometer entfernten Sonnenpyramide. Es fließt unterirdisch durch den Berg und staut sich an einigen Stellen in den Tunneln.«

Emir bückt sich, schöpft mit der Hand Wasser aus dem Bassin in seine Handmulde und trinkt es. Ich bin skeptisch. Lounas Gesichtsausdruck verrät mir, dass sie es auch ist.

»Habt ihr schon mal von Dr. Masaru Emoto gehört?«, fragt er. Wir verneinen.

»Dr. Emoto war ein japanischer Forscher, Wissenschaftler und Alternativmediziner. In der Nähe des Tunneleingangs hängt ein Plakat mit Abbildungen von einigen seiner fotografierten Wasserkristalle. Habt ihr es gesehen?«, fragt er.

»Nur im Vorbeigehen«, antwortet Louna.

»Dr. Emoto veranschaulicht mit seinen Wasserkristallfotografien, dass Wasser die Einflüsse von Gefühlen und Gedanken aufnehmen und auch speichern kann. Er hat Wasser mit ›Hass‹, ›Krieg‹, ›Liebe‹, ›Danke‹, ›Frieden‹ und vielen anderen Dingen besprochen und anschließend die gefrorenen Kristalle fotografisch abgelichtet. Bei negativen Informationen sehen die Moleküle unförmig und disharmonisch aus. Die Kristalle, deren Wässer mit positiven Dingen informiert wurden, sind hexagonal und erinnern an kosmische Mandalas«, erzählt er.

»Hat er auch die des Sonnenpyramidenwassers abgelichtet?«, frage ich.

»Natürlich. Und dreimal dürft ihr raten, wie diese aussehen. Guckt euch beim Verlassen der Tunnel später das Plakat am Eingang an. Aber wenn ihr wegen des Wassers hier seid, worauf wartet ihr dann noch?«, fragt er und zeigt auf das gefüllte Bassin.

Ich gehe in die Hocke, schöpfe kaltes Wasser mit der Handmulde, aber lasse es durch die Zwischenräume meiner Finger rinnen.

»Ist das rein genug zum Trinken?«, frage ich.

Emir nickt. »Es besitzt übrigens auch einen idealen pH-Wert.«

Ich krümme die Hand und schöpfe erneut Wasser. Dieses Mal traue ich mich. Das Wasser schmeckt genauso, wie es in den Tunneln riecht: erdig und seltsam frisch. Louna hockt sich neben mich und trinkt nun ebenfalls vom Wasser.

»Lasst uns weitergehen. Es gibt noch einiges zu entdecken«, kündigt er an, nachdem wir mit Trinken fertig und zurück in den Stand gekommen sind.

Wir folgen dem breiten Tunnelverlauf und biegen nach einiger Zeit in einen schmaleren ab, während Emir von den heilenden Eigenschaften der Negativ-Ionen schwärmt.

Plötzlich spüre ich Selqets feurigen Stachel in meinem Unterarm – genau dort, wo er damals eindrang. Ich stoppe, ächze, drehe mich um und blicke in Lounas schmerzverzerrtes Gesicht. Stöhnend massiert sie ihren Unterarm, der vermutlich genauso schmerzt wie meiner.

»Wieso brennt jetzt die Stichstelle?«, frage ich.

»Vielleicht wegen des Wassers?«, fragt sie zurück.

»Geht's guat?«, ruft Emir, der sich weiter vor uns im Tunnel befindet.

»Wir kommen«, rufe ich.

»In einigen Sommermonaten haben wir in den Tunneln um die sechzigtausend Negativ-Ionen pro Kubikzentimeter«, fährt er fort, als wir wieder bei ihm stehen.

Ich knete meinen schmerzenden Unterarm. »Ist das viel?«, frage ich.

»In Wohnungen misst man zwischen zwanzig und hundert Negativ-Ionen, in manchen Wäldern bis zu tausend. Die Konzentration an Seen kann bis zu fünftausend Negativ-Ionen pro Kubikzentimeter betragen.«

»Der Aufenthalt in den Tunneln ist also richtig gesund«, sagt Louna.

»Ja. Vor allem Menschen mit Lungenerkrankungen und Allergien heilen hier drinnen aus«, sagt er.

Am Ende des Tunnels stehen wir vor einer Abzweigung. Emir entscheidet sich für den linken Gang, der nach wenigen Metern bauchiger wird. Weiter vor uns sehen wir einen Gesteinsblock auf dem Boden liegen, der von einer Grubenlampe angestrahlt wird. Er misst vielleicht vierzig Zentimeter in der Höhe und sechzig in der Breite. Auf seiner Oberfläche erkenne ich runenartige Zeichen.

»Ihr habt euch sicherlich gefragt, wer die Pyramiden und Tunnel gebaut hat?«, fragt Emir, als wir den Stein erreichen.

»Die Nommo?«, frage ich.

»Kapitän Nemo?«, fragt er.

»Egal«, sagt Louna.

»Wer sie gebaut hat, wissen wir nicht«, fährt Emir fort. »Aber Tunnel und Pyramiden sind sehr alt. Seriöse Wissenschaftler datieren ihre Entstehung auf ungefähr dreißigtausend Jahre vor unserer Zeitrechnung. Mit Sicherheit kann man allerdings von der Existenz zwei verschiedener Kulturen ausgehen: Die einen müssen die Erbauer der Pyramiden und Tunnel gewesen sein. Und eine andere Kultur hat die Tunneleingänge vor ungefähr fünf- bis siebentausend Jahren wieder zugeschüttet.«

»Wieso sollte jemand so etwas tun?«

Emir ignoriert meine Frage. »Freiwillige aus der ganzen Welt helfen uns seit Jahren, das Tunnelsystem vom Schutt und Kies zu befreien. Wissenschaftler schätzen das Geflecht auf über sechzehn Kilometer. Tausendsiebenhundert Meter sind bisher freigelegt. Die Bodenscans haben sieben Tunnelebenen identifiziert, die alle zur großen Sonnenpyramide führen«, erklärt er.

»Wieso sind die Tunnel zugeschüttet worden und wer sollte so etwas tun?«, frage ich erneut.

Emir zeigt auf den beleuchteten Gesteinsblock am Boden. »Schaut euch mal den Monolithen an. Seht ihr die Zeichen auf ihm?«, fragt er und ignoriert erneut meine Frage.

»Das sind Runen«, sage ich.

»Exakt. Jahrtausendealte Runen. Vor ein paar Jahren hat man sie übersetzen können«, sagt er.

»Jetzt sag schon, Emir. Was steht dort?«, frage ich.

»›Das Tor ist geschlossen, wir stehen still. Wir werden wie Krieger handeln müssen, um zu verteidigen und zu erobern, bis wir uns erneut durch das Sternentor bewegen können‹«, erzählt er.

»Ein geschlossenes ›Stargate‹? Dein Ernst, Emir?«, frage ich.

»Es gibt mehrere Professoren und Wissenschaftler,

die unabhängig zur selben Übersetzung gelangten. Wer weiß schon was geschieht, wenn irgendwann alle Tunnel bis zur Sonnenpyramide frei und miteinander verbunden sind. Das eigentlich Interessante ist doch: Je mehr wir freilegen, desto deutlicher zeigt sich, dass Tunnel und Pyramiden riesige Energiemaschinen sind.«

»Energiemaschinen?«, fragt Louna.

»Ja. Lasst uns jetzt zum ›K1‹ gehen«, sagt er.

Wir zweigen weitere Male ab, bis wir in einer tunnelartigen Kammer stehen. In ihr steht ein Megalith.

»Dies ist der ›K1‹«, sagt Emir.

Um den Megalithen herum sind Holzbänke installiert. Wir setzen uns. Der feurige Schmerz an der Stichstelle ist fast vorüber.

»Die Keramikmegalithe in den Ravne-Tunneln sind eine der vielen Mysterien: Es sind die schwersten und größten Keramikblöcke, die je auf diesem Planeten gefunden wurden. Das Besondere sind die Quarzkristalle, die sich in ihrem Inneren – meist mittig – befinden. Laut mehreren wissenschaftlichen Untersuchungen wurden sie künstlich in die Keramik ›eingebracht‹. Wie man das technisch angestellt hat, ist völlig rätselhaft. Genauso, wie die Herstellung dieser Keramiken«, erklärt er.

»Sie sehen völlig unspektakulär aus«, sagt Louna.

»Lasst euch nicht von ihrem Äußeren täuschen. Habt ihr bereits vom Elektromagnetismus in Zusammenhang mit der Bosnischen Sonnenpyramide gehört?«, fragt er.

»Nö«, antworte ich.

»Kilometer unter der Sonnenpyramide befindet sich eine riesengroße, gekrümmte, metallische Platte. Über ihr – ungefähr fünfzig Meter unterhalb der Pyramide – fließt ein Untergrundwasserstrom sowie ein zweiter, der sich dreißig Meter über dem ersten befindet. Diese beiden Untergrundströmungen erzeugen im Zusammenspiel mit der tiefer gelegenen metallischen Platte spezifische elektromagnetische Frequenzen.«

»Was hat das mit den Megalithen zu tun?«, frage ich.

»Innen, unter und in der Sonnenpyramide befinden sich Quarzkristalle, genauso wie in den Tunnelwänden und Keramikmegalithen. Wenn diese elektromagnetischen Frequenzen auf Quarzkristalle treffen, entsteht ein ›Piezoelektrischer Effekt‹, bei dem Ultraschall erzeugt wird. Wir Menschen können ihn nicht hören, aber zeichnen in den Tunneln Schwingungen im achtundzwanzig Kilohertz Ultraschallbereich auf.«

»Und was ...?«, frage ich.

»Das ist heilsam«, unterbricht er mich. »Es ›massiert‹ die Zellen. Außerdem messen wir ebenfalls die ›Schumann-Frequenz‹. Habt ihr von dieser gehört?«

»Nein«, antwortet Louna.

»Die ›Schumann-Resonanz‹ ist die Frequenz des elektromagnetischen Felds unserer Erde. Innerhalb der Tunnel wirkt sie mit einer Frequenz von 7,83 Hertz beruhigend auf unser Gehirn. Neueste Forschungsergebnisse zeigen, dass unsere Erde aber nicht nur zu einer einzigen Frequenz resonanzfähig ist, sondern mehrstimmig schwingt. Es bleibt spannend: Einige Wissenschaftler sprechen von einer Art Synchronisation unserer Gehirne durch diese Wellen.«

»Gibt es noch weitere Megalithe in den Tunneln?«, frage ich.

»Selbstverständlich. Auf geht's zum ›K2‹«, sagt er.

Wir folgen Emir durch schmale Tunnel, die wie konische Fräsungen durch ein Steinsandgemisch aussehen. Als ich mit dem Helm an eine Tunneldecke stoße, rieselt feuchter Sand hinab.

»Sind denn Tunnel nach der Freilegung mal eingebrochen?«, frage ich.

»Ein weiteres Mysterium: Irgendeine Energie sorgt dafür, dass die freigelegten Tunnel dem Druck und Gewicht standhalten – intakt bleiben.«

Nach einer schmalen Kurve stehen wir plötzlich in einer größeren Kammer. In ihr liegt ein fetter, ovaler Megalith. Eine ältere Frau hält ihre Hände über die Keramik.

»Das ist der ›K2‹«, sagt Emir leise.

Um den Megalithen sind Holzbänke aufgestellt. Zwei ältere Männer sitzen und halten ihre Augen geschlossen. Wir stellen die Rucksäcke auf den Boden und setzen uns dazu.

»Manche Menschen können die Energien des ›K2‹ spüren. Reibt mal kräftig die Innenseiten eurer Handflächen aneinander und haltet sie anschließend mit etwas Abstand über die Keramik.«

Emir macht es vor, wir ihm nach. Im Gegensatz zu mir fühlt Louna, wie ihre Finger über der Riesenkeramik zu kribbeln beginnen.

»Guckt euch mal die Oberfläche des ›K2‹ an. Seine Dellen und Erhebungen sehen aus wie Hügel und Täler, seine Risse wie Flüsse: Es könnte eine Landschaft sein, oder?«, fragt Emir.

»Aber nur mit viel Fantasie«, antworte ich.

»Wenn wir uns die Oberseite des ›K2‹ als das Tal der Bosnischen Pyramiden vorstellen, wäre hier demnach die Sonnenpyramide.«

Emir zeigt mit dem Finger auf eine Erhebung am Rande des Keramikblocks.

»Dann wäre hier demnach die Mondpyramide, dort die Drachenpyramide, hier die Liebespyramide und dort der Tempel von Mutter Erde«, sagt er, während er sich über den riesigen Megalithen lehnt und vier Stellen auf ihm mit seinem Zeigefinger berührt.

»Lasst uns jetzt die Stelle auf dem ›K2‹ angucken, wo sich beide Risse vereinigen: Genau hier.«

Emir lehnt sich erneut über die Riesenkeramik und kreist mit dem Finger die Stelle ein, an der sich beide großen Risse treffen und vereinigen. Die beiden Männer auf der Bank stehen auf und verlassen die Kammer.

»Wenn wir uns den ›K2‹ als ›Karte‹ des Bosnischen Pyramidentals vorstellen, würde die Stelle auf dem Megalithen, an der sich beide Risse vereinen, genau der Stelle im Tal entsprechen, wo sich beide Flüsse – Fojnica und Bosna – vereinigen.«

»Diese Keramik soll ein dreidimensionaler Abdruck des Pyramidentals und seiner Umgebung sein?«, fragt Louna.

»Ist das nicht ein wenig zu weit hergeholt, Emir?«, frage ich.

»Verlassen wir die Spekulationen«, antwortet er.

»Was wissenschaftlich gemessen wurde, sind die Untergrundwasserströme, die sich unter dem ›K2‹ kreuzen. Und jetzt ratet mal, an welcher Stelle sie dieses tun?«, fragt er.

»Schätzungsweise genau an der Stelle, wo sich beide Risse auf dem Megalithen vereinen?«, frage ich.

Emir nickt.

»Es gibt ebenfalls gute Gründe, weshalb der ›K2‹ genau hier an dieser Stelle in der Kammer installiert wurde: Durch seine besonderen Eigenschaften wandelt er die aufsteigenden Positiv-Ionen der Untergrundwasserströme in die gesunden Negativen um.«

»Wie hat es dieser riesige Keramikmegalith eigentlich in die kleine Kammer hier geschafft?«, fragt Louna.

»Ein weiteres Mysterium. Vermutlich wurde der Keramikmegalith in dieser Höhle gegossen. Er sitzt sogar auf einem Sockel. Ich hab' euch bereits vom ›Piezoelektrischen Effekt‹, vom heilenden Ultraschall und der ›Schuhmann-Resonanz‹ erzählt. Ich möchte euch kurz weitere Besonderheiten dieser Heilkammer vorstellen, die vermutlich vor Jahrtausenden genau zu diesem Zweck konzipiert wurde.«

Emir doziert über »Hartmann- und Curry-Gitternetze«, bevor er erzählt, dass die Ravne-Tunnel und -Kammern frei von belastender kosmischer Strahlung und natürlicher Radioaktivität seien und auch, dass dies außergewöhnlich und vor allem heilungsfördernd für den menschlichen Organismus sei. Auch messe man in den gesamten Tunneln und Kammern einen Sauerstoffgehalt um die zwanzig Prozent sowie eine natürliche Luftzirkulation. Dies wäre besonders und unterscheide sich deutlich zur Luftqualität, die in gewöhnlichen Bergstollen herrschen würde.

»Einige kommen wegen der guten Luft, andere hoffen in den Kammern auf spontane Heilung. Alle nutzen die hohe Schwingung zur Transformation. Lasst uns kurz meditieren. Mögt ihr?«, fragt er.

Wir nicken und schließen die Augen. Die ältere Frau hat mittlerweile auch die Kammer verlassen. Es fällt mir schwer, ruhig sitzen zu bleiben.

Nach gefühlten zwanzig Minuten – vermutlich tatsächlichen zwei – steht Emir endlich auf. Wir verlassen die Kammer und erkunden weitere Tunnel, Kammern und Megalithe im Labyrinth. Während unserer Führung sehe ich vereinzelt Menschen, die in Kammern sitzen und meditieren. Emir erzählt, dass die archäologischen Ausgrabungen bisher zur Freilegung von fünf Megalithen führten und es vermutlich noch weitere – in bisher noch zugeschütteten Tunneln und Kammern – zu entdecken gäbe, bis er auf seine Armbanduhr mit fluoreszierendem Zifferblatt guckt, sich fürs Zuhören bedankt und die Führung für beendet erklärt.

»Ab jetzt dürft ihr allein in die Tunnel. Aber denkt daran: Die Ravne-Tunnel sind ein extremer Kraftort. Steigert eure Aufenthalte langsam, damit ihr euch an die Energien gewöhnt. Bleibt nur so lange im Inneren, wie es euch guttut. Habt ihr sonst noch irgendwelche Fragen?«

»Wo finden wir im Ravne-Park das Pyramidenwasser?«, fragt Louna.

»Kommt«, sagt er. »Ich führe uns aus dem Labyrinth und zeige euch, wo ihr welches abfüllen könnt.«

☿

Quecksilber

5.

Destillatio

»Hier ruhe ich/ nicht ohn geferd/
Begraben in der hartten Erd:
Mein Geist der wil (mich recht versteh.)
Sambt der Seel steigen in die Höh.
Keines von andern fliehen thu/
Das Grab wird künstlich gschlossen zu:
Sie begehren das Leben mein
Widrumb zu repariren fein.
Eim Rappen ich fast ähnlich bin/
Wenn vierzehn tag verflossen hin/
Als dann den Scepter prächtiglich
Meines Geschlechts erneuer ich.«[8]

(Daniel Stoltzius von Stoltzenberg,
Chymisches Lustgärtlein,
Frankfurt am Main, 1624)

XV

Drei Uhr vierzig

»Steigert die Anzahl der Tropfen langsam. Wenn ihr zu schnell erhöht, können Herxheimer-Reaktionen auftreten. Einen Tag pro Woche solltet ihr auf die Einnahme der Tinktur verzichten, damit das gelöste Quecksilber besser abgebaut werden kann. Beginnt unbedingt mit dem Bärlauch, bevor ihr den Koriander später hinzunehmt«, empfiehlt Amina.

Sie holt eine Plastikdose aus dem braunen Wandschrank und stellt sie zu den Tinkturen auf den Holztresen.

»Gebt fünf bis acht Gramm des Doseninhalts in ein Glas Wasser und trinkt das Gemisch vor dem Zubettgehen. Nehmt zum Verrühren bitte einen Holzlöffel«, sagt sie.

»Was ist in der Dose?«, fragt Louna.

»Mineralien vulkanischen Ursprungs. Sie unterstützen die Toxinausscheidung«, antwortet sie.

»Was bekommst du für alles?«, frage ich.

»Helft mir doch ein bisserl im Garten«, sagt sie.

»Von Herzen gerne«, antwortet Louna.

»Danke, dass du uns heute auf der Polizeiwache bei der Registrierung geholfen hast. Mit Englisch kommt man hier kaum weiter«, sage ich.

»Ich möchte, dass es euch bei mir gut geht«, sagt sie.

Tinkturen und Dose verstaue ich im Rucksack, bevor wir uns zur Verabschiedung fest in den Arm nehmen.

»Dann habt einen schönen Tag auf der Pyramide. Bis heute Abend, meine Lieben«, sagt sie.

Wir verlassen die Naturheilpraxis und gehen zu den Rädern, die auf dem Hof stehen.

»Was für ein Glück, dass sich Amina auf die Ausleitung von Schwermetallen spezialisiert hat. Es fühlt sich besser an, die Gifte mit pflanzlichen Mitteln aus dem Gewebe zu lösen«, sagt Louna.

»Und Bärlauch und Koriander stammen sogar aus ihrem Garten«, sage ich.

»Besser geht's nicht«, sagt Louna, während ich das Schloss der Fahrradkette öffne.

»Es war die beste Entscheidung, mit dem Rest des Geldes nach Bosnien zu fahren, anstatt es beim arroganten Professor Doktor Doktor zu verpulvern.«

»Sein horrendes Honorar hätte uns auch bereits vor der Rezeptausstellung finanziell vernichtet«, sage ich, schiebe mein Rad zur Seite und steige auf.

»Auf zur Pyramide«, sagt sie.

»Mit kurzem Stopp am Burek-Shop.«

Eine halbe Stunde später schließen wir unsere Räder an einen Weidenzaun und gehen die steile Straße zu Fuß hinauf, die laut des Schilds hoch zur Sonnenpyramide führt. Nach einer malerischen Kirchenruine sehen wir ein rotes Schild, dass empfiehlt, an der kommenden Gabelung links abzubiegen, um zur »Bosanska Piramida Sunca« zu gelangen. Wir biegen ab und erreichen die archäologische Ausgrabungsstätte. Ein kleiner Waldweg führt zu freigelegten Platten, die sich unter der grünen Oberflächenvegetation zeigen. Bei ihnen steht eine Gruppe Touristen, die sich um einen Mann versammelt, der zum khakifarbenen Hemd einen braunen Lederhut trägt. Wir nähern uns der Gruppe und hören, dass er auf Englisch mit slawischem Akzent über das »Tal der Bosnischen Pyramiden« doziert.

»Indiana Jones«, flüstert Louna, als wir in Nähe der Gruppe zum Stehen kommen.

»Indianamir Jonesić«, korrigiere ich.

Louna stellt ihren Rucksack auf dem Boden ab. Ich greife mir meine Trinkflasche. Trotz schattenspendender Bäume ist es unerträglich heiß.

»Jonesić« spricht von den besonderen Eigenschaften dieser Geopolymer-Betonplatten und erklärt, dass die gesamte Sonnenpyramide vollständig damit bedeckt sei. Malik hatte uns gestern im Auto bereits vom Pyramidenbeton erzählt. Neu ist mir, dass dieser »Geopolymer« aus dem ursprünglich abgetragenen Material der drei Kilometer entfernten Ravne-Tunnel hergestellt wurde. »Jonesić« wechselt nun thematisch zum Physiker und Elektroingenieur Nikola Tesla. Nach einer kurzen Einführung über hochfrequente Wechselströme und elektromagnetische Wellen erzählt »Jonesić« von der Entdeckung der Skalarwellen und ihrer überragenden Bedeutung als elektrische und magnetische Phänomene: Träten Skalarwellen mit einer Person oder etwas Geeignetem in Resonanz, komme es zur Wechselwirkung beider Quellen mit gegenseitiger Anziehung. Diese Wellen seien – laut »Jonesić« – ebenfalls nicht nur Träger von Informationen, sie würden auch ohne Energieverlust durch Materie dringen.

»Dieses wurde bereits vor mehr als hundert Jahren von Nikola Tesla entdeckt«, sagt er und erzählt anschließend, dass die Erbauer der Bosnischen Pyramiden bereits vor mehreren zehntausend Jahren von den heilenden Eigenschaften dieser Skalarwellen und ihrer Nutzung als Überträger von Energie gewusst hätten.

»Jonesić« spricht nun von kroatischen Physikern, die auf der Spitze der Sonnenpyramide einen Skalarstrahl samt Frequenz von achtundzwanzig Kilohertz gemessen haben, der vertikal aus der Spitze tritt. Italienische, finnische und serbische Fachexperten hätten ebenfalls seinen Verdacht bestätigt, dass es sich bei der Bosnischen Sonnenpyramide um eine gigantische Energie-, Heilungs- und Kommunikationsmaschine handelt, die vermutlich vor mehr als dreißigtausend Jahren erbaut wurde.

»Und wer hat das alles hier erbaut?«, krächzt eine ältere Frau aus der vermutlich niederländischen Reisegruppe.

»Eine hoch entwickelte Zivilisation. Oder Götter, die zur Erde kamen«, antwortet »Jonesić«.

Erstaunlicherweise geht kein Raunen durch die Menge.

»Aber was genau sind das für Energien der Bosnischen Sonnenpyramide?«, fragt er und macht eine künstliche Pause. »Die Bosnische Sonnenpyramide erzeugt und erhält die Schumann-Resonanz von 7,83 Hertz, welche unsere körperliche, mentale und spirituelle Entwicklung fördert«, erklärt er.

»Lass uns jetzt die Pyramide hochgehen«, sage ich und verstaue die Trinkflasche im Rucksack.

»Die Bosnische Sonnenpyramide verstärkt Orgon-Energie«, sagt »Jonesić«.

Louna greift sich ihren Rucksack vom Boden.

»Manche bezeichnen diese als ›Chi‹. Yogis nennen sie ›Prana‹. Andere sprechen von ›Life Energy‹«, sagt er.

»Wenn wir oben sind, essen wir den leckeren Burek«, sagt Louna.

»Orgon-Energie ist eine subtile Energieform, die mit dem Gleichgewicht und Wohlbefinden des Menschen verbunden ist«, sagt er.

»Vielleicht kriegen wir den Burek mit dem Skalarstrahl oben aufgewärmt«, sage ich.

»Ich gebe dir fünfzig Konvertible Mark, wenn du ›Jonesić‹ danach fragst«, sagt sie.

»Nur für einen goldenen Golf II.«

Nachdem wir die Ausgrabungsstätte verließen, suchten wir nach einem offiziellen Weg hinauf – fanden aber keinen – und beschlossen die Spitze der Pyramide querfeldein zu erklimmen. Doch je mehr wir uns ihr nähern, desto unerbittlicher wird das Terrain. Trotz schattenspendender Baumwipfel ist es brütend heiß. Louna hat vom steilen Aufstieg bereits Wadenkrämpfe.

Schweiß rinnt von meiner Stirn, tropft auf Short und Schuhe. Ich schiebe das riesige Blatt eines Farns beiseite. Vor mir liegt ein rotes, verwittertes Schild auf dem Boden. Auf ihm prangt ein weißer Totenkopf samt gekreuzter Knochen. Oberhalb des Piktogramms steht in großen weißen Lettern »Mine!« und unterhalb »Zabranjen Polaz«.

»Achtung! Hier gibt's Piraten«, sage ich.

»Was meinst du?«, fragt Louna.

Ich zeige auf das Schild.

»Minen! Ach du Scheiße!«, sagt sie panisch.

»Deswegen haben alle Piraten ein Holzbein«, sage ich.

»Das ist überhaupt nicht lustig.«

»Das Schild sieht alt aus«, sage ich.

»Was machen wir denn jetzt?«, fragt sie ängstlich.

»Zur bösen Mine ein gutes Spiel.«

»Verschon' mich mit deinen Witzen«, zischt sie.

»Wir sind gleich oben«, sage ich. »Bleib hinter mir und tritt nur auf die Stellen, auf denen ich schon war.«

Weder treten wir auf Minen noch sehen wir weitere Schilder, die vor ihnen warnen. Trotzdem bleiben wir achtsam. Der finale Abschnitt ist heftig: Auf allen vieren hecheln wir die letzten Meter hinauf. Keuchend reißen wir die Rucksäcke von den Schultern und holen unsere Trinkflaschen heraus.

»Zum Glück müssen wir uns aus den Ästen keine Prothesen für den Rückweg schnitzen«, sage ich.

»Zum Glück ging alles gut«, sagt sie, setzt ihre Flasche an und trinkt.

Die Sonnenpyramide hat keine Spitze im geometrischen Sinne: Vielmehr besteht sie aus einem größeren Plateau samt schmaler Pfade, die durch die Oberflächenvegetation führen. Hinter dem grünen, dichten Teppich aus Sträuchern zeichnen sich Ruinen einer burgähnlichen Anlage samt Festungsmauern ab. Wir sind allein hier oben, daher ziehen wir die nasse Kleidung aus, hängen sie zum Trocknen über Sträucher und setzen uns auf unsere Regencapes. Der Blick in die Täler beeindruckt, der Gesang der Vögel inmitten der Stille ergreift. Louna holt den Burek aus ihrem Rucksack, teilt ihn und reicht mir meine Hälfte.

Nach dem Teigstrudel steigen wir in die sonnengetrocknete Kleidung und schlängeln uns durch die engen Pfade zur mittelalterlichen Festungsanlage. In Nähe des alten Gemäuers steigen wir auf die Festungsmauern und folgen ihrem Verlauf, bis wir auf Höhe eines runden Steinbaus – vermutlich einer Brunnenmauer – anhalten.

»Hörst du das?«, fragt Louna.

»Meinst du die Viecher?«, frage ich und schlage einige Mücken beiseite, die vor mir auf- und abtanzen.

»Ich spreche vom hohen, hellen Ton hier oben«, sagt sie.

»Vielleicht mal die Ohren waschen«, empfehle ich.

»Ich glaube, es ist der Energiestrahl. Ich kann ihn fühlen. Spürst du etwas?«, fragt sie.

»Nö. Ich wundere mich nur, wie fit ich trotz des heftigen Aufstiegs wieder bin.«

Wir steigen die Festungsmauer hinab und betreten ein blühendes Meer aus Wildblumen, auf denen Weißfleck-Widderchen, Bienen und Hummeln rasten. Der Zweck des runden, hüfthohen Steinbaus erschließt sich nicht, da es sich bei ihm weder um einen Brunnen noch um einen Schacht handelt. Wir setzen uns auf seinen Rand, lassen die Beine baumeln, lauschen dem Summen der Bienen, den Geräuschen der Vögel und dem dissonanten »Om« des Althippies, der seit ein paar Minuten gegenüber von uns auf der großen Festungsmauer sitzt.

»Namasté«, grüßt er mit deutschem Akzent nach dem »Om«.

»Namasté«, erwidert Louna.

»Moin«, sage ich.

»Weißt du, wo genau der Energiestrahl austritt?«, fragt Louna den älteren Mann.

»Der Strahl hat keinen festen Austrittsort, aber bündelt sich knapp zwanzig Meter über uns«, antwortet er und entknotet die Beine aus dem Lotussitz.

»Seit acht Jahren besuche ich die Bosnischen Pyramiden. Ich bin jedes Jahr über den Sommer hier«, erzählt er ungefragt.

Wir erfahren, dass Sepp nach der Diagnose einer als unheilbar geltenden Erkrankung vom Sonnenpyramidenwasser und den Tunnelbesuchen in kürzester Zeit ausheilte. Seitdem lebt er in einer Öko-Kommune im Berchtesgadener Land und nennt sich ›Ananda‹.

»Ich war in Ägypten, in Mexiko und sogar bei den Maya-Ruinen im belizischen Dschungel, aber die Energien der Bosnischen Sonnenpyramide und Tunnel sind um ein Vielfaches intensiver«, sagt er.

Louna erzählt, dass wir wegen des Wassers in Visoko sind.

»Ich fülle jeden Morgen frisches Pyramidenwasser ab. Mit dem koche ich auch. Falls ihr nicht mit dem Auto in Visoko seid, kann ich euch zum Abfüllen gerne mit in den Ravne-Park nehmen. Ich habe noch einen zweiten zwanzig Liter Kanister im Bulli. Den könnt ihr gerne haben«, sagt er.

»Das ist sehr nett von dir«, bedanke ich mich für

sein Angebot. »Wir sind nur mit Fahrrädern mobil.«

»Wenn ich abends zum Campingplatz fahre, kann ich euch den gefüllten Kanister vorbeibringen. Das mache ich gerne.«

Wir bedanken uns für sein Angebot und tauschen Nummern aus.

»Ich fahre gleich zu den Tunneln. Wollt ihr mitkommen? Dann könntet ihr euch schon heute Wasser abfüllen.«

Wir entscheiden uns, mit ihm zu fahren und folgen Ananda zu seinem Bulli. Eine Seitenfläche der Pyramide scheint mit dem angrenzenden Berg verschmolzen und ein schmaler Pfad führt von oben hinab auf das längliche Plateau.

»Und ihr habt euch tatsächlich durch das steile Dickicht gekämpft?«, fragt er verwundert, als wir von unserer harten Tour hinauf erzählen.

»Ich gehe immer nur die paar Meter vom Parkplatz zum Gipfel«, sagt er und lacht.

»Auf dem Weg nach oben haben wir ein verwittertes Schild gefunden, das vor Minen warnt«, sage ich.

»Ich würde vorsichtig beim Wandern abseits der regulären Pfade sein. Der Krieg kam auch nach Visoko.«

Gegenüber des kleinen Wiesenparkplatzes befinden sich ein Hotel, ein Haus im Rohbau, ein Restaurant und Verkaufsstände mit Pyramidensouvenirs. Ananda öffnet die Schiebetür seines blauen T2s mit weißem Dach, der indoor genauso hippiesk gedresst ist, wie sein Äußeres ankündigt.

Die Schlaglöcher des Pistenbodens schütteln uns ordentlich durch. Nach einigen Kurven fahren wir an einem Grillplatz vorbei, biegen an einer größeren Gabelung ab und sehen kurz darauf die Holzhütten des oberen Parkabschnitts. Das Wasser wollen wir später abfüllen, denn Ananda möchte uns etwas in den Tunneln zeigen.

Wir kaufen Eintrittstickets, ziehen warme Kleidung über, setzen die Helme auf und formulieren eine Absicht, bevor wir die Tunnel betreten. Ananda scheint das Labyrinth so gut zu kennen wie seine buntbestickte Hippietasche, die er bei sich hat.

»Wir sind gleich da«, sagt er und biegt in einen schmalen Tunnel ab.

Wir folgen ihm, bis wir vor einer Kammer stehen, bei der es sich laut Übersetzung um die »Orb-Kammer« handelt. Louna und ich nehmen die Rucksäcke von den Schultern, betreten die Kammer und setzen uns zu Ananda auf die Holzbank. Er kramt in seiner bunten Tasche, zückt das Smartphone, startet die Kamera-App und filmt.

»Nimmst du die Stille auf?«, fragt Louna.

»Ich hoffe, dass sich gleich ein paar Orbs zeigen. Die Energien hier drinnen sind außergewöhnlich«, sagt er.

»›Orks‹?«, frage ich. »Dann müsste dein Smartphone gleich blau leuchten, oder?«

Louna lacht.

»›Orbs‹«, korrigiert er mich.

»Was sind ›Orbs‹?«, fragt Louna.

»Das kommt ganz darauf an, wen man fragt«, antwortet er.

»Ich frag' dich«, sagt sie.

»Orbs sind Lichtkugeln, die die meisten Menschen mit dem bloßen Auge nicht sehen können. Man kann sie aber fotografieren und aufzeichnen. Manche nennen Orbs daher auch ›Geisterflecke‹.«

»Sind es denn Geister?«, frage ich.

»Einige behaupten, dass es sich bei ihnen um Seelen Verstorbener handelt. Andere halten sie für Außerirdische oder eine Künstliche Intelligenz aus der fernen Zukunft. Für manche sind es auch Naturgeister, Feen, Elfen oder Kobolde.«

»Was sind sie für dich?«, fragt Louna.

»Begleiter, die uns Menschen helfen und in Kontakt mit anderen Wesen und Meistern bringen.«

»Reflektierende Staubpartikel scheiden aus?«, frage ich.

»Es gibt zwei Sorten von Menschen: Die einen halten alles für ein Wunder im Leben – und die anderen eben nicht. Menschen, die rein materiell ausgerichtet sind, wissen kaum etwas von der geistigen Welt. Nach meinen Erfahrungen kann man Staub- und Unschärfepartikel als Ursache dieser Phänomene ausschließen. Recherchiert und macht euch eigene Gedanken dazu.«

Mehrere Minuten starren wir gemeinsam aufs Display. Weder sehen wir irgendwelche Lichtkugeln, Geister, Feen, Kobolde oder Meister.

»Heute will sich anscheinend niemand zeigen«, sagt Ananda enttäuscht, verstaut sein Smartphone in der Tasche und steht von der Holzbank auf.

Wir verlassen die Tunnel und holen die Kanister aus seinem Bulli, gehen hinab in den Park und befüllen beide mit Pyramidenwasser.

Eine halbe Stunde später halten wir mit dem Bulli vor Aminas Grundstück und verabreden uns für übernächsten Vormittag. Aminas Räder, die noch am Fuße der Sonnenpyramide parken, beschließen wir morgen abzuholen.

Als wir Kanister und Rucksäcke ins Haus bringen, sehen wir Amina und Selma bei den Kräuterbeeten sitzen. Wir machen uns frisch und setzen uns zu Mutter und Tochter in den Garten, erzählen von unserer Tour zum Gipfel, vom Minenschild, Ananda und Orbs. Nachdem Amina ihre Tochter zu Bett gebracht hat, überrascht sie uns mit Rotwein und herzhaften »Uštipci« – gefüllten bosnischen Krapfen.

Dass wir aus gesundheitlichen Gründen und insbesondere wegen des Wassers in Visoko sind, weiß Amina – auch, dass wir Quecksilber und andere Schwermetalle ausleiten wollen. Neu für sie sind allerdings die heftigen Reaktionen, die wir bekommen, sobald wir mit Toxinpartikeln der miesen Remise in Kontakt geraten. Wir erzählen ihr ebenfalls von der daraus entstandenen Weichmacher- und Schimmelsensibilität, dem schulmedizinischen Trauerspiel, der juristischen Farce sowie von der Challenge, eine Wohnung zu finden, in der wir nicht auf irgendetwas reagieren. Amina ist geschockt und wirkt überfordert. Daher lassen wir Hogon, Selqet und Schwefel unerwähnt. Irgendwann sind wir drei so müde vom Reden, dass wir um die Wette gähnen und schlafen gehen.

Als ich aus dem Bad komme, liegt Louna im Bett und liest im Infoleporello der Bosnischen Pyramiden.

»Wann wollen wir eigentlich mit der Bärlauch-Kur starten?«, frage ich.

»Morgen?«, fragt sie zurück.

Ich stelle mich vors Bett und schüttele die Decke aus.

»Ich stinke nicht mehr vom Schwefel«, sage ich. »Malik hat gestern noch dagegen angeraucht.«

Louna führt die Hand zur Nase und riecht an ihrer Haut. »Stimmt. Ich müffel' auch nicht mehr.«

»Gestern hat Selqets Stich geschmerzt und heute stinken wir nicht mehr. War das die fehlende Erinnerung von der Gwafa sprach?«, frage ich.

»Ich wüsste nicht, woran ich mich erinnert haben soll«, sagt Louna.

»Ich nämlich auch nicht. Dann nehmen wir den

Schwefel weiter, oder?«

Louna nickt. »Wir wollen uns doch erinnern.«

Ich gehe zum Rucksack, greife die Schwefeltüte und fülle Pyramidenwasser in unsere Trinkbecher. Louna kommt ins Sitzen und schlingt die Bettdecke um ihre Hüften. Währenddessen häufe ich zwei Esslöffel mit dem gelben Pulver. Wir leeren sie, halten die Luft an und spülen Schwefel samt Wasser hinunter, bevor ich Becher und Löffel zurück auf den Esstisch stelle und das Licht ausschalte.

Plötzlich bin ich hellwach.

Draußen ist es noch dunkel. Ich schaue auf das fluoreszierende Ziffernblatt der Wanduhr: Es ist drei Uhr vierzig.

Louna liegt unruhig neben mir, wälzt sich und zuppelt an ihrer Decke. Nachdem sich meine Augen an die Dunkelheit gewöhnt haben, mäandert der Blick durchs Zimmer. Bisher fiel mir der große dunkle Fleck auf der weißen Raufaser gegenüber nicht auf. Während ich mich frage, wie er dort entstand, sehe ich ihn sich bewegen!

Ich komme ins Sitzen. Mein Herz rast.

»Louna«, flüstere ich.

»Will schlafen«, nuschelt sie.

Als ich mir einrede, mir die Bewegung eingebildet zu haben, wandert der Fleck auf einmal weiter: Er verlässt die Wand und tritt als Schatten ins Zimmer!

»Louna«, wiederhole ich. »Das musst du dir angucken.«

Ich schmeisse die Decke zur Seite.

Noch bevor ich den Schatten erreiche, verformt er sich plötzlich zur Kugel und verliert gänzlich seine Schwärze. Vor mir – keinen halben Meter entfernt – schwebt nun eine transparente, perlmuttfarben schimmernde Sphäre! Sie ist größer als ein Tennisball, aber kleiner als ein Handball. Ich kann nicht glauben, was ich sehe.

Nach Sekunden, die wie Minuten vergehen, finde ich zurück zu Atmung und Sprache.

»Louna!«

»Lass mich schlafen.«

Ich verspüre das Verlangen, die Sphäre berühren zu wollen. Kurz bevor ich ihre schimmernde Haut erreiche, beginnt sie plötzlich strahlend weiß zu leuchten. Erschrocken ziehe ich meine Hand zurück. Die Sphäre verblasst.

»Hier ist etwas im Zimmer«, sage ich laut.

Hinter mir höre ich die Bettdecke rascheln.

»Was ist das denn?« Louna wirft ihre Decke zur Seite, springt aus dem Bett und kommt zu mir.

»Schau! Es reagiert«, sage ich und strecke meinen Arm Richtung Sphäre, die erneut weiß aufleuchtet.

»Wir wissen nicht, was ...«, warnt sie, während ich bereits ins Licht fasse.

Meine Hand verschwimmt im Weiß und kribbelt,

als ob sie in Sprudelwasser läge.

»Zieh' sie raus!«, kreischt Louna.

Noch bevor ich sie zurückziehen kann, sind wir von weißem Licht umhüllt. Zeitgleich spüre ich ihn:

Selqets feurigen Stachel in meiner Haut.

Schleim schießt hinaus.
Aus Nase und Mund.
Der Kopf wird zu Stahl.
Ohne Oben und Grund.
Heiß brennt der Steiß.
Fließt als feuriges Eis.
Eint sich einzig im Herzen.
Frei von Sein, Wollen und Schmerzen.
Ich fühl' meine höhere Schicht.
Und wie sie mit Anderer
kreisend vermischt.
Wir türmen uns empor.
Werden zur Säule aus Licht.
Und hören, wie es klar zu uns spricht:
»Träger des Wassers.«

Dann wird es dunkel.

Es bleibt dunkel.

Wir sind im Nichts.
Und Eins mit Leere.
Frei von Kräften bleierner Schwere.

»Was ist mit den Körpern?«, fragt Louna.

»Wir haben keine«, antworte ich.

»Das Nichts macht mir Angst«, sagt sie.

»Es gibt nichts, vor dem du dich im Nichts fürchten musst«, sage ich.

»Ich habe Angst, dass es außer ihm nichts gibt«, sagt sie.

»Macht nichts«, sage ich.

Im Nichts entsteht Licht.
Es staut sich, baut sich, bricht.
Wird zur gigantischen Welle
aus schäumender Gischt.
Fortgespült, vom Sein im Nichts.
Aufgesogen, vom reißenden Strom
des Ewigen Lichts.

Ich muss meine gesamte Kraft aufwenden, um nicht zu ertrinken. Immer wieder greifen einzelne Strudel nach mir. Sie ziehen mich Richtung Grund. Jedes Mal erkämpfe ich mir mühsam den Weg zurück an die Oberfläche. Aber oben gibt es nichts, an dem ich mich festhalten kann.

Meine Kraft lässt nach. Die Angst vorm Sterben nimmt zu. Unter mir kreist gewaltige Strömung. Helle Strudel ziehen an mir. Sie wollen mich endgültig in die Tiefe reißen.

»Lass los«, höre ich Lounas Stimme.

Gewaltsam reißen mich die Strudel hinab. Ich weiß, dass ich keine Kraft mehr besitze für den Rückweg zur Oberfläche. Auf dem Weg zum Grund schreie ich die Angst an, befehle ihr, mich in Ruhe zu lassen. Sie reagiert nicht. Ich flehe um ein Gespräch.

Die Angst schweigt.

Sterben naht.

Das Ich fließt fort.

Ich lasse los.

Im Hier und Dort.

Die Angst spricht.

Sie erklärt, dass ich Mut durch sie fand und bittet mich nun, sie freizugeben, da sie nicht zu mir gehöre. Ich bedanke mich bei ihr und übergebe sie dem Wasser aus Licht.

Die Strudel lassen von mir ab.

Ich verspüre keinen Drang mehr nach oben schwimmen zu wollen, denn weder Oberfläche noch Grund haben jemals existiert.

Ich bin im Nirgendwo.
  Ich ist Nirgendwo.
Ich bin im Überall.
  Ich ist Überall.
Ich bin im Nichts.
  Ich ist Nichts.
Ich bin im Alles.
  Ich ist Alles.

In stillem Rauschen zerfällt Ich,
    wird zu gewebter Frequenz.
        Es lässt das Dazwischen vibrieren,
            aus dem Eins in die Leere gleiten.

Plötzlich bin ich hellwach.

Draußen ist es noch dunkel. Ich schaue auf das fluoreszierende Ziffernblatt der Wanduhr: Es ist drei Uhr vierzig.

XVI

Es ist Zeit

Der Himmel ist schwarz. Es regnet Ozeane.

Der schmale Pfad ist steil, dicht bewachsen und hoffentlich piratenfrei. Dicke Regentropfen prasseln auf mein hüftlanges, von Brombeerstacheln zerfetztes Regencape. Meine Bio-Baumwoll-Jogginghose ist vollgesogen, schwer und klebt an den Beinen wie eine zweite Haut.

Schnodder hängt mir im nassen Vollbart. Seit unseres nächtlichen Erlebnisses strömt permanent Rotz aus unseren Nasen. Unaufhörlich beschäftigt uns das »Drei Uhr vierzig«. Wir begreifen nicht, was geschah.

»Ein Schatten verformt sich zur leuchtenden Sphäre und redet uns mit ›Träger des Wassers‹ an? – War das nicht doch bloß nur ein irrer Traum?«, frage ich erneut.

»Ein und derselbe? Den wir gleichzeitig träumten?«

»Waren wir dann heute Nacht bei den Nommo?«, frage ich.

»Es hat sich niemand vorgestellt.«

Dornige Brombeerzweige versperren den matschigen, schmalen Pfad.

»Ist Selqet ein Riesen-Orb?«, frage ich.

Louna schiebt einen Zweig zur Seite. »Ananda würde das ... – Oh, nee!«, flucht sie.

»Alles okay?«

»Mist! Der andere Fingernagel ist jetzt auch eingerissen. Dabei hab' ich sie vorgestern erst gefeilt. Meine Nägel wachsen im Moment echt schnell«, sagt sie.

»Is' mir auch schon aufgefallen. Ich hab' meine heute morgen geschnitten. Brauchst du 'n Pflaster? Ich hab' welche im Rucksack.«

»Nein, geht schon.«

Ich greife unters Regencape und schnalle die Trageriemen des Rucksacks enger.

»Louna, was ist heute Nacht geschehen?«

»Ich glaube, wir haben uns erinnert.«

»Das etwa soll die Erinnerung von damals gewesen sein?«, frage ich.

Louna zuppelt an ihrem Regencape und schüttelt gestautes Wasser von den Schultern.

»Warum wurden wir im ›Nichts‹ abgesetzt?«, frage ich.

»Wahrscheinlich, weil wir vor dem Nichts stehen. Wir haben alles verloren. Das war immer meine große Angst.«

Dicke Tropfen klatschen auf meine Stirn. Ich ziehe an den Kordeln der Regenkapuze.

»Wäre 'ne Erklärung. Aber warum bekam ich Todesangst im ›Ozean‹?«, frage ich.

»Dir ist monatelang Blut aus dem Hinterteil gesickert. Vermutlich hattest du Angst zu sterben. Anscheinend reisten wir mit Selqet in unsere Ängste.«

»Ohne dass dabei Zeit verging?«

»Offenbar reist das ›Traumaschiff‹ zeitlos.«

»Warum nannte es uns ›Träger des Wassers‹?«, frage ich.

»Sol, ich weiß es doch auch nicht.«

»Wir müssen Gwafa endlich erreichen.«

»Seine Nummer ist nicht mehr vergeben. Das weißt du doch.«

»Und in der Hogon-Gina geht auch keiner mehr ans Festnetz?«, frage ich.

»Muss ich jetzt lachen?«

»Texte mal bitte Kahina an. Vielleicht kann sie Gwafas neue Nummer von ihrer Freundin besorgen.«

»Ich hab' ihr längst geschrieben. Lass uns bitte mal weitergehen. Der Regen wird stärker.«

Eine gute Stunde später erreichen wir klitschnass das Plateau der Mondpyramide. Mittlerweile hat es aufgehört zu regnen. Ein verwilderter Pfad führt über eine Obstbaumwiese zu den Ausgrabungen.

Eine Reisegruppe steht bei freigelegten Bodenplatten und hat sich um einen Mann aus der Schweiz versammelt.

»Die Mondpyramide ist ein riesiger Raumschiffbahnhof«, erklärt er.

Wir stellen uns zur Gruppe und lauschen seinem Vortrag über Äonen, Ionen, UFOs und E.T.-Rassen. Vielleicht gibt's ja gerade ein Travelembargo, aber über mir sehe ich weder die Raumschiffe der Sternenrassen gleiten noch entdecke ich den Mondshuttle.

Neben mir steht ein älterer Mann, der mich unentwegt anstarrt. Die nassen, grauen Haare kleben strähnig auf seinem Gesicht. Mit der rechten Hand umklammert er das Handgelenk seiner zitternden linken.

»Brauchst du Hilfe?«, frage ich ihn.

»Es ist Zeit!«, sagt er und streckt mir seine knöchrigen Finger entgegen.

»Meine Hand spricht – Zeit für euer Reading.«

XVII

Eyra

Louna legt das große Kissen auf die Sitzfläche des Plastikstuhls und setzt sich ans Bügelbrett.

»Die sind sogar höhenverstellbar. Das waren unsere alten Schreibtische nicht«, sagt sie.

»Ich hätte nicht gedacht, dass sie als solche tatsächlich funktionieren«, sage ich.

»Amina hat mich zurückgerufen, als ich vorhin am Bach war. Sie kümmert sich um die Verlängerung unseres Aufenthalts.«

»Ich weiß nicht, was wir ohne sie hier machen würden.«

»Am Wochenende bekochen wir sie. Hast du dem von Stintzelshof eigentlich schon das Geld überwiesen?«, fragt Louna.

»Du meinst den Tschetschenen?«, frage ich und krame eine Packung Taschentücher aus meiner Hosentasche. »Schon vorletzte Woche.«

»Wir müssen das Geld für den London-Trip beiseitelegen und besser haushalten. Viel Kohle ist nicht mehr auf unserem Konto.«

»Ich werde Nathan schreiben, dass die Zahlungsmodalitäten angepasst werden müssen. Ich will dieses Mal die erste Tranche direkt nach der Präsentation ausgezahlt bekommen«, sage ich.

Rotz tropft aus unseren Nasen. Ich reiche Louna ein Taschentuch.

»Was ist mit den Flügen?«, frage ich.

»Ich hab' einen günstigen entdeckt. Der Flieger geht aber schon um kurz vor sechs«, antwortet sie.

»Wieder von der Flughafenbaustelle?«, frage ich.

»Nee. Sarajevo.«

»Die Präsentation ist um sechzehn Uhr, ne?«, frage ich.

»Ja. Vier pm.«

»Dann haben wir genug Zeit und müssen nicht hetzen.«

»Wir können aber erst Dienstag nach Deutschland fliegen. Montagabend sind die Flüge unbezahlbar.«

»Du hast auf dem Schirm, dass wir nach Dortmund müssen? Dort steht noch unsere Karre.«

»Hab' ich auf dem Schirm«, sagt sie. »Hast du schon den Parkplatz verlängert?«

»Klar. Das Geld dafür müssen wir auch noch zurücklegen«, antworte ich.

»Was ist mit Elliot? Können wir nicht wieder in seinem Atelier in Shoreditch schlafen?«

»Elliot ist doch nach Bristol gezogen. Lass uns die Nacht einfach durchmachen – Hotel ist zu teuer.«

»Okay. Was machen die Computer?«, fragt sie.

»Das neueste Betriebssystem ging nicht mehr aufzuspielen.«

»Zum Glück konnten wir uns so schnell Laptops leihen.«

»Du meinst die Ausstellungsstücke aus ›Mirzets Macintosh-Museum‹?«

Louna lacht. »Was macht die Migration aus der Cloud?«

»Alles schick.«

»FTP?«, fragt sie.

»Ich downloade schon das Footage.«

»Dann fehlen nur noch die Steckdosenadapter für London.«

»Die besorgt Malik nächste Woche. Entspann dich, wir haben genug Zeit. Die Präsentation ist erst in einem Monat.«

Louna streicht durch ihre Locken, bindet sie zu einem Dutt. »Hoffentlich funktioniert das, von hier aus zu arbeiten. Wir sind mitten im Wald«, sagt sie.

»Warum nicht? – Die Hütte ist genial. Wir haben Solarstrom, Internetempfang, Gasherd und sogar eine Dusche. Die Betten sind okay und das Dach scheint auch dicht«, sage ich.

»Als ich vorhin am Ufer des Bachs stand, habe ich zwei Rehe gesehen«, sagt sie.

Es klopft.

Ich stehe auf und öffne die braune Holztür.

»Namasté«, sagt Ananda und lächelt. Neben ihm stehen zwei gefüllte Kanister auf dem Waldboden.

»Komm rein, wenn du kein Orb bist«, sage ich und greife die Kanister.

Ananda betritt die Hütte. Wir nehmen uns zur Begrüßung in den Arm. »Danke«, bedankt sich Louna bei ihm fürs Pyramidenwasser.

»Gemütliche Hütte. Da ist ja mein Bulli fast größer«, sagt er.

»Wir bauen morgen alles draußen zum Arbeiten auf«, sage ich.

»Käffchen?«, fragt Louna.

»Gerne«, antwortet Ananda.

Ich fülle Pyramidenwasser in den Wasserkocher und drücke den roten Einschaltknopf.

»Und morgen geht's los bei euch?«, fragt er.

»Eigentlich sind wir schon dabei«, antworte ich.

»Und ihr braucht nur Internet für die Jobs?«

»Plus Rechner und Strom«, sage ich.

»Ich fahre gleich in den Ravne-Park. Soll ich euch mitnehmen? Dann könnt ihr noch Bovis und Negativ-Ionen tanken, bevor ihr morgen durchstartet«, fragt er.

»Wir müssen noch ein paar Dinge für den Kick-off vorbereiten«, sagt Louna.

»Im Moment sind die Tunnel auch völlig überfüllt«, sage ich.

»Der Ansturm ist bald wieder vorüber. Zur Sommersonnenwende kommt natürlich die halbe ›Mahabharata‹ nach Visoko«, sagt er.

»Ein paar ›esofreie‹ Tage tun uns auch gut«, sage ich.

»Lenny – ›Das Medium aus Luzern‹ – habt ihr ja schon kennengelernt«, sagt Ananda und lacht.

Ich schütte kochendes Wasser über das feine Kaffeepulver im Becher.

»Bloß seine ›sprechende‹ Hand«, sage ich.

»Ihr habt ihm nicht die Erlaubnis zum ›Lesen‹ erteilt, oder?«, fragt Ananda.

»Selbstverständlich nicht«, antworte ich.

»Das war weise. Lenny ist besetzt von parasitären Wesen. Bei seinen ›Readings‹ holt man sich bestenfalls nur lästige Dämonen weg. Wenn's richtig blöd läuft, kann so etwas auch ganz anders enden«, sagt er.

»Du kennst dich anscheinend aus«, sagt Louna.

»Früher hab' ich viel Kohle an irgendwelche selbsternannten Heiler verbraten und mir dabei ziemlich oft Dinge eingefangen«, sagt er.

»Kennst du den Mann, der im Park von den ›Zeiten‹ erzählt?«, fragt Louna.

»Der mit dem grauen Schlapphut, der von den verschiedenen Erdzeitaltern spricht«, ergänze ich.

»›Tim Time‹ kommt schon seit Jahren nach Visoko. Es ist seine Mission, die Pyramidentouristen über die Zeitalter aufzuklären«, sagt er.

»Ich respektiere andere Realitäten«, sage ich und reiche Ananda den Kaffeebecher.

»Danke.« Ananda lächelt.

»Wir haben zu danken. Du versorgst uns die ganze Zeit mit Pyramidenwasser«, sage ich.

»Ich helfe gerne. Das ist Teil meiner Aufgabe hier auf Erden. Ich hätte zwar nicht gedacht, dass ihr plötzlich in den Wald zieht, aber richtig weit ist die Fahrt nicht vom Campingplatz zu eurer Hütte – bloß ruckeliger.«

Ich krame ein Taschentuch aus der Hosentasche und schnupfe mich aus.

»Ihr seid ja immer noch erkältet?«, fragt er.

»Eigentlich sind wir das gar nicht«, erwidert Louna.

»Wie kommt ihr eigentlich von hier weg, wenn ihr mal wegwollt?«, fragt er und pustet in den heißen Kaffee.

»Wir gehen zur Straße und warten, bis uns jemand mitnimmt. Bisher hat das gut funktioniert«, sage ich.

»Und für unseren Wocheneinkauf buchen wir ›Taxi Malik‹«, sagt Louna.

»Und verlängern ging nicht mehr bei Amina?«, fragt er.

»Das Pärchen hatte Aminas Wohnung schon vor Monaten angemietet. Ursprünglich wollten wir ja auch nur drei Wochen in Visoko bleiben«, sagt Louna.

»Ananda, wir haben kaum noch Geld. Hier müssen wir nur die Nebenkosten zahlen. Aminas Vater will keine Miete von uns für die Waldhütte. Der London-Job ist unsere finanzielle Rettung«, sage ich.

Louna greift Selmas Geschenk vom kleinen Beistelltisch und rollt das Bild auf. Es zeigt einen riesigen Berg, in dem ein gelber Skorpion mit blauen Scheren und rotem Stachel lebt.

»Das hat Aminas Tochter für uns zum Abschied gemalt«, sagt Louna.

»Wow«, staunt Ananda. »Und ihr habt den beiden nichts von eurem Erlebnis in Marokko erzählt?«

»Kein Wort«, antworte ich.

»Manche Kinder sind noch mit den ›Anderen Welten‹ verbunden«, sagt er.

In der Tat: Wir haben weder Amina noch Selma vom Hogon, Selqet und »Drei Uhr vierzig« erzählt. Allerdings haben wir öfters mit Ananda darüber gesprochen. Er vermutet, dass Selqet ein Orb ist und als »Energetisches Wesen« in einer höheren Dimension lebt. Eine Erklärung für die Zeitanomalie im »Drei Uhr vierzig« hat er auch nicht. Er hält deshalb unser Erlebnis für eine Art Klartraum, denn sonst seien wir mit Selqet durch ein Wurmloch gereist und damit wäre »Star Trek« laut ihm »'ne schlechte Doku«.

Ananda leert seinen Becher und stellt die Tasse in die Spüle.

»Dann wünsche ich euch einen guten Projektstart. Bis übermorgen«, sagt er und öffnet die Holztür.

Wir bedanken und verabschieden uns.

Mein Smartphone klingelt. Ich schließe die Tür, eile zum Bügelbrett, öffne die Schutzhülle und lese den Namen unseres Rechtsanwalts auf dem Display.

»Der Gockelsheim ruft an«, sage ich.

»Wer?«, fragt Louna.

»Das andere ›Projekt‹«, sage ich und nehme den Anruf entgegen.

»Hallo Herr Gockelsheim.«

»Ach, der Anwalt«, murmelt Louna.

»Und wie können wir das sicherstellen?«, unterbreche ich Gockelsheims Monolog nach einigen Minuten.

Louna gestikuliert wild und fordert mich auf, den Smartphone-Lautsprecher zu aktivieren.

Ich drehe mich genervt zum Fenster. »Dann müssen wir die Ergebnisse des Gutachtens abwarten und hören anschließend voneinander. Ja, Ihnen auch«, sage ich und beende das Gespräch.

Ich kratze mich am Hinterkopf.

»Das Amtsgericht Schöneberg hat verfügt, dass die Remise auf Schimmel und Giftstoffe untersucht wird.«

»Endlich. Das sind ja gute Neuigkeiten«, sagt sie.

Ich krame Taschentücher aus der Packung, reiche Louna eins und schnupfe mich aus.

»Du siehst aber gar nicht happy aus«, sagt sie.

»Die Räume dürfen mindestens acht Stunden vor der Messung nicht betreten, geschweige denn gelüftet werden.t«

Louna entfaltet das Papiertuch. »Und wer stellt sicher, dass das eingehalten wird?«

»Eben niemand.«

»Der Schmalzgöbel könnte also über Nacht lüften und die Fenster einfach morgens vor der Messung schließen?«, fragt sie und schnupft sich kräftig aus.

»Die SuperImmo hat vor Monaten die Remise saniert und umgebaut. Alle feuchten Wände wurden entfernt oder trockengelegt. Der Boden wurde neu gefliest und die Zimmer ozonisiert. Die Wahrscheinlichkeit, dass wir jetzt noch Giftstoffe nachweisen können, ist gering, aber nicht unmöglich – sofern die ganzen Messbedingungen strikt eingehalten werden«, sage ich.

»Das darf nicht wahr sein.«

»Ich formuliere gleich etwas für unseren Rechtsanwalt zum Weiterleiten ans Gericht. Es kann nicht angehen, dass nach über einem Jahr endlich gemessen werden soll, aber keine Autorität überprüft, ob alle Bedingungen zum Messen eingehalten werden. Wo leben wir eigentlich?«

Die ersten Buchungstage sind anstrengend, denn nach Pyramiden, Tunneln und Skalarwellen müssen wir in die »Alte Welt« zurückfinden. Meist fangen wir aufgrund der Hitze schon frümorgens an zu klicken. Spätestens um sechs Uhr sind die Bügelbretter im schattigen Wald aufgebaut. Gegen zehn Uhr findet unser »Daily« mit den anderen Freelancern statt, um uns gegenseitig auf den neuesten Stand zu bringen. Ansonsten sind Louna und ich allein im Wald, bis auf wenige

Besuche Aminas und den Wasserlieferungen Anandas. Mittags essen wir oft Salat mit blassgrüner Spitzpaprika und Tomaten. Abends braten wir meist Gemüse mit Kartoffeln an. Trotz Arbeit genießen wir die Ruhe im Wald und verlassen unsere Hütte maximal am Wochenende. Während wir uns mit Eco-Systems, Blueprints, Personas, Mapping, Strategien, Konzepten, Mockups, Infografiken und GUI-Kits beschäftigen, stellen sich Rehe, Füchse und Hirschkäfer bei uns vor – auch wenn wir schnäuzend auf Plastikstühlen und klickend vor Bügelbrettern sitzen.

Seit »Drei Uhr vierzig« nehmen wir keinen Schwefel mehr. Gwafa haben wir bisher noch nicht erreicht, denn Kahinas Freundin besitzt auch nur dessen alte Mobilfunknummer.

Bärlauch- und Koriander-Kur sind anstrengend. Besonders nach Hinzunahme des Korianders traten anfangs Hautausschläge und Durchfall auf. Aus unerklärlichen Gründen läuft weiterhin Schleim aus unseren Nasen. Obwohl wir weder krank noch erkältet sind, müssen wir ständig rotzen und uns ausschnupfen.

Jeder noch vorhandene Euro auf unserem Konto ist bereits verplant, damit London stattfinden kann. Nach vier Wochen Klicken im Wald ist es so weit: »London Calling«.

»Twenty-six to ... Hackney Wick«, wiederholt sich die Frauenstimme aus den Buslautsprechern. Ian sitzt vor uns und fummelt an seinen Kopfhörern, Louna neben mir und flippt durch die Slides der Master-Präsentation auf ihrem Laptop. Wir sind topfit, trotz des schlechten Starts heute Nacht: Malik kam fast eine Stunde später als vereinbart zur Waldhütte. Als mehrere Versuche scheiterten, ihn telefonisch zu erreichen, hatten Louna und ich kurzzeitig die Befürchtung, London canceln zu müssen. Zum Glück war dem nicht so, denn Malik raste mit dem Golf II – Kette rauchend und wie eine Rakete – durchs nächtliche Bosnien. Auf »Spurwechselsoundeinlagen« wurde aus Zeitgründen weitestgehend verzichtet. Kaum stoppten wir vor dem Eingang des »Međunarodni aerodrom Sarajevo«, riss ich die Beifahrertür auf, schnappte mir unser Gepäck und rannte mit Louna zum Check-in-Schalter, um London möglich zu machen. Für eine Verabschiedung von Malik blieb keine Zeit. Dafür schafften wir es, zwanzig Minuten später im Flieger zu sitzen.

Von Amina, Selma und Ananda verabschiedeten wir uns bereits vorgestern: Zu fünft saßen wir in Aminas schönem Garten und genossen Uštipci, Burek und Džezva. Der gemeinsame Tag war einer der schönsten, den wir in Bosnien erlebten. Für alle drei sind Logenplätze in unseren Herzen reserviert, nicht nur wegen ihrer bedingungslosen Unterstützung.

Nach der Landung am »London City Airport« verstauten wir das Gepäck bis auf Laptops und Tagesrucksäcke in Schließfächern und nahmen ein Uber ins »East End«. Da wir uns erst gegen Mittag mit Ian am »Old Spitalfields Market« treffen wollten, beschlossen wir, das morgendliche »East End« in einem der Cafés auf der »Brick Lane« – im Herzen »Banglatowns« – zu begrüßen. Der Espresso war leider nicht nur sauer, er war auch sauteuer, weshalb wir ihn teilten und »literally« stundenlang an ihm nippten.

Irgendwie schmeckt mir Espresso nicht mehr. Und die urbane Hektik geht mir auf den Keks, besonders nach dem Monat im Wald. Ich bin gerne im »East End«, aber »Shoreditch« ist schon seit langem »Yuppieland und die vierzigtausend Hipster«. Der subkulturelle Charakter ist verpufft, zu dicht die Nähe zur Finanzmafia um die Ecke.

»Akhtuunk!«, sagt Ian und drückt auf den Halteknopf.

Genau wie Ikken Azzoukni aus Agadir kennt Ian deutsche Wörter hauptsächlich aus Zweite Weltkrieg Dokus. In diesem Kontext bedeutet sein »Achtung!«, dass wir an der nächsten Haltestelle aussteigen.

»Warum hier?«, frage ich ihn, da wir bereits an der Pritchard's Road aussteigen, obwohl wir mit den anderen am »Paradise Row« verabredet sind.

»Miguel hat gerade geschrieben. Wir treffen uns auf dem Broadway Market«, antwortet er.

Wir steigen aus, folgen der Pritchard's Road, überqueren den Regent's Canal und erreichen schließlich den »Broadway Market«. Normalerweise sei der Markt samstags und nur heute wegen eines Fests aufgebaut, erklärt Ian. Die schmale Straße ist von kleinen Ständen gesäumt, die unterschiedlichste Delikatessen anbieten. In den umliegenden, alten, zweistöckigen Häusern befinden sich hippe Cafés, Bio-Bäckereien und kleine Restaurants, die kulinarische Gaumenfreuden in Bio-Qualität anpreisen. Obwohl hier einiges los ist, habe ich trotzdem das Gefühl, weit entfernt vom hektischen Trubel der City zu sein. Der »Broadway Market« ist ein stereotypisch gentrifizierter, westeuropäisch-urbaner Bio-Kiez, der alternatives Leben mit regionalen Lebensmitteln vereint, aber nur mit einer prall gefüllten Geldbörse erlebt werden kann. Da wir nur noch knapp hundertzwanzig Euro besitzen und davon noch Uber, Underground und den Parkplatz in Dortmund bezahlen müssen, fühle ich mich hier nicht nur fehl am Platze, sondern bin es auch.

»Wir können zusammen maximal fünf Euro fürs Mittagessen ausgeben. Sonst müssten wir heute Abend aufs Dinner verzichten«, sagt Louna.

»Das weiß ich selbst«, sage ich genervt. »Aber für'n Fünfer bekommst du hier nicht mal 'ne Stulle.«

»Guys, Miguel ist schon hier«, sagt Ian und zeigt auf ein kleines Ladenlokal, neben dessen Eingang ein hölzernes Weinfass steht.

Wir betreten das kleine Restaurant und werden von

Miguel mit Wangenküsschen begrüßt. Miguel stammt aus São Paulo und pendelt aktuell zwischen New York und Berlin. Wir kennen uns aus vorherigen Projekten.

Nach einer halben Stunde stößt Loki zu uns. »Loki from London« hat zwar kein gutes Zeitmanagement, dafür programmiert er äußerst kreativ und hat die Gabe, komplexe technische Zusammenhänge wunderbar einfach zu erklären.

»Nathan packt's nicht vorher«, sagt er mit seiner Falsettstimme, während er hektisch seine hellgrüne Sommerjacke von der Schulter fummelt und sich gleichzeitig den freien Stuhl vom Nachbartisch greift.

Auch wenn es Nathan nicht vor der Präsentation ins Lokal schaffte, schafften Louna und ich es, etwas Günstiges zum Essen zu finden: Die Oliven und Salzcracker vom Tisch schmeckten so hervorragend zum Tab water, dass sie bereits aufgegessen waren, bevor Loki zu uns stieß. Miguel bestellte Shepherd's Pie, Ian Kohlrabi-Lasagne und Loki die hausgemachte Minzelimonade, bevor wir nach dem Lunch gemeinsam die Master-Präsentation durchgingen. Anschließend präsentierte Loki den finalen Prototypen und Miguel Animationen sowie Renderings.

Das Projekt war »pretty intense«. Trotz allem harmonierten wir sechs. Es verlief ohne Profilneurosen Beteiligter und war frei vom Ego-Bullshit Einzelner. In einer guten Stunde beginnt die Präsentation. Ich bin gespannt, was der »Client« zu unserem »Output«

sagt, und freue mich aufs baldige »Income«.

Louna und ich sitzen in »Fields« auf einem Stück Pappkarton. Neben uns stehen die Rucksäcke und Laptops. Es dämmert bereits. Die Luft ist sommerlich warm. Ein paar schräge Typen sind mit von der Partie im Park, aber »London remains polite«. Also, »no worries«. Sogar die Schwerstabhängigen sind hier recht höflich. »Marhighnekes Artisten« würden den Bio-Kiez hier ordentlich aufmischen. »Renate die Zarte« hätte genug Yuppies und Hipster zu jagen, »Die Troubafixe« massig Songs in petto – garantiert auch in Englisch – und »Der Gewaltbereite Techno-Hüne« würde die »Bobbies« mit seiner Performance mindestens schocken. Berlin bleibt rotzig. Kurioserweise vermisse ich genau das in London, obwohl »Renate« mich ebenfalls jagen würde. Unser »Showcase« war »awesome«, die »Vibes« »lovely«, unser »Output« »amazing« und der »Client« »happy«. Nathan hatte nicht nur eine gute Location für die Präsentation gewählt, sondern auch im Vorfeld mit dem Kunden ausgehandelt, dass die erste Tranche bereits morgen an alle überwiesen wird.

Wir haben's geschafft.

Nach Abschluss der mehrstündigen Präsentation gingen wir in »Bethnal Green« essen und feierten den Projekterfolg, bevor sich unsere Wege gegen frühen Abend wieder trennten. Nach geteilter Pizza und Tab water zogen Louna und ich nach »London Fields« weiter, um dort die Nacht durchzumachen, da unser Flug erst morgen Vormittag nach Dortmund geht.

Mittlerweile ist es leise geworden. Nur unser Räuspern, Rotzen und Schnupfen unterbricht die nächtliche Stille im Park, bis plötzlich eine Frau zu singen beginnt.

»Ich kenne die Melodie«, sage ich.

»Ich auch«, sagt Louna.

»Woher?«

»Ich erinnere mich nicht.«

»Sie ist wunderschön.«

»Lass uns hingehen«, schlägt Louna vor.

Wir greifen unsere Laptops und Rucksäcke und folgen der zauberhaften Melodie im Park, wie der Falter dem Licht.

Ich schätze die Frau auf Anfang sechzig. Eine graue, voluminöse Lockenpracht umrahmt ihr herzförmiges Gesicht. Ein großes, goldfarbenes Pentakel hängt über dem weißen, langen Kleid. Mit geschlossenen Augen sitzt sie singend vor einer silberfarbenen Kerze, die in einer Messingschale auf dem Rasen steht.

Louna und ich setzen uns in ihre Nähe und lauschen dem wunderschönen Gesang. Obwohl sie ihre Augen geschlossen hält, wird sie uns bemerkt haben. Auch wenn wir versuchen, den Geräuschpegel so niedrig wie möglich zu halten: Rotze- und Schnupferei bleibt Rotze- und Schnupferei. Wenig später beendet sie ihren Gesang, löst den Schneidersitz und streckt ihre Beine. Wir kommen ins Gespräch mit Eyra – so ihr Name. Sie erzählt, dass sie heute Nacht im Park sei, um Salz herzustellen. Und nicht nur Feen und Elfen würden ihr dabei helfen. Auch ihre galaktische Familie von der Venus hätte bereits geistige Unterstützung angekündigt.

»Die Venus ist bewohnt. Genau wie viele andere Planeten in unserer Galaxie«, erzählt sie ungefragt.

»Aber nur von Frauen, oder? Männer kommen doch vom Mars?«, frage ich und lache.

»Bullshit«, sagt sie. »Das weibliche Energieprinzip ist seit jeher feurig und der Sonne zugeordnet. Die wässrige Mondenergie ist männlich. Vor Jahrtausenden wurden diese Prinzipien absichtlich vertauscht.«

Ich wechsele das Thema. »Du hast wunderschön gesungen. Deine Stimme ist magisch.«

»Woher kennen wir die Melodie?«, fragt Louna.

»Es ist der ›Uni-Vers‹ aus der ›Kosmischen Strophe‹. Die Melodie des sich ›Drehenden Eins‹. Sie hallt im Überall. Offensichtlich ist sie noch einigen bekannt«, sagt sie und lächelt.

Eyra greift sich den Bambuskorb, der hinter ihr steht und nimmt aus ihm fünf Einmachgläser, die sie vor sich auf den Rasen stellt.

»In diesem Glas ist Meersalz. In dem anderen befindet sich die Asche heiliger Pflanzen. Beides sind

Hauptbestandteile des ›Schwarzen Salzes‹«, erklärt sie und tippt nacheinander auf zwei der Gläser.

»Ich hab' noch nie ›Schwarzes Salz‹ gegessen«, sage ich. Eyra lacht.

»Mein ›Schwarzes Salz‹ ist nicht zum Essen gedacht. Es hat die Kraft, dich zu schützen. Ich bin eine ›Wicce‹, falls ihr wisst, was das ist.«

»Wenn du eine Hexe bist, wo ist dann dein Zauberstab?«, frage ich.

»Den hab' ich natürlich bei mir«, sagt sie und zaubert aus dem Korb einen Messingmörser samt Schlägel, den sie nun in die Luft hält.

»Ich mahle Kräuter, Beeren, Samen und Blüten und mixe sie mit Meersalz für besondere Vorhaben«, erklärt sie.

»Machst du das Salz für dich?«, fragt Louna.

»Und für Freunde. In Hackney gibt es einige ›Wiccan‹, besonders in Wick«, antwortet sie.

»Wovor schützt dein Salz?«, frage ich.

»Vor dem Mond und seinen Wesen.«

»Dem Mond?«, fragt Louna.

»Arbeiten Hexen nicht mit der Mondenergie?«, frage ich.

»Korrumpierte Traditionen«, entgegnet Eyra. »Die Vorfahren alter Stämme in Afrika kannten noch Nächte mit zwei Monden. Diese waren aber natürlichen Ursprungs. Es gibt leider nur noch wenige, die um die Gefahren des heutigen Mondes wissen. Der ›Mondgöttinen‹-Hype ist reine Propaganda. Neu- und Vollmond sind extrem hyperdimensionale Bedrohungen. Bestimmte Portale sind dann geöffnet und Wesenheiten werden freigesetzt.«

»Der Mond soll ein bedrohlicher Planet sein?«, frage ich.

»Der Mond ist doch kein Planet!«, schreit sie mich fast an. »Es ist ein künstlich erschaffener Satellit und Standort der alten KI. Seine Haut ist aus Stahl.«

»Wie der ›Todesstern‹ in ›Star Wars‹?«, frage ich.

»Exakt«, bestätigt sie.

»Und wer soll ihn gebaut haben?«, fragt Louna und kichert.

»Woher soll ich das wissen?«, fragt Eyra achselzuckend.

»Warum sollte dieser ›Satellit‹ genau dort platziert worden sein?«, frage ich.

»Die beiden alten Monde wurden zerstört, um den jetzigen ›Mond‹ als Portal zu installieren: Er simuliert die dualen Erfahrungen auf der Erde. Seine Rückseite ist voller technischer Apparaturen. Diese kontrollieren die Matrix, blockieren unsere Lebensenergie, steuern die Menstruation ...«

»Dann werden wir von ›Darth Vader‹ und dem ›Imperator‹ regiert?«, unterbreche ich sie.

»Nicht mehr lange, guys«, antwortet sie.

Eyra öffnet die Gläserdeckel und schüttet Blüten, schwarze Beeren und braune Samen in den Mörser.

Mit ihrem Zauberstab mahlt sie eine Paste, die sie mit Meersalz und der Asche mischt. Anschließend holt sie ein paar kleine Gläser aus dem Korb, um sie mit dem »Schwarzen Salz« zu füllen.

Ich fummele ein Taschentuch aus der Hosentasche und schnupfe mich aus. Louna räuspert sich synchron.

»Nasen- und Ohrenspülungen mit Meersalz helfen übrigens bei Sinusitis«, sagt Eyra.

Mit Daumen und Zeigefinger löscht sie den brennenden Docht der Kerze und schüttet das flüssige Wachs aus. Sie verstaut Gläser, Kerze, Schlägel und Mörser im Korb und stellt ein kleines Glas ihres Salzes vor uns auf den Rasen.

»Möge es euch beschützen«, sagt sie.

»Wie lieb von dir. Danke«, sagt Louna.

»Möge das Salz mit dir sein«, sage ich.

»Abrakadabra, guys«, sagt Eyra und verschwindet im Schatten der hyperdimensionalen Bedrohung namens Vollmond.

4.

Sonne ☉

☽ Mond

Rubedo

☽

Silber

6.

Coagulatio

»Ein Drach im Walde wohnend ist/
Am Gifft demselben nichts gebrist/
Wenn er die Sonn sicht vnd das Fewr
So speützt er Gifft/ fleugt Ungehewr/
Kein lebend Thier für jhm mag gnesn/
Der Basilisc mag jhm nit gleich wesn/
Wer diesen Wurmb wol weiß zu Tödtn
Der kömpt auß allen seinen nöthn.
Sein Farbn in seim Todt sich vermehrn
Auß seiner Gifft Artzney thut werdn/
Sein Gifft verzehrt er gar und gantz/
Und frißt sein eign vergifften Schwantz/
Daß muß er in sich selbst volbringen/
Der Edlst Balsam auß jhm thut tringen/
Solch grosse Tugend wird mann schawen/
Welches alle Weysn sich hoch erfrawen.«[9]

(Lambspring, in Dyas Chymica Tripartita,
Frankfurt am Main, 1625)

XVIII

Teutoburger Halt

»Wie viel Geld hast du noch?«, fragt Louna.

»Genau vier Euro und zweiundzwanzig Cent«, antworte ich.

Ich fummele ein Taschentuch aus der Packung und schnupfe mich aus. Louna beginnt die letzten Groschen in ihrer Geldbörse zu zählen.

»Ich hab' noch knapp zwei Euro. Und wenige Pennies«, sagt sie.

»Und Konvertible Mark?«, frage ich.

»Nur noch Feninge.«

Louna greift die Packung von der Mittelkonsole, öffnet den Klebestreifen und zieht ein Taschentuch heraus.

»Zum Glück hast du den Wagen noch vollgetankt, bevor wir damals nach Tuzla geflogen sind«, sagt sie.

»Sonst hätt' ich jetzt die Reifen zerstechen müssen, damit uns der Abschleppdienst nach Pyrmont bringt«, sage ich und drehe die Musik lauter.

Im Radio läuft gerade »No Limit« von 2 Unlimited aus den Neunzigern. Ich drehe lauter und singe den

Refrain. Louna schnupft sich aus.

»Apropos«, sagt sie, steckt das zerknüllte Taschentuch in die Hosentasche und dreht die Musik leiser. »Unsere Kreditkarten sind am Limit.«

»Spätestens übermorgen sind wir wieder flüssig. Die zwei Tage kommen wir locker mit sechs Euro hin. Solange das Geld noch nicht eingegangen ist, essen wir einfach bei unseren Eltern. Wir haben keine Reaktionen mehr und können wieder in deren Häuser«, sage ich.

Ich krame mein Brillenetui aus dem Handschuhfach, setze die Sonnenbrille auf, schalte zurück in den vierten Gang und überhole den Lkw.

»Dann schlafen wir bei Idir, bis wir in Pyrmont eine Wohnung gefunden haben«, schlägt sie vor.

»Berlin ist momentan keine Option. Dort finden wir auch schlecht 'ne Wohnung auf die Schnelle. Arbeiten können wir von überall aus.«

»Ich kann auch nicht mehr auf Großstadtlärm und Smog. Wir lösen das Lager auf und mieten uns was im Grünen«, sagt sie.

»Kommt mir bekannt vor«, sage ich. Wir lachen.

Ich nehme die linke Hand vom Lenkrad und balle sie zur Faust. »Wir haben unser altes Leben zurück. Yeah!«

»Weißt du noch, wie wir mit Mundschutz bei meinem Vater saßen?«, fragt Louna.

»Schleusen, Masken, Reaktionen: Der Scheiß liegt

hinter uns. Und Donnerstag kommt die Kohle rein – läuft bei uns!«, sage ich.

»Wir müssen die Laptops noch nach Sarajevo zurückzuschicken.«

»Sobald wir wieder Geld für Paket und Porto haben, bekommt Mirzet seine Museumsstücke zurück.«

»Wir können endlich wieder unsere Sachen benutzen, die im Lager sind.«

»Wir haben's geschafft, Louna.«

»Du kannst dir nicht vorstellen, wie ich mich darauf freue, bald wieder in unserem eigenen Bett zu schlafen.«

»Vorsicht Spoiler: Das Bett haben wir damals entsorgt.«

»Ach ja«, erinnert sie sich. »Lass uns direkt zum Lager fahren, wenn wir gleich ankommen. Ich weiß gar nicht mehr, was wir dort noch alles stehen haben.«

Wir verlassen die Autobahn, halten bei einem Bäcker, kaufen zwei Schrippen und teilen uns einen Kaffee. Keine Stunde später erreichen wir Bad Pyrmont mit unseren letzten Euros, Cents, Feningen und Pennies. Unser Hausrat befindet sich in einer leerstehenden Lagerhalle im Industriegebiet.

»Mach auf!«, drängelt Louna.

Nacheinander begutachte ich die vielen Schlüssel am Bund, um den der Lagertür auszumachen.

»Voilà«, sage ich, als ich den richtigen endlich in der

Hand halte.

Ich schließe auf und öffne die schwere Metalltür. Süßlicher, beißender Geruch strömt uns entgegen.

»Igitt«, sagt Louna und hält sich den Ärmel ihres Pullovers vor die Nase.

Ich schalte das Deckenlicht an. Bis zur Decke gestapelte Umzugskartons teilen sich den Raum mit unserem Restmobiliar. Wir machen weder Ratten- noch Mäusekot auf dem Steinboden aus, lediglich Kellerasseln und Weberknechte sind als Co-Mieter eingezogen.

»Unsere Sachen stinken ja immer noch nach der Horror-Remise«, sagt Louna.

»Der Gestank müsste längst verflogen sein. Die kleinen Fenster sind oben auf«, sage ich.

Keine Minute später bekommen Louna und ich heftige Reaktionen. Stark benommen verlassen wir den Raum und torkeln aus der leerstehenden Halle. Draußen übergebe ich mich. Die eine Hälfte des unverdauten Brötchens findet ihren Weg auf meine Hose, die restliche landet auf dem Asphalt und meinen Schuhen.

»Dieses Stück Immo-Scheiße«, brülle ich und wische mit dem Handrücken Erbrochenes vom Bart. »Ich schnappe mir jetzt unsere Axt aus dem Lager, fahre mit dem letzten Tropfen Sprit zur SuperImmo und zerhacke Schmalzgöbels hässliche Betrügerfresse«, sage ich und stürme Richtung Lagerhalle.

Louna hält mich fest, versucht mich aufzuhalten.

»Dieser Wichser hat unser Leben ruiniert. Vernichtet Beweise, verhindert, dass wir gesund werden – und lacht uns noch dreckig ins Gesicht. Dafür mache ich ihn fertig. Ich freue mich schon, wie er um sein Leben flehen wird, bevor ich seine abgehackte Birne auf unserem Benz spazieren fahre«, sage ich und reiße mich von ihr los. Mein Shirt zerreißt.

»Hör auf damit!«, kreischt Louna und beginnt auf mich einzuschlagen. »Wenn du ihn tötest, wird es auch nicht besser.«

Ich wehre ihre Schläge ab und stoße sie zur Seite.

»Dieses Arschloch!«, schreie ich, nehme Anlauf und reagiere mich an der Eingangstür ab, bis mein Fuß schmerzt.

»Der Richter wird ein Machtwort sprechen und für Gerechtigkeit sorgen. So läuft das bei uns in Deutschland. Darauf vertrau' ich«, sagt sie.

»Es ist so ungerecht!«, brülle ich, halte die Hände vors Gesicht und fange an zu weinen.

Louna streichelt meinen Rücken. Ich weine tief, wie nie zuvor.

»Wir kümmern uns jetzt zuerst darum, dass die Reaktionen verschwinden. Dann können wir wieder klar denken«, sagt sie.

Ich wische mir die Tränen aus dem Gesicht.

»Die Bärlauch- und Korianderkur hätten wir uns sparen können. Und auch den Schwefel und das Pyramidenwasser. Das war doch alles kompletter Schwachsinn«, sage ich.

»Erinnere dich, was wir erlebt haben. Du weißt, dass es kein Schwachsinn ist. Wir sind nur geschwächt und erkennen gerade nicht den Sinn.«

»Ich kann nicht mehr. Ich dachte echt, wir wären durch mit dem Scheiß.«

»Selbstmitleid bringt doch nichts. Ich war auch davon überzeugt, dass wir unser altes Leben zurückhatten.«

»Wach auf!«, schreie ich. »Unser altes Leben ist tot!«

Louna dreht sich weg und weint.

Ich atme tief, bis es mir besser geht.

»Ich war außer mir. Tut mir leid. Ich hab' Reaktionen«, entschuldige ich mich wenig später.

»Ich etwa nicht?« Louna schnupft sich aus.

»Wir werden ab jetzt nicht mehr ungeschützt das Lager betreten«, sage ich.

»Am besten gar nicht mehr.«

Wir nehmen uns in den Arm, halten einander fest.

»Lass uns wieder bei deiner Mutter schlafen. Bei Idir bekommen wir Reaktionen«, sage ich.

»Wollen wir nicht zu deinen Eltern?«

»Schon vergessen? Bernhard und Marie haben auch unsere Kartons ins Haus geschleppt. Wir reagieren jetzt wieder auf Partikel! Wir haben's gerade erlebt«, sage ich.

»Was für ein Albtraum«, sagt Louna. »Nach dem Einatmen der Gifte reagieren wir bestimmt auch wieder auf Schimmel.«

»Und auf Weichmacher«, ergänze ich. »Geiles Leben.«

Unsere Wiedersehensfreude ist von kurzer Dauer, denn Mounas Zimmerpflanzen haben sich ihre Räumlichkeiten zurückerobert. Noch bevor wir in ihr Wohnzimmer treten, reagieren Louna und ich bereits auf die Schimmelsporen in der Raumluft. Die Kombination aus Mykotoxinen und den Remise-Giften ist eine uns bekannte und besonders üble Mischung. Louna wird panisch.

»Wo sind unsere Masken?«, fragt sie.

»Vergiss die scheiß Dinger. Die Partikel sind viel zu fein. Von den Masken bekommen wir nur wieder Atemprobleme.«

Die Reaktionen sind heftig.

In meinem Mund schmeckt es nach grellen Blitzen, während sich der Magen mit spitzen Scherben füllt. Die Bronchien brennen, der Speichel vertrocknet und mein Kiefer krampft vom schrillen Tinnitus. Mein Körper spielt Lieder der Wut und des Wahnsinns. Ich kann vor Schmerzen kaum aufrecht sitzen und lege mich auf Mounas Wohnzimmercouch, zittere, habe mich kaum noch unter Kontrolle. Am liebsten würde ich jetzt um mich treten und alles kurz und klein schlagen. Besser noch: sterben! Ich muss einfach nur springen. Der Balkon ist gleich nebenan.

Der Flug hinunter lenkt bestimmt kurz von den Schmerzen ab, bevor es endlich vorbei ist.

»Bomm kitte retzt junter«, sagt Louna, die meine Gedanken errät. Sie hat bereits Sprachstörungen von den Reaktionen.

Mouna ist geschockt, weint und versteht nicht, warum die Ärzte uns nicht helfen können. Eigentlich hatten wir vor, ihr vom Triumph über die Reaktionen zu berichten, von Bosnien, dem Pyramidenwasser, den Tunneln, Amina, Ananda, London und Eyra. Aber jetzt ist alles anders. Nichts mehr wie zuvor: Ich habe vergessen, wie der Duft der Hoffnung riecht.

Wir schnappen unsere Trinkflaschen, ziehen die Trekkingschuhe an und flüchten in den Wald, nicht nur, um nach dem ganzen Abfuck draußen in der Natur zu sein – sondern auch, um die Gifte auszuschwitzen, denn dadurch lassen die Reaktionen schneller nach.

Nach destruktiven Stunden im Wald klaren wir beide wieder auf. Meine Bauchschmerzen sind fast weg, die Gedanken ruhiger, mein Körper entspannter. Lounas Sprachstörungen sind ebenfalls vorüber, die hämmernden Kopfschmerzen haben nachgelassen und ihre Zunge fühlt sich nicht mehr taub an.

Als es im Wald zu dämmern beginnt, machen wir uns auf den Rückweg und besprechen die weiteren Schritte: Zuallererst benötigen wir eine Wohnung, in der wir nicht reagieren, um von dort aus alle Dinge voranzutreiben, die uns helfen gesund zu werden. Unsere zusätzliche Challenge besteht darin, auch eine möblierte Wohnung zu finden. Möbliert, denn unser gesamter Hausrat ist unbenutzbar. Nach wie vor haben wir lediglich zwei Koffer, jeweils einen Rucksack und die zwei geliehenen Laptops aus dem letzten Jahrhundert. Da wir erneut hochsensibel auf Schimmelsporen reagieren und die Zimmerpflanzen wieder indoor leben, beschließen Louna und ich, auf Mounas überdachtem Balkon zu wohnen – dort auch zu nächtigen.

Nach zwei warmen, aber schlaflosen Nächten, stellen wir Donnerstagmorgen fest, dass unser Geld noch nicht eingegangen ist. Das Telefonat mit Nathan bringt Klarheit: Unsere Rechnungen müssen noch von der Finanzbuchhaltung des Kunden abgesegnet werden. Auf meine Nachfrage, wie lange das dauern würde, entgegnet Nathan: »Up to fourteen days.« Keine zwei Minuten später beendet er unser Gespräch mit: »Chillax, man!« Nach dem Call bin ich so richtig »chillaxt«. Louna und ich beschließen schnell zu handeln, bevor unsere Konten durch eingehende Rechnungen gesperrt werden. Ich leihe mir vom Freund meines Vaters einen professionellen Schutzanzug samt Maske und Kartusche, setze die dazugehörige Schutzbrille auf, betrete unser Lager und hole aus ihm unseren riesigen Flachbildschirm, den Beamer, Blue-Ray-Player, die großen Standlautsprecher und den Receiver. Anzug und Kartuschenmaske schützen mich in der Tat vor neuen Reaktionen. Auf dem Lagerparkplatz reibe ich die Geräte mit Isopropanol ab und fahre mit der gereinigten Unterhaltungselektronik zum Trödler meines Vertrauens, der mir für alles zusammen vierhundertsiebzig Euro bar in die Hand drückt. Mit dem Geld fährt Louna zur Bank und macht die notwendige Einzahlung.

Nachmittags vereinbaren wir zwei Wohnungsbesichtigungstermine für nächsten Vormittag und fahren anschließend zur Post, um Mirzets Laptops nach Sarajevo zu schicken. Louna und ich sind wortkarg, funktionieren lediglich.

Bei Anbruch der Dämmerung richten wir unsere Schlafplätze auf dem Balkon her, breiten die Balkonliegenunterlagen auf dem Steinboden aus und kuscheln uns unter Mounas blau-weiß gestreiften Baumwolldecken aus dem Rifgebirge.

Nach einer kurzen Nacht begrüßen wir trotz bleierner Müdigkeit den sonnigen Morgen und frühstücken ausgiebig. Lounas Mutter brät leckere Tomaten-Omeletts und brüht ihre Spezialmischung auf: ein mit Wildem Thymian angereicherten Kaffee. Dazu gibt es Sesam-Croissants und frisch gepressten O-Saft.

Nach dem Mittag telefonieren wir uns durch sämtliche Immobilieninserate und vereinbaren weitere Besichtigungstermine für die kommenden Tage, denn die beiden Wohnungsbesichtigungen am Vormittag blieben erfolglos: In beiden Küchen befanden sich PVC-Böden. Es dauerte keine fünf Minuten, bis wir auf sie reagierten und beide Male die Besichtigungen abbrechen mussten.

Wir beschlossen, den Radius unseres Suchumkreises zu erweitern, um nun auch in den angrenzenden Kleinstädten und Dörfern Nordrhein-Westfalens nach geeigneten Wohnungen Ausschau zu halten. Der Wunsch nach den eigenen vier Wänden wird dringlicher. Fehlende Privatsphäre, wenig Schlaf und der Lärm marokkanischer Serien zwingen uns, im Auto zu nächtigen. Mittlerweile suchen wir vor allem nach möblierten Zimmern, in die wir direkt nach einer Besichtigung einziehen können. Deswegen befindet sich unser restliches Hab und Gut nun dauerhaft im Auto.

Eine Wohnung zu finden, in der wir nicht auf irgendwelche Stoffe reagieren, gestaltet sich als äußerst schwierig: Oftmals verhinderten PVC-Böden oder Schimmelbefall eine Anmietung. Manchmal lag es auch an behandelten Holzdielen oder ausgasenden Verleimungsklebern, die dazu führten, dass wir bereits Minuten später asthmatisch zu keuchen begannen.

Ein kleines Zimmer im nahen Barntrup erwies sich anfangs als vielversprechend. Leider reagierten wir nach einer Viertelstunde auch in dieser Wohnung. Da wir in ihr weder Pflanzen, Holzdielen noch PVC entdeckten, machten wir fälschlicherweise anfangs den blauen Teppich für unsere Reaktionen verantwortlich.

Auf unsere Nachfrage hin konnte der Vermieter Licht ins Dunkel bringen: Laut ihm seien unter dem Teppich OSB-Platten älteren Datums verklebt.

Unsere große Hoffnung ist jetzt eine kleine, möblierte Einzimmerwohnung mit Küche, Dusche, Bad und Steinboden in Nähe der Externsteine. Seit Tagen fiebern wir regelrecht ihrer Besichtigung entgegen und koordinieren unsere letzten Groschen, denn ein Großteil des eingezahlten Trödlergelds wurde bereits von eingehenden Rechnungen gefressen.

Trotz mehrfacher Nachfrage wurden unsere beiden Honorare bisher noch nicht ausgeglichen, sodass wir zusätzlich zum Low-Budget-Schlafen auch Low-Budget essen. Nathan versprach zwar nach dem letzten Call, dass es sich nur noch um ein paar Tage – »Maybe less than a week« – handeln könne, bis der Eingang auf unsere Konten erfolge, aber auf seine Einschätzung gebe ich mittlerweile einen Scheiß.

Ich brettere die Landstraße hinab. Louna sitzt neben mir, hält ihren Kopf gesenkt und weint. Dicke Tropfen fallen hinab auf ihre Hose und den Autositz. Ich habe keine Kraft, sie zu trösten. Stattdessen rede ich mich in Rage.

»Der Typ hätte einfach gleich sagen sollen, dass die Wohnung einen Wasserschaden hatte. Dann hätten wir uns Zeit, Geld und Sprit für die Fahrt durch die beschissene Pampa sparen können.«

Louna schluchzt und schnäuzt ins Taschentuch.

»Und der Typ will allen Ernstes fünfhundert Euro Kaltmiete für diese kleine Schimmelwohnung, weil sie einen Steinboden besitzt? Bin ich hier im falschen Film, oder was?«, brülle ich.

Mein Smartphone vibriert in der Halterung.

»Morgenröth«, sage ich genervt, als ich den Anruf entgegennehme.

»Hallo«, begrüße ich unseren Rechtsanwalt nun freundlicher und aktiviere den Handy-Lautsprecher.

Louna wischt sich die Tränen aus dem Gesicht.

»Es gibt Neuigkeiten, allerdings keine guten«, sagt Herr Gockelsheim.

»Mal was ganz Neues«, erwidere ich.

»Ich habe gerade erfahren, dass bereits neue Mieter in die Remise eingezogen sind.«

»Was?«, frage ich laut. »Bevor die ganzen Messungen erfolgt sind? Ist das rechtlich zulässig?«

»Es wird sich zeigen, wie das Verhalten der Gegenseite später vor Gericht bewertet werden wird. Wir dürfen leider nicht außer Acht lassen, dass wir uns im Zivilrecht und nicht im Strafrecht befinden.«

»Ja, ja, ja«, sage ich genervt. »Wie sollen denn jetzt die Rahmenbedingungen zum Messen eingehalten werden? Ziehen die neuen Mieter während der Messungen vorübergehend aus? – Herr Gockelsheim, wir reden hier über hochsensible Messverfahren und suchen nach der Nadel im Heuhaufen.«

»Ich bin ebenfalls sehr unglücklich über die neue Entwicklung. Ich werde das Gericht heute noch darüber in Kenntnis setzen. Mehr können wir erst einmal nicht tun. Ein festes Datum für die Messungen gibt es noch nicht. Die Gegenseite lehnt nach wie vor alle von uns vorgeschlagenen Gutachter ab und setzt weiterhin auf die zermürbende Salamitaktik aus Sabotage und Boykott.«

»Das darf alles nicht wahr sein. Danke fürs Update.«

Ich höre noch »Gerne. Wiederhören, Herr Mor …« unseres Anwalts, bevor das Gespräch beendet ist.

Der Handy-Akku ist leer.

»Fuck. Dein Akku is' auch alle, oder? Ich kann die Karten-App jetzt nicht mehr aufrufen«, sage ich.

»Ja, is' auch alle«, antwortet sie. »Ich find' den scheiß Adapteraufsatz nicht. Hab' schon überall gesucht.«

»Wo müssen wir denn jetzt lang?«, frage ich, als wir an einer verwaisten Straßengabelung inmitten der Pampa Ostwestfalens zum Stehen kommen.

»Fahr doch einfach rechts«, antwortet Louna.

Ich biege rechts ab.

Nach ein paar Kilometern halten wir erneut an einer Gabelung.

»Wieder rechts?«, frage ich.

»Nö. Jetzt links«, antwortet sie.

Ich lache. »Genau, lass uns einfach abwechselnd abbiegen. Mal gucken, wo wir landen.«

»Mir ist alles sowas von egal«, sagt Louna.
»Frag' mich mal«, sage ich und biege links ab.

Nach mehreren Gabelungen halten wir an einer, deren rechte Abzweigung in den Wald führt. Mit laufendem Motor zeige ich auf das Schild neben uns.

»Dort dürfen nur die Forsthorsts cruisen«, sage ich.

»Aber zuletzt sind wir links abgebogen«, wendet sie ein.

»Okay. Let's stick to the rules«, sage ich, gebe Gas und fahre rechts ab.

Immer tiefer gelangen wir in den Wald. Der erdige Weg wird holprig und schmal, daher fahren wir nach einiger Zeit in Schrittgeschwindigkeit, bis uns ein umgestürzter Baum an der Weiterfahrt hindert.

Ich schalte den Motor aus und öffne die Autotür. Frische Waldluft flutet das Innere. Wir steigen aus und setzen uns auf den Baumstamm.

»Wo sind wir?«, fragt Louna.

»Irgendwo im Teutoburger Wald.«

»Wir bleiben hier, oder?«

»Selbstverständlich.«

☉

Gold

7.

Ultima Materia

(Tinctura)

»Nun hört ein wunderlich Geschicht/ Was grosser Ding ich euch bericht/ Wie sich der Köng vbrall thut rechen hört was der Edl hoger thut sprechen. Meine Feind hab ich all bestritten/ Den Drachen vntr mein Füß getretten/ Ich bin ein hogr vnd Köng auff Erden Kein höhrvbr mich mag gboren werden/ Noch durch kunst/ noch durch die Natur/ Von keinr lebenden Creatur. Dann ich kann alls/ was dir gebrist/ Geb Gwalt/ Gsundtheit/ mit starcker frist/ Gold/ Silber/ Perln/ Edelgestein/ Vnd all Artzney/ beid groß und klein. Denn erst war ich vnedler Artt Ehe ich also erhöhet wardt/ Vnd daß ich also hoch gestiegen Hat mir Gott/ die Natur verliehn/ Daß auß dem schlimsten das best worden Vnd komen zu dem grossen Orden/ Alß zu dem Königlichen Stand Drumb Hermes mich den hoger nant.«[10]

(Lambspring, in Dyas Chymica Tripartita, Frankfurt am Main, 1625)

XIX

Salt 'n' Prepper

»Nägel befinden sich in Gang Vierzehn«, antwortet mir die Baumarktmitarbeiterin.

»Und Holzsägen?«, fragt Louna.

»Gang Achtzehn.«

»Wo finde ich Spaten?«, frage ich.

»Einundzwanzig.«

»Und Äxte?«

»Gleicher Gang.«

»Danke«, sagt Louna und greift die Schiebestange unseres prall gefüllten Einkaufswagens.

Endlich – aber Wochen später als vertraglich vereinbart – wurden unsere offenen Rechnungen beglichen. Hätte Nathan nicht dauernd beim Kunden nachgehakt, würden wir sicherlich noch weitere Wochen aufs Geld warten müssen. Ärgerlich, denn unsere Arbeitsmoral stand nicht im Verhältnis zur Zahlungsmoral des Kunden. Da wir jetzt wieder flüssig sind, gehen wir als erstes im Baumarkt shoppen. Wir brauchen Werkzeuge und Materialien, um »Camp Gaia« zu bauen.

Für den Erdkühlschrank benötigen wir lediglich zwei unterschiedlich große Blumentöpfe aus Ton, Sand zum Befüllen und Baumwolltücher zum Abdecken. Mit der Gasflasche können wir nicht nur kochen, sondern auch Wasser heiß machen, um uns, Kleidung und Geschirr zu waschen. Wir entscheiden uns gegen den Kauf eines Zelts, da wir weiterhin im Auto schlafen wollen. Unser restliches Hab und Gut ist bereits mit an Bord sowie Mounas warme Decken gegen die nächtliche Kälte. Wir kaufen eine Solar-Powerbank für unsere Smartphones, einen neuen Handy-Ladeadapteraufsatz fürs Auto und viele andere Dinge: Seile, Schnüre, Scheren, Nägel, Schrauben, Hammer, Schraubenzieher, Kerzen, Teelichter, Klammern, Trichter, eine kleine Schippe, Panzerband, Plastikeimer, Kabelbinder, einen Zollstock, die beiden Tonkübel, einen Kübeluntersetzer, wasserabweisende Planen, Feuerzeuge, eine Taschenlampe, Schneidebrettchen aus Holz, zwei Löschdecken, eine Gasflasche, eine hellblaue Plastikwanne für dreckiges Geschirr und Wäsche, zwei quadratische Holzplatten und einen Reservekanister für Benzin sowie zwei Klapphocker. Wasser zum Trinken, Kochen und Waschen wollen wir einmal pro Woche von der Silberbachquelle abfüllen, daher kaufen wir uns zwei dreißig Liter Kanister und einen weiteren mit sechzig Liter Fassungsvermögen fürs seifenhaltige Abwasser sowie eine Sackkarre.

»Wozu die Axt? Es liegen genug alte Stämme auf

dem Waldboden«, fragt Louna, nachdem wir uns für Astsäge und Fuchsschwanz in Gang Achtzehn und einen Spaten in Gang Einundzwanzig entschieden haben.

»Falls Bambi durchdreht.«

Nach dem Baumarkt tanken wir das Auto samt Reservekanister voll und halten anschließend bei einem Outdoor-Geschäft, um einen Kochaufsatz für die Gasflasche, Campinggeschirr, -besteck und -töpfe, Stirnlampen sowie ein Waldlandschaft-Camouflage-Tarnnetz zu kaufen. Wir fahren weiter zu einem Supermarkt und kaufen: Öle, Gewürze, Obst, Gemüse, Reis, Kartoffeln, Hülsenfrüchte, Kaffee, Tee und Siebe, Baumwolltücher, Seife, Öko-Waschmittel, Natron sowie Taschentücher, Klopapier, Müllsäcke und zwei Wärmflaschen. Nach den Einkäufen fahren wir zurück in den Wald.

Vor zwei Tagen entschieden wir, in ihm zu bleiben, schlenderten durch sein grünes Reich und entdeckten abseits der Wege den perfekten Platz für uns.

»Hier kommt's Klo hin«, sage ich und setze den ersten Spatenstich.

Louna sammelt Stöcker, die wir zum Bau des Toilettendachs verwenden werden, sodass entspannt auch bei Regen die ganz großen Geschäfte abgeschlossen werden können. Die Outdoor-Küche und das Open-

Air-Wohnzimmer sollen ebenfalls eine Überdachung bekommen, deren tragende Stützen wir aus alten Baumstämmen zurechtsägen. Nach etwa einer Stunde ist die Kloake an »Gaias« Erdkanalisation angeschlossen, damit aus Scheiße Kompost werden kann. Louna steckt die grüne Plastikschippe in den ausgehobenen Erdhaufen, sodass Geschäfte nach erbrachter Leistung mit Erde bedeckt werden können und keine Tiere auf die Idee kommen, zum Naschen vorbeizuklingeln. In einem alten Farbeimer, den wir im Wald fanden, sammeln wir das benutzte Klopapier.

Am frühen Nachmittag beginnt Louna mit dem Bau des Erdkühlschranks: Sie schaufelt ein Loch, setzt den großen Tonkübel hinein, bedeckt seinen Boden mit nassem Sand, stellt den kleineren in seine Mitte und füllt die Zwischenräume beider mit feuchtem Sand auf. Wenig später stapeln wir alle zu kühlenden Lebensmittel im neuen Erdkühlschrank und bedecken seine Öffnung mit feuchten Baumwolltüchern sowie dem Kübeluntersetzer aus Ton. Das Konstrukt entzieht dem Inneren Wärme, der Ton unterstützt den Verdunstungsprozess. Gewürze, Öle, Hülsenfrüchte, Reis und Kartoffeln sowie alle nicht zwingend erforderlich zu kühlenden Lebensmittel lagern wir im Kofferraum. Die Koffer legen wir aufs Autodach, bedecken alles mit wasserabweisender Plane und werfen anschließend das Waldlandschaft-Camouflage-Tarnnetz übers Auto, damit es und wir nicht entdeckt werden. Den schmalen

Zugang ins Camp schließen wir mit einem Wall aus Sträuchern, Stöckern und Ästen.

Nach einer kurzen Nacht frühstücken wir bei Sonnenaufgang Haferflocken mit Heidelbeeren, Waldhonig und Hafermilch. Nach unserem Frühstück befestige ich den Aufsatz an der Gasflasche und zaubere frischen Kaffee. Heute werden wir die Küche bauen. Bevor wir die tischähnliche Konstruktion aus bereits am Vortag zurechtgesägten Stämmen und Stöckern basteln, diskutieren wir erneut über ihre genaue Position, denn wir benötigen auch einen ebenen Boden mit genug Abstand zu Bäumen und Sträuchern. Der geplante Standort erfüllt leider nicht alle Kriterien, daher verschieben wir die Küchenzeile um einige Meter. Nach einigen Stunden misst das Küchenkonstrukt einen Meter in der Höhe, zwei in der Länge und einen in der Tiefe. Auf seiner Oberseite sind zwei quadratische Holzplatten verschraubt, auf denen wir nun schneiden, kochen und schreiben können.

Am nächsten Tag bauen wir die Küchenüberdachung: Nachdem wir Löcher für die Dachstützen ausgehoben haben, lassen wir sie ein, schütten alles mit Erde und Steinen auf und verschrauben die vertikalen Stämme horizontal und über Kreuz mit langen Ästen, sodass ein über zwei Meter hohes und breites, recht stabiles Quadrat entsteht. Das Flachdach basteln wir aus Ästen und Stöckern, vernageln alles mit wasserdichter Plane und bedecken es anschließend mit Zweigen und Laub. Die Küche steht.

Das Waldwohnzimmer-Konzept beinhaltet auch den Bau zweier Stühle und Liegen sowie den eines Tischs. Nach Fertigstellung der Outdoor-Küche entscheiden wir uns abends allerdings für eine umfassende Anpassung des Konzeptes, welches nun lediglich eine große Hängematte und Steine für die Feuerstelle vorsieht. Im Zuge dessen überarbeiten wir ebenfalls auch das Kloaken-Konzept und streichen die geplante Überdachung. »Camp Gaia« steht.

Nur unsere Rotzerei wird täglich extremer. Auch wenn die frische Waldluft die Symptome lindert, unsere Schleimhäute sind angeschwollen, Rachen, Stirn- und Kieferhöhlen entzündet, die Ohren verstopft. Trotz der Beschwerden werden wir selbstverständlich keine Ärzte mehr aufsuchen, denn wir sind überzeugt, weder erkältet noch krank im Sinne einer bakteriellen Infektion zu sein. Unsere Schleimproduktion begann, nachdem sich unser Licht mit dem Selqets verwob. Dieses Erlebnis einem Schulmediziner im beschaulichen Ostwestfalen zu schildern, wäre unklug und im Zeitrahmen einer Sprechstunde, die bei Kassenpatienten nur aus wenigen Minuten besteht, auch unvermittelbar. Und irgendwelche Pillen gegen Symptome zu nehmen, deren Ursprünge nicht geklärt und uneindeutig sind, halten wir nicht nur für unsachgemäß, sondern vor allem für gefährlich. Wir suchen Ursachenforscher und keine Symptombekämpfer, aber nach der bisherigen medizinischen Farce werden wir garantiert nicht unsere Zeit im Wald mit der Durchtelefoniererei von Heilpraktikern füllen, um dann mit dem Geeignetsten auf die privat zu zahlende Suche nach dem »Superglobuli« zu gehen. Geld hätten wir wieder. Aber auf diese Nummer haben wir einfach keinen Bock mehr. Wir bleiben hier und werden im Wald gesund.

»Camp Gaia« liegt schlecht einsehbar – gut versteckt – inmitten einer ungefähr vierzig mal fünfzig Meter großen Senke, die von Rotbuchen, Birken und Sternmoos bewachsenen Hügeln umgeben ist. Wir haben uns sofort in diesen wilden Platz verliebt. Hierher verirrt sich bestimmt kein Förster oder Wanderer, zumindest hoffen wir darauf, denn die Senke besitzt nur einen kleinen, von Sträuchern und Büschen gerahmten Eingang, der so schmal ist, dass unser Auto gerade so hindurchpasst. Und bevor man hierher gelangt, muss man bereits einige Male an Stellen abgebogen sein, an denen man eigentlich nicht abbiegen würde.

Am Abend brate ich Kartoffeln und Wirsing in der neuen Küche an. Louna wäscht den Radicchiosalat und zaubert eine Senf-Vinaigrette. Nach dem Kochen setzen wir uns auf die Klapphocker, benutzen die umgedrehte Plastikwanne als Tisch und genießen das

Abendessen im dämmernden Wald. Anschließend verteilen wir Teelichter und Kerzen im Camp und entzünden ein Lichtmeer. Wir schmecken wieder Leben.

Am nächsten Morgen sammeln wir Steine für die Errichtung der Feuerstelle und gegen Mittag geht es nochmal in den Outdoor-Laden, um eine Hängematte zu kaufen. Die Fahrt vom Camp zur Zivilisation dauert über eine Stunde. Auf den schmalen Pfaden bewegen wir uns vorsichtig durch den Wald und versuchen Mutter Natur möglichst wenig zu stören.

Nachdem wir Besitzer einer riesigen Hängematte geworden sind, halten wir beim Baumarkt, um Materialien für zwei weitere Erdkühlschränke zu besorgen, damit wir zukünftig mehr frische Lebensmittel im Camp lagern können. Zusätzlich kaufen wir noch zwei dreißig Liter Wasserkanister, damit wir nicht – wie anfangs geplant – jede Woche die strapaziöse Tour durch den Wald machen müssen, um Quellwasser nachzufüllen.

Wir fahren weiter zum Supermarkt, um nicht nur neue Lebensmittel, sondern auch mehrere Pakete Meersalz zu kaufen, nachdem wir uns am Abend zuvor an Eyras Rat erinnerten, dass uns Salz dabei helfen könne, die lästige Verschleimung loszuwerden. Wir entsorgen unseren Müll in Containern auf dem Supermarktgelände und schütten das gesammelte Abwasser weg.

Gegen Nachmittag sind wir zurück im Camp, bauen beide Erdkühlschränke und fixen Dinge an der Küchenzeile.

Abends essen wir Tagliatelle mit Spinat in einer Knoblauch-Safran-Limetten-Sauce. Nach Anbruch der Dunkelheit entzünden wir erneut die Kerzen und legen uns in die neue, bereits gespannte Hängematte. Auch wenn wir uns an die Schatten, die Dunkelheit, das Rascheln der Zweige, Blätter und die Geräusche der Tiere nachts im Wald gewöhnen müssen, fühlen wir uns hier wohl.

Die letzten Tage waren körperlich herausfordernd. Daher beschließen wir, uns heute auszuruhen – auch, um endlich Zeit für Nasen- und Ohrendusche zu finden. Unsere Rotzerei ist nicht mehr zum Aushalten. Weder für uns noch für die Bewohner des Waldes.

Nach Müsli und Tee starten wir: Ich löse Meersalz in lauwarmen Wasser und schütte das Gemisch in einen Plastikbeutel, dessen Enden ich verknote. Danach schneide ich eine kleine Ecke des prallgefüllten Beutels ab, neige meinen Kopf und öffne den Mund, damit das Gaumensegel schließt, bevor der Salzwasserstrahl ins rechte Nasenloch fließt und durchs linke hinaustritt. Nach der Hälfte des Beutels wechsele ich das Nasenloch. Die abgeschnittene Ecke der Tüte umwickele ich mit einem Gummiband, sodass die Nasenspültüte wiederverwendbar ist. Tatsächlich verspüre ich anschließend Linderung. Ich reiche Louna die Tüte für ihre Spülung und starte mit der »Operation Ohrendusche«: Dazu fülle ich eine kleine Tasse mit Quellwasser, löse darin ein wenig Meersalz auf, lege mich seitlich auf den ausgeklappten Autositz, träufele mir mit einem Löffel die salzhaltige Lösung in den Gehörgang und lasse sie dort einige Minuten wirken, bevor ich mit dem anderen Ohr anschließend genauso verfahre.

Ich bin zwar weit entfernt von beschwerdefrei, aber kann jetzt meine Rotze besser ausspucken, die nun kaum noch im Rachen kleben bleibt. Ich bin jetzt schon »Fanboy« von der Ohrendusche. Louna ist kein »Fangirl«.

Nach den Hals-Nasen-Ohren-Spülungen legen wir uns in die Hängematte und verlassen sie nur noch für Toilettengänge, zum Kochen, weiteren HNO-Spülungen sowie nachmittags zum Wäsche waschen. Während Louna die Schmutzwäsche schrubbt, spanne ich die Wäscheleine. Louna wringt alles aus und schüttet das Wasser mit den seifenhaltigen Rückständen in den Sammelkanister, während ich bereits wieder in der Hängematte liege und mich vorm Aufhängen der Wäsche drücke.

»Der Herr bleibt liegen«, kommentiert Louna, als sie unsere Wäsche mit Klammern am Seil befestigt.

»Ich koch' uns später was Leckeres«, besänftige ich das Hintergrundgemurmel.

Ein großer Rabe flog vor ein paar Tagen ins Camp. Er hängt jetzt manchmal auf unserem Küchendach ab. Ein Reh und zwei Eichhörnchen schauten heute Mittag kurz vorbei. Wir sind rücksichtsvoll zum Wald und seinen Bewohnern, auch wenn wir hier: leben, reden, schlafen, schreien, weinen, kochen, braten, garen, essen, trinken, husten, rotzen, spucken, prusten, stöhnen, schniefen, sitzen, liegen, bauen, schrauben, nageln, hämmern, sägen, binden, suchen, baden, finden, waschen, putzen, räumen, fegen, pissen, kacken, furzen, tanzen, knutschen, vögeln, lachen, singen.

Abends koche ich ein Süßkartoffel-Curry mit Blumenkohl und Linsen. Als Dessert gibt es Karotten in Orangensauce. Bei Kerzenlicht und Mondschein genießen wir den Nachtisch in der Hängematte.

Fast hätten wir vergessen, was geschah.

♌

Drachenkopf

8.

Multiplicatio

»Die Ackerleut in die feist Erden sähen jhren Samen/ Wenn sie wol zermalmet ist mit eisenen Zänen/ Die Weisen abr lehren jhr Gold werffen in die Erden/ Den Blättern gleich gantz weiß/ das Gold darauß mag werden/ Daß du solches recht machst/ schaw auff der Bawren Werck gantz eben/ Dann Gold wachst wie Weitzen/ vnd hat sein eignes Leben.«[11]

*(Michael Maier,
Atalanta Fugiens,
Oppenheim, 1617)*

XX

Kali-Jura

»Guten Morgen«, flüstere ich.

Louna knetet ihren Nacken und gähnt. Auf dem ausgeklappten Autositz zu schlafen, fühlt sich leider nur fast so an, als hätte man im Flugzeug First Class genächtigt.

»Morgen«, antwortet sie verschlafen.

Ich öffne die Beifahrertür, greife den Saum des Waldlandschaft-Camouflage-Tarnnetzes und befestige es am Autodach. Ein riesiger Weberknecht läuft über meinen Fuß. Der Atem des morgendlichen Waldes riecht erdig. Ich gehe zur Küche, koche Wasser und gieße grünen Tee auf. Louna wäscht die Heidelbeeren fürs Müsli.

»Warum hast du unsere Wäsche andersherum aufgehängt?«, fragt sie und greift nach ihrer Tasse Tee.

Ich schaue zu unserer Kleidung, die an der Leine baumelt.

»Was meinst du?«, frage ich.

»Ich hab' die Shirts am Saum und die Unterwäsche am Bündchen mit den Klammern befestigt.«

»Anscheinend nicht«, erwidere ich.

»Doch!«

»Ich hab' die Wäsche nicht umgehängt. Wieso sollte ich das tun?«

Louna nippt an der Tasse Tee und geht zur Hängematte.

»Vielleicht wolltest du die Wäsche ja so aufhängen, hast es dann aber doch anders getan. So etwas in dieser Art ist mir schon zigmal passiert«, sage ich.

»Nein«, sagt sie.

»Wir sind hier völlig allein. Der Rabe auf dem Küchendach wird's nicht gewesen sein. Und Bambi schläft noch.«

»Mach dich ruhig lustig«, sagt sie, stellt die Tasse auf dem Boden ab, legt sich in die Hängematte und beginnt zu schaukeln.

Nach Frühstück, Nasen- und Ohrendusche bringe ich Quellwasser zum Sieden, um ein Vollbad im Wald zu nehmen. Während ich mich in die hellblaue Wanne zwänge, landet eine Amsel neben mir.

Mein Handy klingelt im Auto. Die Amsel fliegt fort. Louna bringt mir das Smartphone. Ich öffne die Schutzhülle und lese den Namen unseres Rechtsanwalts auf dem Display, nehme den Anruf entgegen und aktiviere den Lautsprecher.

»Guten Morgen, Herr Gockelsheim«, sage ich.

»Guten Morgen, Herr Morgenröth. Wie geht's Ihnen?«, fragt er.

»Gut, gut.«

»Schön, schön«, erwidert er und ich merke, dass sein unverfänglicher Smalltalk auf etwas Unangenehmes vorbereiten soll.

»Die Messergebnisse sind gestern eingetroffen. Leider sind sie nicht so aussagekräftig wie erhofft.«

»Wurden die Messbedingungen eingehalten?«, frage ich.

»Nicht im Ansatz«, sagt er. »Als ich eintraf, standen alle Fenster sperrangelweit offen.«

»Bitte?«, frage ich. »Bevor gemessen wurde?«

»Es kommt noch dicker«, kündigt er an. »Während der Messungen tollte das Kleinkind der neu eingezogenen Familie mit dem Bobbycar durch die Räume.«

»Was?«, frage ich laut.

»Ich habe den Gutachter mehrmals gerügt und darauf hingewiesen, dass die Messbedingungen weder eingehalten worden sind noch werden.«

»Und was hat der Gutachter dazu gesagt?«, frage ich.

»Er hat mit den Schultern gezuckt und erklärt, dass er das auch nicht ändern könne und jetzt trotzdem messen werde.«

»Das sind vom Gericht bestellte Untersuchungen. Herr Gockelsheim, die Messungen hätten abgebrochen werden müssen. Warum haben Sie nicht interveniert?«, frage ich, stelle die Beine auf den blättrigen Waldboden, drücke stumm und furze ins Badewasser.

Louna dreht sich weg.

»Das habe ich«, erwidert er. »Daraufhin wurde ich des Raumes verwiesen, da ich die Messungen angeblich behindern würde.«

Ich schalte das Mikrofon ein. »Konnte die Feuchtigkeit nachgewiesen werden?«, frage ich.

»Die Feuchte ist trotz Umbau- und Renovierungsarbeiten immer noch viel zu hoch. Das spricht natürlich jetzt für uns, denn Ihr damaliges Gutachten mit den exorbitanten Werten wird später vor Gericht nur als Parteigutachten bewertet werden.«

»Verstehe«, sage ich.

»Es wurden auch hochgiftige Stoffe in bedenklicher Konzentration gefunden.«

»Welche?«, frage ich.

»Keine Ahnung. Kryptische Formeln. Ich bin weder Chemiker noch Toxikologe, sondern Jurist.«

»Was ist mit Schimmelpilzen?«, frage ich.

»Ja. Ich glaube, von ihnen gelesen zu haben. Sie kennen sich damit ja viel besser aus. Meine Sekretärin kam nur leider noch nicht zum Einscannen der gut zweihundert Seiten. Sie wollen das Gutachten lieber digital, oder?«

»Ja. Wir sind viel unterwegs. Schicken Sie uns doch bitte einen Download-Link. Das gescannte Gutachten wird zu groß sein zum Verschicken per Mail«, sage ich.

»Ich gebe das gern so weiter.«

»Herr Gockelsheim, ich habe mich zwar damals in die Materie eingearbeitet, Experte bin ich aber nicht. Das Gutachten muss jemand lesen, der davon richtig Ahnung hat.«

»Unbedingt. Die bestellten Gutachter bauen lediglich die Messapparate auf und verschriftlichen später die Ergebnisse. Von den toxikologischen Eigenschaften dieser Stoffe und daraus resultierenden gesundheitlichen Auswirkungen haben die Gutachter in aller Regel genauso wenig Ahnung wie ich.«

»Wir benötigen einen Spezialisten, der die Ergebnisse interpretieren und auch in einen zeitlichen Kontext setzen kann: Mit Sicherheit war vor einem Jahr die Giftkonzentration in der Raumluft höher als bei der Messung. Der Zeitfaktor muss berücksichtigt werden, um über die damalige Toxizität in der Remise urteilen zu können.«

»Korrekt«, bestätigt Herr Gockelsheim.

»Die Gegenseite hat alles boykottiert, geblockt und sabotiert. Es hat mehr als ein Jahr gedauert, bis das Beweissicherungsverfahren stattfand. Das darf doch jetzt nicht zu unserem Nachteil sein.«

»Selbstverständlich nicht«, sagt Herr Gockelsheim.

»Hallo Herr Gockelsheim. Guten Morgen«, schaltet sich Louna ein.

»Hallo, Frau Morgenröth. Ich grüße Sie.«

»Nach unserem Auszug wurden damals die Rigipswände des Souterrains entfernt. Im Zuge dessen bekam das nasse Mauerwerk auch Trocknungs-Injektionen. Wird das irgendwo im Gutachten erwähnt?«, fragt Louna.

»Nein«, antwortet er.

»Unfassbar«, kommentiere ich.

»Trotz allem haben wir doch jetzt einige Nadeln im Heuhaufen entdeckt. Sprachen Sie vorhin nicht von schlechten Nachrichten?«, fragt sie.

»Nein. Ich sprach von einer fehlenden Aussagekraft der Ergebnisse.«

»Versteh' ich nicht«, erwidert Louna.

»Ich auch nicht richtig. Aber der Gutachter bewertet die Dahlemer Remise insgesamt nur mit ›Hygienisch auffällig‹, was einer Stufe drei von fünf gleichkommt und uns damit zu wenig Beweise für eine derartige Raumluftbelastung liefert, die wir in der Klageschrift schildern.«

»Aber Sie sprachen doch eben von Giften, die in der Raumluft nachgewiesen werden konnten?«, frage ich.

„Ja. Allerdings gibt es viele weitere Kriterien, die in dieses Gutachten letztendlich mit einfließen und zu einer hygienischen Gesamtbewertung führen. Die Giftstoffe werden zwar separat aufgeführt, aber die abschließende Hygienebewertung wird aus dem Durchschnitt aller getätigten Messungen ermittelt.«

»Das macht in unserem Fall doch gar keinen Sinn«, wende ich ein. »Wir suchen ja nicht nach dem Hygienedurchschnittswert der Remise, sondern nach den

Stoffen, die für die heftigen Reaktionen bei uns verantwortlich sind. Deswegen machen wir das doch alles hier.«

»Wir werden das Gericht von der bewussten Vernichtung der Beweismittel durch die Gegenseite überzeugen müssen und für den kommenden Prozess Beweislastumkehr fordern, denn mit nahezu wahrscheinlicher Sicherheit hätten wir vor Renovierung und Umbau der Remise deutlich andere Werte gemessen, die zu einer ganz anderen hygienischen Gesamtbewertung geführt hätten. Bei einer möglichen Beweislastumkehr müsste die Gegenseite dann beweisen, dass das, was wir über die Remise behaupten, nicht stimmt.«

»Was nahezu unmöglich ist bei unserer Anzahl an Messungen, Gutachten, Proben, Untersuchungen, Attesten, Bescheinigungen und Dokumenten«, sage ich.

»Korrekt«, antwortet Herr Gockelsheim.

»Das wäre die Chance auf Gerechtigkeit«, sage ich.

»Leider muss ich Ihnen noch mitteilen, dass die Gegenseite – strategisch clever – in den Angriffsmodus geschaltet und eine völlig absurde Gegenklage formuliert hat.«

»Was daran ist clever?«, frage ich.

»Für die Interpretation der Ergebnisse benötigen wir einen oder vielleicht sogar mehrere Spezialisten. Dafür fallen immense Kosten an, denn wenn allein das Gutachten schon zweihundert Seiten dick ist, wird die umfangreiche Interpretation der Ergebnisse nicht weniger seitenstark ausfallen. Diese Kosten müssten von Ihrer Rechtsschutzversicherung erst einmal gedeckt werden. Da nun die Gegenklage, wie absurd sie auch sein mag, im Raum steht und für Ihre Versicherung bei einem neuen Prozess erneut Kosten anfallen würden, könnte es tatsächlich durchaus sein, dass die Versicherung dann von der Beauftragung des oder der Spezialisten absieht. Und genau diese Strategie verfolgt die Gegenseite aktuell. Und das ist nicht unclever.«

»Wir dürfen auf keinen Fall das Gutachten anerkennen. Die Messbedingungen wurden nicht eingehalten«, sage ich.

»Ich mache mir darüber Gedanken, ob das strategisch für uns sinnvoll ist«, sagt er. »Übrigens, das hatte ich vorhin vergessen zu erwähnen: Es gab einen Richterwechsel.«

»Weshalb?«, frage ich.

»Das wird sicherlich interne Gründe und hoffentlich keinen Nachteil für uns haben. Meine Sekretärin wird Ihnen in den kommenden Tagen den Download-Link zum Gutachten senden. Und ich melde mich, sobald es wieder Neuigkeiten gibt. Alles Gute und bis dahin.«

»Ihnen auch«, sage ich.

»Bis dann«, sagt Louna.

»Wiederhören«, sagt Herr Gockelsheim und beendet das Gespräch.

Ich werfe mein Smartphone aufs nahe Sternmoos, räuspere mich, ziehe Schleim aus meinen Nebenhöhlen, huste und spucke Richtung Strauch.

»Seit über einem Jahr wird die Hunderte von Seiten starke Klageschrift formuliert. Das Gericht weiß nicht nur detailliert über unsere gesundheitliche Situation Bescheid, sondern auch von den schmierigen Tricks und Lügen der Gegenseite. Nach über einem Jahr kommen wir endlich dazu, die Beweise sichern zu lassen, und der vom Gericht bestellte Gutachter ignoriert alle zwingend erforderlichen Regularien, um aussagekräftig messen zu können? Ist das Vorsatz oder übelster Dilettantismus?«, frage ich Louna, die mir mit einem Achselzucken antwortet.

Ich steige aus der Wanne, rubbele mich mit dem »Knight Rider«-Strandhandtuch trocken, ziehe mich an, schnappe mir das Smartphone und lege mich in die Hängematte. Zur Erinnerung an das Besprochene halte ich den Inhalt des Telefonats stichwortartig in der Notiz-App fest. Während ich tippe, teilt mir der Banner der Foto-App mit, dass ein neuer »Rückblick« für mich bereitsteht. Reflexartig klicke ich auf die Grafik, die mich zur Fotomediathek leitet und mir vom Camp geschossene Fotos samt »In der Natur«-Headline als neue »Album-Story« anbietet. Nach ein paar Campfotos zeigt eines Louna, wie sie in der Hängematte liegt und lacht. Ich gucke hinüber zur Wäscheleine.

Meine Nackenhaare richten sich auf.

Hastig stehe ich auf, gehe zu Louna und halte ihr Display samt Foto entgegen. Sie starrt vom Screen zur Wäscheleine und wird kreidebleich.

»Ich habe es dir doch gesagt.«

»Das Foto ist von gestern Abend«, sage ich.

»Warum hat jemand unsere Wäsche umgehängt?«

Ich ziehe Socken und Schuhe an, gehe zum Auto und schnappe mir die Axt aus dem Kofferraum.

»Kannst du dich an den Film ›Blair Witch Project‹ erinnern?«, fragt sie. »Dort fanden Jugendliche schräge Dinge im Wald, bevor sie dann …«

»Es gibt keine menschenfressenden Waldhexen«, unterbreche ich sie. »Außerdem scheinen unsere eher hauswirtschaftlich orientiert zu sein.«

Louna und ich erklimmen den Hügel, der das Camp umgibt und gucken hinab in die Senke.

»Es ist unmöglich, sich von hier oben ins Camp zu schleichen, ohne dabei Geräusche zu verursachen. Überall liegen Blätter und trockene Äste auf dem Boden, die jeden beim Hinuntergehen akustisch verraten würden. Und der schmale Eingang in die Senke ist mit dem Sträucherwall verstopft. Dort kommt niemand durch«, sage ich.

Wir suchen die Hügel und angrenzenden Areale gründlich ab. Weder treffen wir jemanden noch entdecken wir irgendwelche Spuren. Zwei Stunden später kehren wir mit einem großen Fragezeichen ins Camp zurück.

»Sollten wir uns nicht besser einen anderen Platz im Wald suchen?«, fragt Louna, als sie sich zu mir in die Hängematte setzt.

»Der Platz hier ist perfekt. Außerdem müssten wir alles neu bauen.«

»Mir fällt gerade ein: Eyra hat uns doch ›Schwarzes Salz‹ geschenkt«, sagt sie.

»Glaubst du, das hält Waldhexen davon ab, weiteren Schabernack zu treiben?«

»Vielleicht.«

»Ich dachte, ihr Salz schützt nur vor dem Mond?«, frage ich.

»Und vor seinen Wesen! Lass uns mit dem Salz einen Kreis ums Camp ziehen.«

»Wir haben nur ein kleines Glas davon«, sage ich.

Louna bremst mit dem Fuß, steht auf, geht zum Auto und kehrt mit Eyras Salz zurück.

»Wir mischen das ›Schwarze Salz‹ mit Walderde. Hol schon mal den Spaten«, sagt sie.

Unweit der Küche hebe ich ein Loch aus. Louna mischt die ausgebuddelte Erde mit Eyras Salz in einem Eimer. Mit ihm umrundet sie das Camp und lässt dabei die Zaubererde neben sich auf den Waldboden rieseln, bis pünktlich zum Mittag der Schutzkreis steht. »Camp Gaia« ist safe.

Nach Linsensuppe und Pfannenbrot chillen wir in

der Hängematte, bis wir vom Schaukeln fast seekrank werden. Das unheimliche Wäscheerlebnis verblasst. Wir fühlen uns wieder sicher im Camp.

Tage vergehen, Wochen entstehen. Unsere Zeit im Wald steht im Zeichen von Regeneration und Entspannung. Die Verschleimung und Rotzerei ist zwar nach wie vor extrem, aber die täglichen Nasen- und Ohrenduschen verschaffen uns Linderung. Vor einigen Wochen bekamen wir den Download-Link zu den Gutachtenscans, allerdings benötigen wir nach wie vor einen Spezialisten zur Interpretation der Ergebnisse. Wir treffen nicht ein einziges Mal auf Wanderer, Förster oder Waldhexen mit Wäschefetisch – weder im Camp noch im Wald. Der unheimliche Zwischenfall bleibt ungelöst.

Gegen kurz vor zehn Uhr treten Louna und ich durch die große Tür des Mittelrisalits in der Grunewaldstraße. Nach dem Passieren der Sicherheitsschleuse gehen wir eine imposante Wendeltreppe mit grünem Geländer empor. Das neobarocke Gebäude ist nicht nur äußerlich mit seiner Dachlaterne, sondern auch im Inneren beeindruckend. Auf der blau gestrichenen Kuppeldecke stehen sich die stuckumrahmten, gemalten Wörter »Macht« und »Recht« gegenüber.

Vor einer Woche rief unser Rechtsanwalt an und teilte uns den heutigen Termin zur Güteverhandlung mit. Gestern verließen wir das Waldcamp mit den wichtigsten Dingen, allerdings gab es einige davon, sodass wir gegen Mittag mit beladenem Auto nach Berlin aufbrachen. Nach der über fünfstündigen Fahrt parkten wir am Wartburgplatz, der sich rückseitig des Amtsgerichts Schöneberg befindet. Aus Angst vor möglichen allergischen Reaktionen schlossen wir eine Hotelübernachtung aus. Platzgründe zwangen uns – entgegen der anfänglichen Planung – das Auto zum Schlafen zu verlassen und in einem der Rittertürme auf dem Wartburgspielplatz zu nächtigen. Daher nahmen wir Decken, Jacken, Rucksäcke, Wertsachen und Taschenlampe sowie beide Klageschriftordner mit auf den Ritterturm. Auch wenn wir uns beim heutigen Verhandlungstermin nicht einig werden sollten, hoffen wir auf ein Machtwort des Richters zur Beweismittelvernichtung durch die Gegenseite, deren Boykott, Sabotage und Lügen uns nicht nur in existenzielle Not stürzten, sondern auch weiterhin unsere Gesundung behindern. Bis tief in die Nacht beschäftigten wir uns mit der Klageschrift und dem Gutachten, bevor wir auf unseren Jacken einschliefen und bereits wenige Stunden später vom Lärm spielender Kinder auf dem Nachbarsturm geweckt wurden. Nach Schokocroissant und Triple Espressi rasierte ich mich auf der Café-Toilette. Dort putzten wir auch unsere Zähne und zogen passende Kleidung an.

Louna und ich warten im ersten Stock vor Sitzungssaal Einhundertacht auf Einlass. Das schrille Weinen einer jungen Frau hallt gespenstisch durch das historische Gebäude. Nach über einem Jahr werden wir nun auf Schmalzgöbel treffen. Ich bin gespannt, ob er sich bei uns entschuldigen wird.

»Die heutige richterliche Einschätzung ist immens wichtig für unseren kommenden Prozess«, erklärt Herr Gockelsheim, der verspätet zu uns stößt. »Wenn wir mit der Klage erfolgreich sein wollen, muss der Richter von der Beweismittelvernichtung durch die Gegenseite überzeugt sein und für den zukünftigen Prozess die Beweislastumkehr in Betracht ziehen.«

Wenige Minuten später werden wir namentlich aufgerufen und in den Verhandlungsraum gebeten. Im Gegensatz zum neobarocken Gebäude hat der Sitzungssaal den Charme eines heruntergekommenen Klassenzimmers. Schmalzgöbel und dessen Anwalt sitzen bereits auf Stühlen, als wir eintreten. Beide würdigen uns keines Blickes. Zum Glück entdecken wir keine Zimmerpflanzen im Raum, auf deren schimmelsporenhaltige Erde wir reagieren könnten.

Als wir Platz nehmen, wechselt Schmalzgöbels Anwalt – schamlos – plötzlich in den Angriffsmodus und wirft unserem Anwalt Unprofessionalität und Polemik vor. Angriff ist die beste Verteidigung – anscheinend sogar vor Gericht. Herr Gockelsheim ist sichtlich überrascht von den Psychospielchen des gegnerischen Anwalts und wirkt irritiert. Herrn Dr. Wiedkraub – unseren neuen Richter – scheint die Attacke des Anwalts nicht zu stören. Ganz im Gegenteil: Er lächelt süffisant. Erst nach Minuten unterbricht er die Tirade, begrüßt kurz und eröffnet nach ein paar einleitenden Sätzen die Güteverhandlung. Seine Stimme erinnert an die »Kermits« aus der »Muppet Show«. Ohne Umschweife erklärt er, dass er keine Voraussetzungen für eine mögliche Beweislastumkehr sieht.

»Ich glaube Ihnen die Erkrankungen und alles, was Sie in der Klage schildern. Das ist ja auch alles sehr gut dokumentiert. Aber ich halte es trotz allem für die Gegenseite nicht zumutbar, mit den Umbaumaßnahmen so lange warten zu müssen und kann daher keine vorsätzliche Beweismittelvernichtung erkennen. Deswegen sehe ich bei einer Klage Ihrerseits auch keinen Grund für eine Beweislastumkehr beim Prozess«, wiederholt Herr Dr. Wiedkraub seine Einschätzung auf meine Nachfrage hin mit schweißnasser Stirn.

Herr Gockelsheim versucht zweimal darauf zu reagieren, wird jedoch beim ersten Mal vom gegnerischen Anwalt unterbrochen. Zuletzt fällt ihm der Richter harsch ins Wort. »Kermit« und Schmalzgöbels Anwalt verhindern, dass Herr Gockelsheim für unser Recht kämpfen kann. Mir reicht's. Ich schalte mich ein.

»Haben Sie unsere Klage gelesen? Ist Ihnen eigentlich klar, was mir und meiner Frau zugemutet wird, wenn sie von ›Unzumutbarkeit‹ sprechen?«, frage ich den Richter.

»Ihre Erlebnisse sind tragisch«, antwortet er.

»Hier geht es um unsere Existenz!«, sage ich. »Seit Sommer zwanzigsiebzehn sind wir krank. Die Gegenseite vernichtet entscheidende Beweise und verhindert damit aktiv unsere Gesundung. Der Boykott, die Lügen und Sabotagen finden keine Berücksichtigung bei Ihrer Entscheidungsfindung?«

Der Richter versucht nun auch mich zu unterbrechen und brabbelt laut in meinen Satz. Ich hebe meine Stimme und rede weiter.

»Ohne die zermürbenden Spielchen der Gegenseite hätten wir viel früher mit den Messungen beginnen können. Apropos: Die erforderlichen Bedingungen wurden nicht einmal im Ansatz eingehalten.«

»Ich bleibe bei meiner Einschätzung. Nehmen Sie es nicht persönlich«, erwidert »Kermit«.

»Wie soll ich es sonst nehmen?«, frage ich Herrn Dr. Wiedkraub, der mir nicht nur diese Antwort schuldig bleibt.

»Am besten einigen Sie sich jetzt alle. Dann ist das vom Tisch. Machen Sie den Klägern ein Angebot«, fordert der Richter den gegnerischen Anwalt auf.

»Wir verzichten auf die Gegenklage, wenn jede Partei ihre Kosten selbst trägt«, schlägt Schmalzgöbels Anwalt sofort vor.

»Also ›Null-Null‹«, sagt Herr Gockelsheim.

»Das ist ein gutes Angebot. Ich an Ihrer Stelle würde es annehmen«, drängt uns Richter Dr. Wiedkraub.

Ich schaue zu Louna. Sie ist kreidebleich und starrt ins Leere – steht unter Schock. Ich drehe mich zum Richter, verneine und entgegne: »Das ist doch kein gutes Angebot.«

»Doch«, widerspricht der Richter. »Das ist ein sehr gutes Angebot. Sehen Sie es mal so: Ab morgen brauchen Sie beide sich dann nicht mehr mit der ganzen Klage zu beschäftigen. Das frisst doch nur Zeit, Energie und noch mehr Ihrer Gesundheit. Ein kommender Prozess würde sich wahrscheinlich über viele Jahre ziehen. Und dann steht auch noch die Gegenklage im Raum. Das könnte am Ende vielleicht tatsächlich ziemlich teuer für Sie beide werden, wenn Ihre Rechtsschutzversicherung dabei nicht mitmachen sollte.«

Ich koche vor Wut und muss mich zusammenreißen, um nicht auszuflippen.

»Sorgen Sie dafür, dass uns ein ernstzunehmendes Angebot unterbreitet wird«, schaltet sich Louna plötzlich ein. »Mein Mann und ich sollen jetzt mit ›Null-Null‹ abgespeist werden? Das akzeptieren wir nicht! Das ist doch keine Kleinigkeit, die uns geschah. Wir haben alles verloren: Die Gesundheit, unsere Selbstständigkeit, das Ersparte, unser Hab und Gut, unsere gesamte Existenz. Wir finden nicht einmal eine Wohnung, in der wir ohne Reaktionen leben können.«

Louna beginnt zu weinen. Zum Glück erwähnt sie

nicht »Camp Gaia«.

»Was sagt die Gegenseite dazu?«, fragt Herr Dr. Wiedkraub und schielt durch seine große Brille in Richtung gegnerischem Anwalt.

Ich beobachte Schmalzgöbel, wie er regungslos an die Wand starrt, uns nicht ansehen will – oder kann.

»Wir würden uns noch darauf einlassen, Ihnen die Kaution zurückzuzahlen und als Entschädigung die ungerade Summe aufzurunden«, schlägt uns Schmalzgöbels Anwalt nun vor.

»Übrigens«, beginnt Richter Dr. Wiedkraub. »Machen Sie sich bitte keine Hoffnungen bezüglich Ihrer Schmerzensgeldforderung. In Deutschland gibt es – wenn überhaupt – nur sehr geringe finanzielle Ausgleiche für immaterielle Schäden. Ich an Ihrer Stelle würde dieses großartige Angebot jetzt annehmen. Das ist nicht nur ein richtig gutes Angebot, ich denke auch nicht, dass bei einem Prozess finanziell mehr für Sie rumkommen wird«, preist »Kermit« – wie auf einem Bazar – das Angebot der Gegenseite an.

Louna und ich schütteln – wild vor Wut und Enttäuschung – verneinend die Köpfe. Unser Anwalt versucht sich erneut einzuschalten, wird jedoch nahezu gleichzeitig von »Kermit« und Schmalzgöbels Anwalt lautstark unterbrochen.

»Überlegen Sie es sich gut, ob Sie tatsächlich den Weg der Klage gehen wollen. Ich an Ihrer Stelle würde es lassen und das großzügige Angebot der Gegenseite annehmen. Teilen Sie uns bitte Ihre diesbezügliche Entscheidung spätestens nach drei Wochen mit«, erklärt der Richter die Güteverhandlung für beendet und bittet uns, nach knapp fünfzehn Minuten Saal Einhundertacht zu verlassen.

XXI

Trommelstilzchen

Louna starrt ins Leere. Auf Fragen von mir antwortet sie – wenn überhaupt – nur verzögert. Mein Schock ist der Wut gewichen. Sie kreist um die Ungerechtigkeit. Und zwar in Dauerschleife. Mit an Bord befindet sich die Ohnmacht. Das im Amtsgericht Erlebte ist nicht begreifbar, die Einschätzung des Richters absurd, seine Begründung erbärmlich. Das Ganze riecht für mich nach einer Mischung aus Absprache und Gefälligkeiten: giftige, herzlose Hüllen.

Nach der staureichen und schweigsamen Rückfahrt erreichen wir gegen frühen Abend »Camp Gaia«.

»Das ist Erpressung«, sage ich. »Der Richter will uns zu einem schlechten Deal zwingen, obwohl wir Lug und Betrug der Gegenseite eindeutig nachweisen konnten. Aus seiner Sicht hätte keine Beweismittelvernichtung stattgefunden, daher sähe er auch keinen Anlass für eine Beweislastumkehr? – Geht's noch? Und Boykott, Sabotagen und Lügen Schmalzgöbels wurden bei der Verhandlung nicht einmal gerügt.«

Ich picke mit der Campinggabel Kartoffelstücke

auf, tunke sie in den Dijon-Senf, aber schaffe es nicht sie zu essen. Mir ist kotzübel. Louna stochert abwesend im Salat.

»Und die richterliche Einschätzung verkehrt sich sogar zur Drohkulisse: Uns wird nicht nur ein mühsamer und aussichtsloser Prozess prophezeit, sondern auch klar kommuniziert, dass wir höchstwahrscheinlich finanziell geschädigt aus der Nummer gehen werden«, sage ich.

Louna starrt auf den Boden.

»Ich kann mir natürlich sehr gut vorstellen, dass der Herr Richter kein Bock hat, ein umfangreiches Urteil zu schreiben. Allein unsere Klageschrift ist mehrere hundert Seiten stark. Vielleicht hat ›Kermit‹ auch keinen Arsch in der Hose, ist karrieregeil und hat Muffe, dass die Beweislastumkehrentscheidung über ihm nicht gut ankommt. Kein Wunder, dass er auf einen Vergleich gedrängt hat. Das erste Angebot der Gegenseite mit ›Null-Null‹ fand er ja direkt spitzenmäßig.«

Louna beginnt zu weinen.

»Ekelhaft«, schreie ich, ziehe lautstark Schleim aus meinen Nebenhöhlen, spucke den salzigen Glibber auf den Waldboden und spreche nicht vom Auswurf.

»Ich hoffe, denen geschieht mal Ähnliches oder besser noch: Schlimmeres«, sage ich.

Louna springt vom Klappstuhl auf.

»Hör jetzt auf! Täter, Opfer, Täter, Opfer. Ich kann den Scheiß nicht mehr hören! Und als nächstes spielst du den Retter, oder was?«, kreischt sie und kotzt auf den Waldboden.

Ich verschränke die Arme, schlage meine Beine übereinander und schweige. Mit der Hand wischt Louna Erbrochenes vom Kinn, bevor sie sich zurück auf den Klappstuhl setzt. Ich reiche ihr die Trinkflasche, hole Kerzen und Teelichter aus dem Kofferraum, verteile sie im Camp und entzünde sie in der einsetzenden Dunkelheit.

Das Essen rühren wir nicht an. Mein Magen ist verklebt von Zorn und Ärger. Schweigend legen wir uns in die Hängematte und beobachten die dunklen Baumkronen. Langsam, aber stetig saugt der Wald Wut und Schock aus unseren Körpern. Als die Teelichter erloschen sind, putzen wir Zähne, pusten die Kerzen aus und fallen erledigt in unsere ausgeklappten Autositze.

Plötzlich bin ich wach.

Aus dem Wald schallen Trommelgeräusche. Ich öffne die Augen.

»Was geht denn hier ab?«

»Wer trommelt denn mitten in der Nacht?«, fragt Louna verschlafen und blinzelt müde mit ihren Augen.

»Vielleicht jemand, der gerne Wäsche umhängt?«

»Hör auf, ich bekomm' Gänsehaut«, sagt sie.

Ich huste, ziehe Schleim hoch, öffne die Beifahrertür und spucke einen dicken Flatschen aus, bevor ich sie schnell wieder schließe. Es ist kalt.

»Ich geh' auf die Hügel.«

»Wieso?«, fragt sie.

»Ich muss wissen, wer hier trommelt.«

»Warum denn? Das Camp ist safe. Eyras Salz schützt uns.«

»Bleibst du im Auto?«

»Das Trommeln hört bestimmt bald auf. Wollen wir nicht einfach weiterschlafen?«, fragt sie.

»Kannst du jetzt schlafen?«

Louna stöhnt und kommt ins Sitzen.

Ich steige aus, greife den Saum des Tarnnetzes und befestige ihn an der Dachplane. Die Nacht ist finster, der Mond nicht zu sehen. »Camp Gaia« liegt in völliger Dunkelheit. Ich bücke mich, entzünde den Docht der großen Kerze, gehe zum Kofferraum, öffne die Heckklappe und greife die Axt. Louna steigt aus und zieht ihre Daunenweste über.

»Hier«, sagt sie und wirft mir meine zu.

Ich lege die Axt zur Seite und ziehe die Weste an.

»Besser du bewaffnest dich auch«, sage ich.

Louna beugt sich über den Kofferraum und greift Hammer und Schraubenzieher.

»Ich stecke noch Kabelbinder und Panzerband ein, damit wir die Trommeltype notfalls fesseln können, falls sie durchdreht. Wo sind eigentlich die Stirnlampen?«

»Die hab' ich«, antwortet sie, greift in ihre Westentasche und reicht mir meine.

»Lass uns die Lampen besser noch auslassen. Wir gehen hoch und beobachten erstmal alles aus der Ferne. Wir wissen weder, wer noch wie viele Personen sich im Wald aufhalten. Vielleicht ist es letztlich schlauer, unentdeckt zu bleiben. Und wenn wir dann sogar bewaffnet auftauchen, wird das zusätzlich für Irritationen sorgen«, sage ich, schnappe mir Kabelbinder und Panzerband, verstaue beides in meinen Taschen und greife die Axt.

Unsere Augen haben sich bereits an die Dunkelheit gewöhnt, als wir die das Camp umgebenden Hügel erreichen. Nach wie vor hallt lautes Getrommel durch den Wald. Noch ist niemand zu sehen.

»Es kommt aus dieser Richtung«, sage ich, drücke ein paar Zweige zur Seite und schlängele mich an einem dornigen Strauch vorbei.

Wir folgen den Trommelschlägen durchs dichte Unterholz. Mein Herz rast. Schnupfen und Räuspern unterdrücken wir. Die Stirnlampen lassen wir ausgeschaltet.

»Ich hätt' schwören können, dass das Trommeln von hier stammt«, sagt Louna, als wir eine Lichtung erreichen – aber auch hier niemanden antreffen.

»Hat sich tatsächlich so angehört«, wundere auch ich mich.

»Wollen wir nicht besser zurück ins Camp?«

»Nein«, antworte ich.

»Aber hier ist keiner.«

»Und wer trommelt dann? ›Trommelstilzchen‹? – Zum Glück kennen wir jetzt seinen Namen. Dann kann es unsere Wäsche in Ruhe lassen«, sage ich.

»Ich find' das nicht mehr lustig.«

»Mach jetzt bitte kein ›Blair Witch Project‹ aus der Trommelkiste«, sage ich.

»Vielleicht ist der Kerl ja ein Freak und sucht seine Opfer im Wald.«

»Wieso bist du dir eigentlich so sicher, dass es ein Typ ist? Es könnte auch eine Serienmörderin sein, die ihre Opfer trommelnd anzieht, um sie rituell auszuweiden«, sage ich.

»Ich kehre jetzt um«, droht Louna.

»Nerv mich nicht mit deiner Paranoia. Stell dir einfach vor, dass wir gleich auf eine zierliche, elfenartige Frau in weißem Gewand treffen, die nachts gerne im Wald trommelt, weil sie das in ihrer Wohnung wegen der Nachbarn nicht machen kann.«

»Wer so die Trommel schwingt, ist garantiert nicht zierlich«, sagt sie.

»Ich will wissen, wer hier ist!«

Louna zieht ihre Hose nach unten, setzt sich in die Hocke und pinkelt. Ich blicke umher. Erneut versuche ich die Richtung zu bestimmen, aus der das Trommeln stammt.

»Ist es nicht besser, wenn wir ...?«

»Psst!«, unterbreche ich sie.

»Was?« Louna zieht hektisch ihre Hose hoch.

»Das hab' ich mir gedacht. ›Trommelstilzchen‹ spaziert durch den Wald. Die Geräusche kommen jetzt wieder von dort«, sage ich und zeige in die Richtung, aus der wir kamen.

»Lass uns bitte zurückgehen.«

»Kannst du mir bitte einen Gefallen …?«

»Sei leise«, unterbricht sie nun mich. »Hörst du das?«

»Ja, klar«, flüstere ich. »Jemand trommelt.«

»Ruhe!« Louna legt ihren Zeigefinger auf die Lippen.

»Ach du Kacke«, sagt sie nach einigen Sekunden.

»Was ist?«

»Der Trommler kommt auf uns zu!«

»Quatsch nicht. Wie kann er wissen, wo wir sind?«

»Hör' mal genau hin«, fordert sie mich auf.

Mit Daumen und Zeigefinger greife ich mein Ohrläppchen und lausche. Ich muss Louna leider recht geben: Es hört sich tatsächlich so an, als ob »Trommelstilzchen« zu uns kommt.

»Vielleicht jagt er uns schon die ganze Zeit.«

»Wer?«, frage ich. »›Der Kannibale aus Teutowestfalia‹?«

»Verschon' mich mit deinen blöden Witzen.«

»Das ist doch alles ›Panik-Quark‹ mit ›Angst-Sauce‹«, lüge ich, um nicht nur sie zu beruhigen.

Das Trommeln wird lauter.

»Was machen wir denn jetzt?« Louna ist panisch.

»Zum Camp laufen wäre unclever. Nachher folgt er uns, falls er neulich nicht schon längst bei uns war. Ich helf' dir jetzt auf den Baum hier hoch. Los! Räuberleiter«, sage ich und lehne die Axt an den Stamm.

Louna wirft Hammer und Schraubenzieher zu Boden, steigt mit ihrem Turnschuh in meine gefalteten Handflächen und hält sich an meiner Schulter fest, bevor ich ihren Körper empor drücke. Mit ihrer linken Hand umschlingt sie den Baumstamm und versucht mit der rechten den dicken Ast zu greifen.

»Ich komm' nicht ran«, sagt sie.

Das Getrommel klingt nah.

»Steig auf meine Schultern. Los! Dann kommst du an den Ast. Mach jetzt!«

Beidarmig umklammert sie fest den Stamm, winkelt ihre Beine und tastet mit den Füßen vorsichtig nach meinen Schultern. Ich greife ihre Fesseln und positioniere sie auf meinen Schultergelenken. Louna schafft es tatsächlich in den Stand, verliert jedoch kurz darauf das Gleichgewicht, als sie ihre Hand erneut Richtung Ast streckt. Hinter uns dröhnen die Trommelschläge.

»Lass mich los!«, schreit sie und springt von meinen Schultern auf den blätterbedeckten Waldboden.

Ich bücke mich und greife die Axt. Louna hebt Hammer und Schraubenzieher vom Boden. Fast gleichzeitig schalten wir unsere Stirnlampen ein.

»›Trommelstilzchen‹!«, brülle ich in den Wald.

»Was willst du von uns, du Freak?«, kreischt Louna und fuchtelt mit Hammer und Schraubenzieher wild in der Luft.

Meine Hände umklammern fest den Stiel der Axt. Kalter Schweiß tropft von meiner Nase. Mit den Stirnlampen leuchten wir in der Dunkelheit umher. Doch es bleibt dabei: Niemand außer Louna und mir ist zu sehen.

»Zeig dich!«, schreie ich, denn ich fühle, dass Louna und ich beobachtet werden.

Schlagartig verstummt das Getrommel.

Auf einmal ist es still im Wald. Lediglich die Blätter der Bäume rascheln sanft im Wind.

»Ich weiß, wer hier ist«, sagt Louna, schaltet ihre Stirnlampe aus und wirft Hammer und Schraubenzieher zu Boden.

»Bitte was?« Ich drehe mich zu ihr. »Wer denn?«

»Das ›Traumaschiff‹«, antwortet sie.

Zeitlose Stille hallt durch die Dunkelheit

Plötzlich – wie aus dem Nichts – erscheint eine Sphäre aus strahlendem Licht. Keine drei Meter entfernt schwebt sie leuchtend vor uns. Ich lasse die Axt fallen, schalte das Stirnlicht aus und ziehe die Halterung vom Kopf.

Nach Sekunden – die wie Minuten vergehen – spüre ich, wie sich das Licht mit uns verbinden will. Ich denke an unser erstes »Boarding«, atme tief ein, schließe die Augen und lasse los.

Ein feuriger Schmerz schießt durch den Körper, als Selqets Stachel in mich dringt.

Dunkelheit im Walde zerrinnt.
Alles verformt sich, weil Nichts nie beginnt.
Der Kopf wird hart wie Diamant.
Und mein Körper zu Licht ohne Rand.
Eisige Wärme staut sich im Herz.
Fließt nur im Kalt,
Wut versperrt's.
Ich fühl', wie die Sicht sich erhebt.
Sich mit Anderer zur Einheit verwebt.
Wir werden zu einziger Schicht.
Und hören, wie es klar zu uns spricht:
»Träger des Wassers.«

Dann wird es hell.
Es bleibt hell.

Wir schwimmen im Ozean aus Licht.

Nein.

Wir können nicht schwimmen.

Wir haben keinen Körper.

Wir fließen.

Nein.

Wir fließen nicht.

Denn es gibt weder Anfang noch Ende.

Nichts will zu mir, zu uns, zu allem.

Nein.

Nichts ist in mir, bei uns, in allem.

Denn Nichts ist.

Nichts türmt sich zur Welle, reißt Alles mit und spült uns an die Küste der Wut.

Hier teilen wir uns.

Hier toben wir.

Und sind gelöst vom Eins.

Zornig peitschen wir gegen die trauernde Brandung, bestrafen lichte Felsen für ihre steinerne Schwäche, bis tiefe Furchen ihre Hüllen zieren. Es ist lustvoll, spitzes Gestein zu runden, die Beständigkeit der Ewigkeit zu schleifen.

Wir tanzen.

Wir fliegen.

Wir lachen und sterben, nur um als neue Welle geboren zu werden, um von der süßen Frucht Rache zu kosten.

Wir schlemmen von ihr, aber werden nie satt.
Denn unser Hunger ist unstillbar.
So vergeht Wasser.
Denn es ist nicht.
Fließt bloß zum Schwärzesten See.
Wo die Wut ohne Atem ruht.

Tiefer im Hier: Eisige Flüsse,
erstarrte Trauer, unendlich verzweigt.
Im Delta der Gründe liegt die Truhe begraben.
Versteckt unter Platten aus Eis.
Wir finden den Schatz: Gefüllt mit Grund.
Vergessen verrinnt, Erinnerung kommt.
Mit dem Herzen schauen wir auf die Schmerzen.
Bringt gefrorenes Wasser zum Schmelzen:
Ich hab's getan, wir haben's erlebt,
ich hab's gerettet, wir haben's gesehen.
Wir haben's getan, ich hab's erlebt,
wir haben's gerettet, ich hab's gesehen.
Immer nur dieselben Spiele: Alte Leben, gleiche
Themen, die fort nicht gehen, weil ungesehen.
Auch angespültes Giftgepäck: Kriechen, Saugen,
Beißen, Stechen – Wesen, die den Thron besetzen.
Hinfort mit ihnen. In allen Zeiten.
Wasser wird auch sie noch einen.

Zart sprudelt im Wir erneut die Quelle,
doch stößt auf Wut an selber Stelle:

Es will sich spüren, wir wollen's nicht haben,
nur vergraben, bloß nicht fühlen,
wollen's niemals erben – lieber sterben.
Doch unscheinbar die Hellste Kraft,
ist neben Mut die Eigenmacht.
Stille des Willens entfacht das Heißeste Feuer,
brennt nieder Zorn- und Trotzgemäuer.
Denn zwischen Immer, Alles,
Niemals, Nichts fließt
bloß Ewiges Licht.
Ich erinnere mich:
I
ch
bin
Wasser
im Ozean
der unendlichen
Möglichkeiten. Ältester
Tropfen Ewigen Lichts. Ich
ist Einheit und Einheit.
Ich ist Eins. Und
Eins ist.

Ich öffne die Augen.

Louna und ich liegen auf unseren ausgeklappten Autositzen. Es ist bitterkalt. Nur die brennende Kerze im Camp spendet der finsteren Nacht Licht. Ich greife mein Smartphone von der Ablage und klappe die Schutzhülle auf.

»Rat' mal, wie spät?«

»Nee, oder?«

»Ab heute glaub' ich nicht mehr an Zufälle.«

Ich stecke das Smartphone in meine Hosentasche und greife die Packung Taschentücher aus dem Handschuhfach.

»Ich kann mich nicht an einen Rückweg ins Camp erinnern«, sagt Louna.

»Wir sind nicht zurückgegangen.«

Ich öffne den Klebestreifen und nehme ein Taschentuch aus der Packung.

»Haben wir das alles tatsächlich erlebt?«, fragt sie.

»Die Kerze draußen brennt. Ich hab' sie angezündet, bevor wir das Camp verließen«, sage ich.

Ich schnupfe mich aus. Louna kommt ins Sitzen.

»Selqet hat uns zurückgebracht.«

»Du meinst, Selqet hat uns ins Innere des Autos teleportiert«, sage ich.

Louna greift ein Taschentuch und schnupft sich aus.

»Irgendwie siehst du anders aus«, sagt sie.

»Ich trag' immer die Daunenweste über dem Superman-Suit.«

Louna legt sich zurück in ihren Sitz. Ich öffne die Beifahrertür, befestige das Tarnnetz am Dach, steige aus und spucke plastikartigen Glibber auf den Waldboden, bevor ich die Stirnlampe aus der Westentasche krame, zum Heck gehe, das Tarnnetz anhebe und die Kofferraumklappe öffne.

»Das war kein Traum«, sage ich. »Die Axt ist weg.«

»Und Hammer und Schraubenzieher?«, ruft Louna aus dem Inneren.

»Auch nicht hier.«

Mit der Decke über ihren Schultern steigt sie aus dem Wagen. Auf dem Weg zum Heck erstarrt sie.

»Du hast dich doch gestern vor der Güteverhandlung rasiert, oder?«

»Ja, im Café«, sage ich und greife mir ins Gesicht.

Als ich anstatt Stoppeln Haare fühle, fummele ich hektisch mein Smartphone aus der Hosentasche, öffne die Kamera-App, stelle in den Selfie-Mode und schaue aufs Display.

»Mein Bart ist über Nacht gewachsen.«

Louna spreizt die Finger und hält mir ihre Hände entgegen.

»Ich hab' meine Nägel gestern erst gefeilt.«

Zuerst starre ich auf ihre, dann auf meine langen Fingernägel.

Louna holt eine Packung Apfelsaft aus dem Kofferraum, schüttelt den Getränkekarton.

»Wir müssen mindestens zwei Wochen woanders

gewesen sein – wenn ich mir unsere Nägel und deinen Bart so anschaue«, sagt sie, öffnet den Verschluss und trinkt.

»Die Güteverhandlung war gestern«, sage ich und halte ihr das Smartphone-Display samt Uhrzeit- und Datumsanzeige entgegen.

Louna reicht mir den Saft. Ich stecke mein Handy ein und trinke.

»Altern wir, wenn wir mit Selqet reisen?«, fragt sie.

Mit dem Handrücken wische ich mir Saft aus dem Bart.

»Bei der ersten Reise sind wir nicht gealtert.«

»Vielleicht ja doch. Es kann sein, dass es uns nicht auffiel, weil du in Bosnien Vollbart trugst. Ich erinnere mich, dass unsere Nägel damals auch plötzlich länger waren.«

»Wir müssen Gwafa endlich erreichen«, sage ich.

»Kahina hat versprochen, dass sie sich bei mir meldet, sobald sie seine neue Nummer hat.«

»Wie konnten wir nur vergessen, mit Gwafa Mails auszutauschen?«

Ich stelle den Saftkarton zurück in den Kofferraum, schließe die Klappe und lasse den Saum des Tarnnetzes zu Boden.

»Lass uns in die Hängematte legen und den Sonnenaufgang angucken«, schlage ich vor.

»Das wird aber noch dauern.«

»Wir haben Zeit.«

Es ist kalt im frühen Wald.

Ich hole trockenes Holz und entzünde es in der Feuerstelle, bevor wir uns mit den Decken in die Hängematte kuscheln und schaukeln.

»Ich hätte nicht gedacht, dass wir noch ein weiteres Mal mit dem ›Traumaschiff‹ reisen«, sage ich.

»Offensichtlich mussten unsere Gefühle noch ins Reine.«

»Du meinst ins ›Eine‹.«

Wir lachen.

»Warum treffen wir Selqet immer um genau drei Uhr vierzig?«, fragt Louna.

»Vermutlich, weil es zu diesem Zeitpunkt möglich ist für die ›Träger des Wassers‹ – warum auch immer es uns so nennt.«

Das Feuer ist hungrig. Ich stehe auf und lege Brennholz nach.

»Weshalb sind Haare und Nägel von uns gewachsen, ohne dass im ›Hier‹ Zeit verging?«, fragt sie.

»Vielleicht als Reaktion unseres Körpers auf die Zeit, die wir im ›Dort‹ weilten?«, frage ich zurück.

»Du meinst als ›Spiegel‹? Zur Reflexion?«

»Wie könnten wir uns sonst darüber bewusst werden, irgendwo anders Zeit verbracht zu haben? Das Bewusstsein erschafft Zeit, um Realitäten einzuordnen. Wahrscheinlich ist alles gleichzeitig, ohne zeitgleich zu sein.«

»Altern Menschen nur aufgrund ihres Bewusstseins von Zeit?«, fragt sie.

Ich krame meine Mütze aus der Tasche und setzte mich zurück in die Hängematte.

»Wenn sich der Geist ständig lineare Zeitinformationen zuführt, ist der Körper darauf programmiert.«

Ich setze die Mütze auf. Mit der Hand stoße ich uns kräftig vom Waldboden ab.

Wir schaukeln höher.

»Altert man langsamer, wenn man sich davon löst?«, fragt Louna.

»Suma kam angeblich nach vierzig Jahren zurück, ohne einen Tag gealtert zu sein. Wir sind anscheinend noch programmiert.«

»Vielleicht hat Selqet ihn woanders abgesetzt«, sagt sie.

»Vielleicht ist er gar nicht mit Selqet gereist.«

☋

Drachenschwanz

9.

Projectio

»Vnsr würdiger Leib/ wie man sicht/
Allhier im Grab verborgen ligt:
Der Geist nicht weit von jhm steht zwar/
Das Gmüt vom Himml kombt wider dar.
Derhalben mach/ daß diß allweg
Erstlich in die Höh steigen mög:
Vnd von der Höhe widerumb
Herab auff das Vnterste komm.
Also wirds jhm vereinign werdn
Die Freundlichn Kräfft Himmels vnd Erdn:
Vnd wird mit seinen reichen Sachn
Das Corpus widrumb lebend machn.«[12]

(Daniel Stoltzius von Stoltzenberg,
Chymisches Lustgärtlein,
Frankfurt am Main, 1624)

XXII

Träger des Wassers

Als ich mit Brennholz zurück ins Camp kehre, sehe ich Louna kreidebleich auf dem Klappstuhl sitzen. Apathisch starrt sie geradeaus. Beide Hände umklammern ihr Handy. Ich stelle den Plastikeimer ab und gehe zu ihr.

»Was ist los?«, frage ich.

Wortlos reicht sie mir das Smartphone. Ich entsperre ihr Gerät und blicke auf den offenen Chat mit Kahina, die ihr zuletzt ein Foto sendete. Ich tippe auf seine Miniaturvorschau und drehe das Handy um neunzig Grad, um es im Vollbildmodus zu betrachten. Es zeigt eine Frau mittleren Alters im »Tamel7aft« – einer berberischen Frauentracht. Neben ihr steht ein Mann vermutlich gleichen Alters, der zur weißen Djellaba einen langen Vollbart trägt. Im Hintergrund sind Berge zu erkennen.

»Familie?«, frage ich.

Louna zittert, klappert mit den Zähnen, obwohl heute T-Shirt-Wetter ist.

»Wer ist die Frau?«, frage ich.

»Der Mann!«
»Ihr Mann?«, frage ich.
»Nein.« Louna holt tief Luft. »Das ist Gwafa.«
»Der heißt auch Gwafa?«, frage ich. »Ist ja witzig.«
»Nein!«, wiederholt sie lauter. »Das ist Gwafa!«
»Michael-Jackson-Syndrom?«, frage ich. »Der Typ auf dem Foto ist hellhäutig. Da bist du ja brauner.«

Ihr Blick ist fremd. Louna holt tief Luft, atmet laut aus.

»Wir haben Gwafa nie getroffen«, sagt sie.

Ich gebe ihr das Handy zurück, hole meins aus der Hosentasche, öffne die Foto-App und scrolle durch die Bilder der Mediathek. In »Jebel Suma« verbot Gwafa uns Fotos zu machen. Auf unserer Tour hoch in die Berge schoss ich welche. Auf einem von ihnen ist er zu sehen.

»Und wer ist er hier?« Ich halte Louna das Foto mit Gwafa entgegen.

»Ich hab' schon telefoniert«, sagt sie.
»Mit wem?«
»Gwafa.«
»Hat Kahina dir die neue Nummer geschickt?«
Louna nickt.
»Wieso hast du mit dem Anruf nicht gewartet? Ich hätt' ihn auch gern gesprochen.«
»Ich musste wissen, ob es stimmt.«
»Was stimmt?«, frage ich.
»Dass wir nicht mit Gwafa unterwegs waren.«

»Aber das waren wir.«

»Nein!«, brüllt sie mich an.

»Beruhig' dich mal. Was ist denn los mit dir?«

Louna atmet mehrmals tief ein, lange aus. Ihr Blick ändert sich. Das Fremde verschwindet.

»Als du eben Holz sammeln warst, hat mir Kahina die neue Nummer geschickt und danach eine Sprachnachricht, bevor sie mir das Foto sendete: Der Mann neben der Frau im ›Tamel7aft‹ ist Gwafa«, sagt sie.

»Hä?«, entgegne ich. »Das kann nicht sein.«

Louna presst Luft durch ihre geschlossenen Lippen.

»In Marrakesch hatten wir uns doch mit Gwafa im ›Dar Rfissa‹ verabredet. Erinnerst du dich?«

»Ja, klar«, antworte ich.

»Auf dem Weg zu uns ist er im Fahrstuhl stecken geblieben.«

»Wo?«

»In seinem Haus.«

»Ach, deswegen kam er damals später.«

»Nein«, sagt sie und schüttelt ihren Kopf. »Er und zwei andere haben die Fahrstuhlkabine aufgebrochen. Bei dieser Aktion fiel Gwafas Handy in den Aufzugsschacht.«

»Was ist das denn für eine Story«, sage ich.

»Wir haben Gwafa nie getroffen!«

»Aber der Typ, mit dem wir unterwegs waren, hieß Gwafa«, sage ich.

»Du hast ihn damals gefragt, ob er Gwafa sei.«

»Aber der Typ wusste, dass wir zu seinem Onkel in die Berge wollten. Davon haben wir ihm nichts erzählt«, sage ich.

»Ich weiß.«

»Mit wem waren wir dann unterwegs?«

»Wo waren wir mit ihm?«, fragt sie.

»Willst du mich verarschen?«, schreie ich.

Es dauerte mehr als vierundzwanzig Stunden, bis ich wieder Flüssigkeiten zu mir nehmen konnte und über zweiundsiebzig, bis ich den Gedanken zuließ, wieder feste Nahrung aufzunehmen.

Die ersten Haferflocken heute früh haben gutgetan. Langsam komme ich zu mir. Fragen drängen sich auf: Woher wusste »Dogon-Gwafa«, wen wir besuchen wollten? Ist er ein Zeitreisender? Ist Suma der Hogon? Sind beide Außerirdische? Was hat es mit dem schwarzen Pool in der Höhle auf sich? Sind die Skorpione vom Sirius? Warum der Stich? – »Kahina-Gwafa« hat noch nie von irgendwelchen Nachfahren der Dogon im Atlas gehört. Sein Onkel, zu dem wir ursprünglich wollten, wohnt zwar auch in den Bergen, allerdings keine Stunde entfernt von Marrakesch. Mit Skorpionen habe er seinen Onkel noch nie arbeiten sehen, antwortete »Kahina-Gwafa« Louna per SMS.

Gegen späten Mittag zwingen wir uns zu einer Linsensuppe. Hunger haben wir keinen. Nach dem Abwasch legen wir uns in die Hängematte und versuchen zu entspannen. Obwohl die Sonne seit Tagen scheint und spätsommerliche Temperaturen herrschen, frieren wir seit des Schocks, als ob wir mit Sommerdress im Schneesturm ständen. Auch die warme Mahlzeit vorhin führte zu keiner nennenswerten Wärmesteigerung. Seit heute Morgen hat die bleierne Kälte eine neue Qualität erreicht und frisst sich in immer tiefere Schichten. Mittlerweile zittern wir am ganzen Körper.

Wir beschließen, die Hängematte zu verlassen, um uns ins Auto zu legen. Als ich in den Stand komme, spüre ich, dass meine Beine steif sind. Ich verliere das Gleichgewicht und gehe zu Boden. Nahezu gleichzeitig fällt Louna aus dem Tuchgewebe und landet neben mir auf der Walderde. Ich helfe uns hoch. Wir schleppen uns zum Auto. Mit letzter Kraft ziehen wir Pullover sowie Jacken an und breiten Decken und Schlafsäcke über uns aus. In Embryonalstellung liegen wir uns auf den ausgeklappten Autositzen gegenüber und klappern mit den Zähnen um die Wette. Währenddessen verabschiede ich mich von meinem Leben, meiner Louna, meinen Lieben, von den Bäumen, den Bewohnern des Waldes, der Meere und Lüfte. Gleichzeitig übernimmt eine feurige Taubheit meinen Körper, die sich sonderbar wohlig ausbreitet. Ich spüre, wie sich mein Herzschlag verlangsamt und in einen neuen, fremden Rhythmus wechselt. Irgendwann beginnen Finger und Zehen von uns taub zu werden, in Schüben zuckend zu krampfen, um dann sonderbar zu versteifen. Doch je mehr ich erstarre, desto »größer« und »weiter« fühle ich mich. Während die Körper immer unbeweglicher werden, schwellen zusätzlich Zunge und Schlund bei uns an. Um schlucken zu können, muss ich meinen Kopf nun seitlich drehen, ihn anschließend neigen. Nur so schafft es der zähe, plastikartige Schleim den geschwollenen, tauben Hals hinab. Zusätzlich strahlt ein spitzer, lichter Strahl durch meine rechte Ohrmuschel und frisst sich wie ein Laser zur linken. In unregelmäßigen Abständen bekommen unsere Körper »elektrische Schauer«, die stellenweise so heftig sind, dass sich von ihnen die steifen, tauben Finger spreizen, vereinzelt aufrichten. Mittlerweile kann ich meine Zunge kaum bewegen, fast nicht mehr sprechen. Der Schlund ist geschwollen und von einem seltsam tauben Gefühl ummantelt. Louna kann nicht mehr reden. Ihr Gesicht ist aufgedunsen, vermutlich auch meins. Ihre großen Augen sind zu kleinen Schlitzen verformt: Louna sieht aus wie ein Frosch.

»Ich geh' nicht ins Krankenhaus. Das macht überhaupt keinen Sinn«, spricht sie auf einmal in meinen Kopf, ohne ihre Lippen zu benutzen.

Erstaunlicherweise fühlt sich Lounas neue Kommunikationsart nicht unbekannt an, obwohl sich ihre klare Stimme über meine Gedanken legt und mich an ein Telefongespräch erinnert – nur in deutlich besserer Qualität.

»Sehr geehrte Damen und Herren! Meine Frau und ich haben uns in den Bergen des Atlas beim Hogon der Dogon von Skorpionen stechen lassen und anschließend versucht, unsere verschwundene Erinnerung daran mit Schwefel sowie Wasser der Bosnischen Sonnenpyramide zurückzuerlangen. Dabei sind wir zweimal auf ein Wesen namens Selqet gestoßen, mit ihm wir um genau drei Uhr vierzig durch Raum und Zeit reisten und gealtert zurückkehrten, obwohl beide Male keine Zeit verging. Beschreib' die Nummer mal einem Arzt im Krankenhaus«, sage ich zu ihr, ohne meinen Mund zu öffnen.

Unsere neue Dialogart fließt gleichzeitig: Wir senden sofort und empfangen direkt.

Louna röchelt, versucht zu lachen, schnappt wild nach Luft.

»Es ist wahr«, sagt sie, ohne ihre Stimmbänder zu bewegen.

»Und wenn du jetzt noch auf dem Anamnesebogen angeben würdest, dass unsere Plastikschleimproduktion begann, nachdem sich unser Licht mit Selqets zu einer Lichtsäule verwob, wäre die Neuroleptikaspritze schneller im Arm, als du S-e-l-q-e-t buchstabieren könntest. Unsere Story würde im Krankenhaus bestenfalls nur Verwirrung stiften.«

»Wir werden in unserer Karre gesund«, sendet sie mir gedanklich.

»Oder halt auch nicht«, entgegne ich ihr mental.

Ich verrenke den Kopf, um das Rotzeplastik schlucken zu können. Louna wölbt ihren Kiefer, würgt lautlos.

»Wir sterben«, schicke ich ihr geistig.

»Es fühlt sich nach dem genauen Gegenteil an.«

Wir schauen uns in die Augen.

»Ich erinnere mich«, vibriert ihr Satz in mir.

»Woran?«

»An das Eins«, rinnt ihre Antwort zu mir. »Wir hatten fast vergessen, dass es ist.«

Ich versuche zu husten und neige den Kopf, um den Plastikschleim schlucken zu können. Mit letzter Kraft greife ich Lounas steife Hand. Unsere tauben Beine krampfen nun gefühllos in heftigen Schüben, um anschließend zu versteifen.

»Wir werden zu Stein.«

»Vertrau«, sprudelt ihr Wort in mir.

Die letzten Speichelreste in meinem Mund vertrocknen. Und dann erinnere ich mich.

»Ich bin Wasser im Ozean der unendlichen Möglichkeiten. Ältester Tropfen Ewigen Lichts. Ich ist Einheit und Einheit. Ich ist Eins«, strömt meine Stimme zu ihr.

»Und Eins ist«, flutet mich ihre Erinnerung.

Das Display der Saugnapfuhr mit Thermometer zeigt fünfzehn Uhr vierzig und achtzehn Grad an. Ich kann nicht mehr schlucken. Mein Hals ist taub. Ob er enger wird, spielt keine Rolle mehr.

Ich fühle, dass mein Körper Stein ist, spüre bereits den sanften Sog des Ozeans.

In mir fließt nasse Frequenz.
Begleit' nur den Wechsel.
Von Perspektiven, in neuer Sequenz:
Gut und Böse, im Niemals geboren.
Der Lichte Befreier, zum Scheitern erkoren.
Der Alte Drach', längst verzogen.
All Identität, endlich verloren.
Karma, künstliches Drama,
damit wir auf Erden immer nur werden.
Dabei sind wir.
Weil Alles ist.
Und folgen nicht,
wie die Motten dem Licht.
Denn die Stimme aller Ewigkeit
weiß über sich genau Bescheid.
Ich lasse los.
Und endlich zu.
Vollendet.
Voll.
Endet.

Frei
    Frei vom Trinken.
    Frei von Nahrung.
    Frei von Luft für die Atmung.
    Frei von Befreiung, frei vom Willen zu lenken.
    Ich bin Süßes Wasser, werd' meinen Blick
    nie mehr senken.

Süßes Wasser fließt vom Hier aus ins Dort,
    mündet im Wasser des Pools aus schwarzer Haut.
Doch Gwafa, Hogon und Selqet sind fort.
    Allein in der Unendlichkeit,
Süßes Wasser strahlt nie weit
    durch nimmersatte Schattenheit.
Durch Gleichmut des Ichs,
    flieht der Esser des Lichts.
Und mit salziger Gischt
    strömen wir fort aus dem Nichts.

Im Nass vibrieren die Welten.
    Wirbel aus leichtem Licht.
Salziges Wasser strömt nun schneller,
    wird zum Auge der zeitlosen Schicht.
Anderes Wasser ruft.
    Denn Salziges Wasser sucht.
Wir fließen hinab,
    verlassen den Bau
und saugen uns stromauf ins Grau.

Es bleibt grau.
Alles ist grau.
Auch das Nichts.
Das Eins, die Leere: grau.

Ich bin im Außerhalb, Teil dessen.
Ich bin unbeteiligt, mittendrin.
Ich brauche keine Augen zum Sehen,
keine Ohren zum Hören,
keine Nase zum Riechen,
weder Zunge zum Schmecken
noch Haut zum Fühlen.
Denn Atem lässt sich nichts entwischen.
Ich bin im Dazwischen.
Ich bin das Dazwischen.
Wir sind das Dazwischen.
Denn wir sind.
Weil Alles ist.

Und Grau zerfließt.
Denn ich zerfließe.
Weil wir zerfließen.
Wir sind Neues Wasser.

Wir öffnen Augen, die wir nicht haben –
wissen – was wir tragen:
Nasse Zeit – Tropfen der Ewigkeit –
die wässrig im Äther wabern.

Anderes Wasser kommt.
    Es darf hinein.
Wir vermischen uns,
    werden Eins, um zu sein.
Und dann sind wir.
    Und dann sind wir bei ihnen.

Dort gibt es keine Winkel,
    keine Spitzen und Rund.
Weder Formen und Flächen,
    niemals Linien noch Punkt.
Nur Klänge, die im Wasser weilen,
    um die Wunden der Zeiten zu heilen.
Wir wollen Anderes Wasser sehen.
    Nicht nur ihre Welten samt Ideen.
Anderes Wasser sagt, dass das anstrengend ist.
    Für uns und für sie.
Wir treffen uns im Nirgendwo.
    Zwischen Alles, Nichts, Immer und Nie.
Anderes Wasser zeigt sich: nicht lang.
    Neues Wasser erfährt nun Anderen Klang.
Wir sind kurz geschockt.
    Noch mehr fasziniert.
Doch beurteilen nicht die neue Sicht.
    Anderes Wasser spiegelt bloß Anderes Licht.
Denn wir sind.
    Weil Alles ist.
Hier sowieso.

Anderes Wasser bringt uns zum Schatten des Lichts.
Dort eint sich Wasser,
fließt zum Einzigen Ort.
Anderes Wasser verrinnt,
denn ab hier sind nur wir.
Neues Wasser flutet die Schatten im Licht,
folgt dem Lauf kristalliner Frequenz.
Stromauf, vorm schwarzen Moment, scheint es,
als sei es rein lichte Sequenz.
Wir kreuzen die Spiegel der unlichten Ströme,
verführerische Tropfen der Macht.
Dunkles Wasser strömt jetzt entgegen.
Aber Neues Wasser ist standhaft.
Die Schatten im Licht: mächtig, wirksam, stark.
Neues Wasser wird nun dunkel gefärbt.
Neues Wasser ist fast fort.
Das Licht im Wasser, nur noch ein Punkt.
Alles verloren, gleich welchem Grund.
Die Dunkelheit, sie spürt den Sieg.
Doch Licht im Wasser versperrt den Weg.
Würdiges Wasser richtet sich auf,
wird zur Säule aus Gischt,
strahlt golden durch das Zentrum des Herzens
aus der heißesten Kammer des Ewigen Lichts.
Dieses Licht wirft niemals Rand,
denn Würdiges Wasser ist Nicht-Widerstand.
Einzig dies' Wasser löst sich vom Licht,
schwingt hinter den Spiegeln, dort eint es sich.

Wasser – frei von Schatten und Licht,
Hell, Grau und Dunkel:
Sie existieren nicht.
Sie haben nie existiert.
Sie werden nie existieren.
Und Wir fließt in mich,
den unendlichen
Krist
all.
W
ir
sind
Ewiges
Wasser. Aus
dem Meere der
Leere. Aspektfrei voll
Sein. Ohne Ursprung fließen
wir unendlich hinein: Quelle IST
ICH IST hier. ICH IST, um hier
zu sein. ICH IST hier, um zu
sein. ICH IST hier und will
bleiben. Und ICH
bleibt.

Es knackt. Es bricht.
ICH spüre Wind.
Und braune Blätter rauschen.
ICH atme Wasser: kaltes.
Es tropft, es rinnt
und loses Holz
prallt wuchtig auf.
ICH ist im Camp.
Es regnet, stürmt.
Blätter fliegen durch die Luft.
ICH schaue durch das Autodach
in unsere kühle Gruft.
Vertraut und fremd,
ICH schau' sie an,
unsere steifen Körper.
Unbeteiligt,
frei von Bindung:
ICH ist unendlich.
ICH braucht niemals Wörter.
Befreit auch vom Licht
wechsel' ICH nun die Schicht.
Hör' das Glas, wie es spricht,
dass es künftig nicht bricht.
Denn vor uns liegt ein großer Ast.
Die Windschutzscheibe bleibt intakt.
Die steifen Körper
sind geschützt.

I
C
H,
du, er,
sie, es, wir,
ihr, sie. Aspektfrei
voll Sein. Ohne Ursprung
fließen wir unendlich hinein:
Quelle, ICH, du, er, sie,
es, wir, ihr, sie
IST.

Ein Freund. Er ruft.
Er warnt. Er fliegt.
Er beschützt die steifen Körper.
Kalt, im weißen Wald.
Mit schwarzen Federn.
ICH reise mit ihm,
kreise mit ihm.
Und dann seh'n Wir ihn von oben:
den Anorak, den grünen.
Zu nah am Camp.
Und bei den
steifen Körpern.
»Geh weg!«, kreischt dunkles Gefieder.
Doch der grüne Anorak:
Er kann nicht hören, will nur stören.
Gefieder fliegt jetzt auf ihn zu.
Denn wir müssen ihn vertreiben.
Der grüne Anorak:
Er stürzt sodann ins weiche Weiß.
Vorbei an Ästen segeln wir hinauf,
landen auf der Krone drauf.
Gefieder im Baum
beschützt diesen Raum.
Weiße Flocken fallen auf
schwarze Federn.
Der grüne Anorak, er steht schon wieder.
Er nimmt den anderen Weg.
Die steifen Körper sind geschützt.

Alles IST im Hall Ewigen Nichts. Aspektfrei voll
Sein. Ohne Ursprung fließen wir
unendlich hinein:
Quelle
IS
T
I
C
H
IST
Ewiges
Wasser, im
unendlichen Kristall
des Seins. Mit der Quelle
im Herzen, ohne Ursprung
vereint, ist ICH Einheit
und Einheit des
Eins.

I
C
H
IST
Träger
des Wassers,
ist von nichts mehr
besessen. ICH ist frei von
Namen – ICH erinnert sich,
hatte's nur kurz vergessen:
Wir ist ICH. ICH ist
Eins. Und Eins
IST.

I
m
Hier.
Nicht im
Irgendwann.
ICH will los. Zu
mir – in mICH – in
meinen steifen Körper.
Und äußere die Wörter:
So will ICH es. So
sei es. So IST
es.

5.

Aqua

Æther

DES EINS ICH IST EWIGES WASSER IM UNENDLICHEN KRISTALL DES SEINS MIT DER QUELLE IM HERZEN OHNE URSPRUNG VEREINT IST ICH EINHEIT UND EINHEIT

ICH IST TRÄGER DES WASSERS IST VON NICHTS MEHR BESESSEN

ICH IST FREI VON NAMEN – ICH ERINNERT SICH

VERGESSEN HATTE ES NUR KURZ

IST ICH ICH IST EINS UND EINS IST WIR

XXIII

I
C
H
IST
Wasser.
ICH atmet
hier nun ein. ICH
ist in mir, im schweren
Sein. Die Glieder sind noch
starrer Stein. ICH ist wärmer
und bleibt dennoch rein. Mein
Wasser ist ewig. Sie ist kalt,
aus Stein: die Hand.
Nicht meine: ihre.
Louna ist
Ewiges Wasser.
Sie ist noch zwischen
Alles und Nichts,
wo's nur noch aus dem Herzen ist.
Und Nichts IST – Frei
von Dunkel und Licht.

ICH schlafe nicht, denn ICH muss nicht träumen.
Licht flutet mICH, als der Wald erwacht.

Am Morgen öffne ICH meine Lider, schaue durch Neue, Alte Augen. Ein dünner Baumstamm liegt auf der Motorhaube, Blätter und Äste zieren unser Auto.

Im zeitlosen Moment unendlicher Schöpfung,
ist ICH nicht nur hier vor Ort.
Mit der Quelle im Herzen
ohne Ursprung vereint,
lebt ICH im Überall,
ist nie fort:
ICH sehe Pyrmont,
höre den Atlas, rieche
Bosnien, schmecke London
und fühle den Wald.
ICH ist dort, wo ICH bin:
Im Immer und Überall.

Der frühe Morgen beginnt verregnet. Dicke Tropfen prasseln rhythmisch auf das Auto hinab. Es fühlt sich richtig an, die Augen tagsüber noch geschlossen zu halten. Kurz vor Sonnenuntergang spüre ICH Lounas Puls. In dunkler Nacht öffnet sie die Augen. Vor Sonnenaufgang sieht Louna bereits klar.

Zum ersten Mal in dieser festen Welt – in unseren festen Körpern – begegnen wir uns ohne Projektion: Alles und Nichts spiegelt sich nicht im Gegenüber.

Louna sieht nicht mehr aus wie ein Frosch. Gesicht und Zunge sind abgeschwollen. Weder habe ICH irgendwo zähflüssigen Schleim im Hals sitzen, noch muss ICH das Rotzeplastik in irgendwelchen körperlichen Verrenkungen ausspucken. Nichts hindert uns am Atmen.

Im Auto sind es zehn Grad.
ICH trag' ein Shirt, weil ICH es mag.
Louna braucht keinen Pulli,
weil sie über Kälte nicht klagt.
Der Geschmack ist frisch,
der Atem rein. Unsere Zähne
könnten sauberer kaum sein.
Ewiges Wasser hat weder Hunger noch Durst,
ohne Ort im Dort, frei von Frust und Lust.
Es braucht kein Grillen, Kochen, Backen,
Braten, Garen und Frittieren.
Auch kein Pinkeln,
Kacken, Zähneputzen,
Nägelschneiden und Rasieren.
ICH ist im Überall und Immer rein.

Tage später, an einem sonnigen Morgen, öffne ICH die Beifahrertür unseres Autos. Der blumige Atem des Waldes flutet das Innere. Teppiche von Krokussen begrüßen uns in ihrem satten Violett.

»Camp Gaia« ist ziemlich durcheinander. Die Hängematte ist zwar noch gespannt, aber unsere Toilette existiert nur noch als Idee und von der Outdoor-Küche ist auch nicht mehr viel übrig. ICH schalte das Smartphone ein.

Sieben Monate lagen wir im Auto.
Im Herbst sind wir versteinert.
Im Frühling neu geboren.

Im Hier bin ICH in mir
und kann mICH nun bewegen,
betrete Neue Wege, fühl'
Wahre Größe, wie in
der Remise – denn:
ICH ist ein Riese.
Wir leben im Wald,
frei vom Bedürfnis des
Kleidens: Nie ist uns kalt.
Tage vergehen und Nächte entstehen,
frei von Schlaf, Durst, Hunger und Schmutz.
Im Mondlicht begleitet uns
schwarzes Gefieder,
meist zu unserem Schutz.

Wochen später, eines warmen Mittags, verspüren wir wieder Durst. Im Kofferraum befindet sich noch ein Kanister mit Quellwasser. ICH schütte etwas in den Becher, trinke schlückchenweise. Das Gefühl von Wasser, welches Neuen Schlund hinabrinnt, ist ungewohnt. Wir sind nicht hungrig. Trotzdem essen wir Birkenblätter, damit sich Zähne, Kiefer und Organe wieder an ihre Funktion gewöhnen. Je mehr wir uns auf das Konstrukt der festen Welt einlassen, desto mehr verlangt unser fester Körper nach Wasser und Nahrung. Axt, Hammer und Schraubenzieher finden wir am Baum mit zu hohem Ast nahe der Lichtung. Unsere nächtlichen Spaziergänge im Wald werden weniger. Mittlerweile schlafen wir nachts einige Stunden.

Der Sommer ist vorüber, das Camp abgebaut.
Alles aus Holz zu einem Haufen gestapelt,
der Baum auf der Haube zersägt,
der Rest im Auto verstaut.
Nach hellstem Feuer
in dunkelster Nacht
verstreuen wir beim
Aufgang der Sonne die Asche:
Es ist vollbracht.

W
ir
zwei
sind heil.
Und verlassen
den Wald. Im Hier
ist Zeit zu gehen. Eins
im Vorher, Jetzt und Später,
fließt Ewiges Wasser aus
unseren Herzen
im Äther

∞

10.
Quinta Essentia

»Aus Mann und Weib den Circul pfleg zu machen/ Damit ein Viereck komm aus solcher Rundung für: Zieh weiters auch ein Dreyeck/ laß die Sachen/ Im Circul wieder geh'n/ so zeigt der Stein sich dir. Solt' dein Verstand und Sinn auch alles gleich ergründen/ So seh' die Meß-Kunst an/ darinn ist es zu finden.«[13]

(Michael Maier, Chymisches Cabinet, Frankfurt am Main, 1708)

Finis.

Epilog

»Drey Wasserreiche Brunn sein wir/
Stehn in eim holen Steinfelß hier:
Mit vielen Wassern wunderbar
Werden wir geziert hell vnd klar.
Schaw/ wie doch Sonn vnd Mon so ebn
Vnsjhre Kräfft vnd Wirckung gebn:
Auch wie all die andern Gestirn
Ihren eignen Glantz thun favirn.
Welcher auß vns trinckt ausserkorn/
Der wird gleichsam wie newgeborn:
Er wird auch lebn/ vnd hinauß führn
Den gwünschten Weg continuirn.«[14]

(Daniel Stoltzius von Stoltzenberg,
Chymisches Lustgärtlein,
Frankfurt am Main, 1624)

Danke an alle, die
uns unterstützt haben,
für Euer Sein und
die wertvollen Gaben.

Dank auch an jene,
die im Wege standen.
Ihr erhelltet den Pfad
zu unseren Schatten.

Der Autor

Malte Demuth (geb. 1979) liebt es, Geschichten zu erzählen. Nach ein paar Semestern Germanistik, Ethnologie und Kunstgeschichte studierte er Grafikdesign und arbeitete anschließend jahrelang freiberuflich als Art & Creative Director in Berlin. Längere Reisen inspirierten ihn zum Schreiben. Durch schicksalhafte Ereignisse 2017 verloren er und seine Frau innerhalb kurzer Zeit buchstäblich alles. Sie lebten fortan wohnungslos außerhalb gesellschaftlicher Normen und verbrachten ihre Zeit oft in Wäldern: In diesen drei Jahren grenzenloser Freiheit, Krankheit, Isolation, glückseliger Freude sowie qualvoller Schmerzen kam es zu Transzendenzerfahrungen und spirituellen Einsichten. In seinem Debütroman verarbeitet er das Erlebte.

Quellenverzeichnis

Zitate

[1] *Rosarivm Philosophorvm : Secvnda Pars Alchimiae De Lapide Philosophico Vero Modo praeparando, continens exactam eius scientiae progreßionem. Cum Figuris rei perfectionem ostendentibus.* Francoforti: Jacob, Cyriacus , 1550, S.[52]-23v.
Digitalisiert durch die Universitätsbibliothek Johann Christian Senckenberg Frankfurt am Main [2020]: urn:nbn:de:hebis:30:4-220236
https://nbn-resolving.org/urn:nbn:de:hebis:30:4-220236
[15.12.2023]

[2] Espagnet, Jean d': *Das Geheime Werck Der Hermetischen Philosophie. Canon. I. - CXXXVII. Worinnen die natürlichen und künstlichen Geheimnüsse der Materie des Philosophischen Steins / wie auch die Art und Weise zu arbeiten richtig und ordentlich offenbahret sind.* Leipzig: Adler, 1685, S.[17]-1.
SLUB Dresden, digital.slub-dresden.de/id279475519 (Public Domain Mark 1.0) urn:nbn:de:bsz:14-db-id2794755191
[15.12.2023]

[3] Stoltzius von Stoltzenberg, Daniel: *Chymisches Lustgärtlein : Mit schönen in Kupffer geschnittenen Figuren gezieret/ auch mit Poetischen Gemälden illustrirt und erleutert ; Also daß es nicht allein Augen und Gemüt erquicket/ sondern zugleich ...* Franckfurt : Iennis, 1624, S.[380].
Staatsbibliothek zu Berlin – Preußischer Kulturbesitz, Abteilung Handschriften und Historische Drucke, Signatur: Mu 3171 : R, Germany [2020]: http://resolver.staatsbibliothek-berlin.de/SBB0000290100000380
[15.12.2023]

[4] Anonym: *IV. Aus dem Nodo sophico enodato*, in: *Hermetisches A.B.C. derer ächten Weisen alter und neuer Zeiten vom Stein der Weisen. Ausgegeben von einem wahren Gott- und Menschenfreunde. Erster Theil.* Berlin : bey Christian Ulrich Ringmacher in Commission, 1778, S.[90]-78.
SUB – Niedersächsische Staats- und Universitätsbibliothek Göttingen, [2016], Signatur: DD2016 A 2:1
http://resolver.sub.uni-goettingen.de/purl?PPN849511232
[15.12.2023]

[5] Maier, Michael: *Atalanta Fvgiens, hoc est, Emblemata Nova De Secretis Naturae Chymica : Accommodata partim oculis & intellectui, figuris cupro incisis, adiectisque sententiis, Epigrammatis & notis, partim auribus & recreationi animi plus minus 50 Fugis Musicalibus trium Vocum, quarum duae ad unam simplicem melodiam distichis canendis peraptam, correspondeant, non absq; singulari jucunditate videnda, legenda, meditanda,, intelligenda, dijudicanda, canenda & audienda ; Fuga XXX. [...] Die Sonn bedarff deß Monds/ wie der Han der Hänen.* Oppenheimii : de Bry ; Oppenheimii : Gallerus, 1617, S.[134]-128.
Staatsbibliothek zu Berlin – Preußischer Kulturbesitz, Abteilung Handschriften und Historische Drucke, Signatur: Nv 7885 : R, Germany [2019], http://resolver.staatsbibliothek-berlin.de/SBB00024B5000000134
[15.12.2023]

[6] Stoltzius von Stoltzenberg, Daniel: *Chymisches Lustgärtlein : Mit schönen in Kupffer geschnittenen Figuren gezieret/ auch mit Poetischen Gemälden illustrirt und erleutert ; Also daß es nicht allein Augen und Gemüt erquicket/ sondern zugleich ...* Franckfurt : Iennis, 1624, S.[340].
Staatsbibliothek zu Berlin – Preußischer Kulturbesitz, Abteilung Handschriften und Historische Drucke, Signatur: Mu 3171 : R, Germany [2020]: http://resolver.staatsbibliothek-berlin.de/SBB0000290100000340
[15.12.2023]

[7] ebd., S.[268].
Staatsbibliothek zu Berlin – Preußischer Kulturbesitz, Abteilung Handschriften und Historische Drucke, Signatur: Mu 3171 : R, Germany [2020]: http://resolver.staatsbibliothek-berlin.de/SBB0000290100000268
[15.12.2023]

[8] ebd., S.[382].
Staatsbibliothek zu Berlin – Preußischer Kulturbesitz, Abteilung Handschriften und Historische Drucke, Signatur: Mu 3171 : R , Germany [2020]: http://resolver.staatsbibliothek-berlin.de/SBB0000290100000382 [15.12.2023]

[9] Lambspring: *Lambspring. das ist: Ein herzlicher Teutscher Tractat vom Philosophischen Steine / welchen für jahren ein Adelicher Teutscher Philosophus so Lampert Spring geheißen / mit schönen figuren beschrieben hat*, in: *Dyas Chymica Tripartita, Das ist: Sechs herzliche Teutsche Philosophische Tractätlein. Deren II. Von an itzo noch im Leben: II. Von mitlern Alters: und II. Von ältern Philosophis beschrieben worden. Nunmehr aber Allen Filiis Doctrinae zu Nutz an Tag geben / und mit schönen Figuren gezieret. Durch H. C. D.*, Grasse, Johann (Hrsg.), Franckfurt am Mayn : Jennis, 1625, S.[190]-98.
Digitalisiert durch die Universitätsbibliothek Johann Christian Senckenberg Frankfurt am Main [2020]: urn:nbn:de:hebis:30:4-220999 https://nbn-resolving.org/urn:nbn:de:hebis:30:4-220999 [15.12.2023]

[10] ebd., S.[196]-104.
Digitalisiert durch die Universitätsbibliothek Johann Christian Senckenberg Frankfurt am Main [2020]: urn:nbn:de:hebis:30:4-220999 https://nbn-resolving.org/urn:nbn:de:hebis:30:4-220999 [15.12.2023]

[11] Maier, Michael: *Atalanta Fvgiens, hoc est, Emblemata Nova De Secretis Naturae Chymica : Accommodata partim oculis & intellectui, figuris cupro incisis, adiectisque sententiis, Epigrammatis & notis, partim auribus & recreationi animi plus minus 50 Fugis Musicalibus trium Vocum, quarum duae ad unam simplicem melodiam distichis canendis peraptam, correspondeant, non absq; singulari jucunditate videnda, legenda, meditanda,, intelligenda, dijudicanda, canenda & audienda ; Fuga VI. [...] Säet nur Goldt in die weisse geblätterte Erden.* Oppenheimii : de Bry ; Oppenheimii : Gallerus, 1617, S.[38]-32.
Staatsbibliothek zu Berlin – Preußischer Kulturbesitz, Abteilung Handschriften und Historische Drucke, Signatur: Nv 7885 : R , Germany [2019],

http://resolver.staatsbibliothek-berlin.de/SBB00024B5000000038 [15.12.2023]

[12] Stoltzius von Stoltzenberg, Daniel: *Chymisches Lustgärtlein : Mit schönen in Kupffer geschnittenen Figuren gezieret/ auch mit Poetischen Gemälden illustrirt und erleutert ; Also daß es nicht allein Augen und Gemüt erquicket/ sondern zugleich ...* Franckfurt : Iennis, 1624, S.[296].
Staatsbibliothek zu Berlin – Preußischer Kulturbesitz, Abteilung Handschriften und Historische Drucke, Signatur: Mu 3171 : R , Germany [2020]: http://resolver.staatsbibliothek-berlin.de/SBB0000290100000296 [15.12.2023]

[13] Majeri, Michaelis (Maier, Michael): *Chymisches Cabinet, Derer grossen Geheimnussen der Natur, Durch wohl ersonnene sinnreiche Kupfferstiche Und Emblemata, Auch Zu mehrerer Erleuchterung und Verstand derselben, ... mit Sententien und Poëtischen Uberschrifften, dargestellet und ausgezieret. Welches, ... Der Chymischen Republic ... aus wohlmeinender Veneration und Liebe zum zweyten mahl in der Lateinischen Sprach ausgefertiget, vor jetzo aber zum ersten mahl in das Hochteutsche uebersetzet ist; Von G. A. K. ... Deme beygefueget ist, eine Application des Hohen Lied Salomonis, auff die Universal-Tinctur der Philosophorum.*
Franckfurt : Oehrling, 1708, S.[65]-61.
SUB – Niedersächsische Staats- und Universitätsbibliothek Göttingen, [2006], Signatur: 8 CHEM I, 1663
http://resolver.sub.uni-goettingen.de/purl?PPN517206242
[15.12.2023]

[14] Stoltzius von Stoltzenberg, Daniel: *Chymisches Lustgärtlein : Mit schönen in Kupffer geschnittenen Figuren gezieret/ auch mit Poetischen Gemälden illustrirt und erleutert ; Also daß es nicht allein Augen und Gemüt erquicket/ sondern zugleich ...* Franckfurt : Iennis, 1624, S.[320].
Staatsbibliothek zu Berlin – Preußischer Kulturbesitz, Abteilung Handschriften und Historische Drucke, Signatur: Mu 3171 : R , Germany [2020]: http://resolver.staatsbibliothek-berlin.de/SBB0000290100000320 [15.12.2023]